甜姑娘發家記 下

風 文創 397

安然 著

風文創 397

目錄

第十四章

一晃兩年時間又過去，張青已經快到十五歲，十五歲及笄的姑娘，家裡就可以幫她準備婚事了。

經過李孟氏的牽線，李雲覺得吳文敏這孩子確實不錯，小小年紀就已中了秀才，只等再過兩年參加鄉試，中個舉人更好，那時候張青也已十七歲，正是嫁人最好的年齡。

李玉和吳文敏常常是一放假就來珍寶閣幫忙張青，尤其是吳文敏，放假的日子幾乎就在珍寶閣裡，充當一個小帳房。

張青覺得，其實吳文敏挺好的，而且吳文敏對她有意思，他倆又是從小一起長大的，嫁給他應該會過得很好。張青想通了這一點，看吳文敏的眼光就越發的溫柔。

而穆錦在軍營中一待就是兩年，中間他娘不知催過他多少次，可是他都不願意回去。比起京城中紙醉金迷的生活，穆錦發現，西北這裡的快意恩仇好像更加適合他一些。現在的他與過去有了很大的不同，來的時候，他只是個有著滿腔熱血卻養尊處優的貴公子，現在的他則是將那一腔熱血付諸於實踐，成為在戰場上殺伐決斷的小將。

穆錦在軍營裡十分的努力，穆辛也頗感欣慰，他這唯一的兒子還是像他多一些。只是讓穆辛搖頭嘆息的是，兒子估計繼承了他母親的性子，都快弱冠的人了，經過戰爭的洗禮，卻依舊保持著一種讓他無奈的單純，或者該說單蠢……

「快快，張四，你得了多少銀子？」

「不多、不多，五百兩，你呢？」

「七百兩，嘿嘿。」

軍營一大早就熱鬧起來，穆錦好奇地湊了上去。「都在做什麼呢？」

「嘿，不就張闊他兒子的珍寶閣開了，大家都把這些年得的戰利品送他兒子那去賣，今天剛好來分錢。這小子真厚道，給的價錢比其他地方高多了。」那名叫張四的男子笑呵呵的對穆錦講道。

穆錦一聽來了興趣，他這義弟挺厲害的啊，生意都做到這軍營裡了。

於是張青在下一次她爹託鏢局運回來的貨物裡看到了一封給她的信，看完她有些哭笑不得。這信正是穆錦寫的，先是對張青大肆表揚了一番，接著卻埋怨起開店這麼大的事情怎麼都不告訴他一聲呢？

如果沒有穆錦的這封信，張青根本老早就將這個人丟在腦後了，他倆本就不是一個世界的人，所以她從未想過要和穆錦深交。

京城的長門侯府，季衫臉色陰沈地看著對面那個形貌妖嬈，和她有著相似面容，如今臉色卻有些委屈的女子。「姊姊，妹妹不太明白妳的意思。」

「妹妹，是我對不起妳，雲兒也是很喜歡錦兒的，只是，王爺……我也不想如此啊，妳莫怪姊姊可好？」季憐淚眼婆娑地看了一眼季衫，低著頭一副十分羞愧的模樣。

「可是姊姊，王爺畢竟比雲兒大那麼多，都能做雲兒的爹了。」

「可他是王爺啊，他看上雲兒，我們又有什麼辦法呢。」季憐嘆口氣，語氣低落。

看著季憐的模樣，季衫心裡有的一點疑惑也打消了。「姊姊放心，雲兒既然不願意，妳也不願意，我這就修書給侯爺，想必瑾王爺還是會賣我們家侯爺一個面子的，等著錦兒回來，我就讓他與雲兒訂親。」

季憐一聽，臉色不變，心裡卻暗恨，這幾年她細細謀劃，好不容易引得瑾王爺看上她家的雲兒並且答應讓雲兒做王妃，此時怎麼能讓長門侯壞事呢。

「姊姊不想再麻煩妹妹、妹夫了，這一切都是命啊。」

「姊姊胡說什麼呢，妳等著，我這就給侯爺修書。」

看著季衫急促的身影，季憐那委屈的神色一掃而光，眼神恨恨的看著季衫離去的方向。

「我的女兒必定成為瑾王妃，妳別想阻攔我。」

她現在還不能得罪季衫，她還要借她的勢呢，只有讓女兒從長門侯府嫁出去，才能保證這個王妃之位坐得穩固。季憐暗中收買了兩個傳信人，攔下季衫的書信。

這兩年，江雲覺得比一輩子都還要長，她滿心歡喜隨著娘來到京城，表哥明明答應要娶她的，可現在卻待在西北大營不肯回來，不管她寫多少封信，不管她怎麼懇求都沒有用。

而她娘卻整日想著讓她去見一些豪門閨女，以長門侯府親眷的身分，帶著她四處拉關係，試圖給她找到比瑾王更加尊貴的人，只是最後發現，她們的身分實在是入不了那些大人物的眼，便讓她繼續討好瑾王爺——那個眼神陰森，年紀甚至比她爹還要大的男人。

而姨母性子軟和，多半待在侯府的小佛堂為表哥和侯爺祈福，並不太理事，也不可能知道她們在侯府的兩年做了什麼。她不是沒有想過告訴姨母，只是看著每次表哥回信的那些推託之詞，她便沒有了信心。

最後她眼睜睜地看著娘和瑾王換了庚帖，訂了日子，她有過反抗，只是卻敵不過她娘的堅持，到後來她便不想再反抗了，就這樣吧。

這一切都怪表哥，是他的錯，是他答應娶她卻不管她，江雲有了一絲怨恨。

九月十七宜祈福、嫁娶、移徙、赴任、納采。

季衫看著瑾王的聘禮一箱一箱抬進長門侯府，心裡暗暗著急，她寫給侯爺的信為什麼沒有回音。

「恭喜姑娘，賀喜姑娘，聘禮已經送到，就等著七天後的良辰吉日出門了。」媒婆一身大紅色衣裳，諂媚的朝著江雲笑著。

「嗯，知道了。」季憐笑笑，揮手示意丫鬟送上賞錢。

等媒婆與瑾王府的人走後，季衫才面露焦急之色。「雲兒，這可怎麼辦，我已經修書給侯爺了，不能再拖拖嗎？」

江雲看了一眼滿臉喜色卻急著想掩蓋住這喜色的娘親，再看了季衫一眼，面上竟是一副看透人間世事之色。「姨娘，沒關係的。」

她知道姨娘寫的信，一輩子都不會送到侯爺的手中，因為她親眼看到娘燒了那封信。

七日後，瑾王爺騎著高頭大馬，身後是吹著嗩吶、敲鑼打鼓的喜隊和那頂八人紅色大轎，浩浩蕩蕩的從瑾王府出發前往長門侯府。

路上的人有些奇怪，沒聽說長門侯府有女兒家啊。

江雲靜靜的坐在梳妝檯前，看著鏡子裡的自己，面色如雪、唇紅如血。

「娘，真的要嫁了嗎？」江雲問身後一臉慈愛之色為自己梳頭的季憐。

季憐嘴裡正念叨著。「一梳梳到尾，二梳白髮齊眉，三梳兒孫滿地。」聞言愣了一下。

「不嫁怎麼可以，瑾王爺現在已經在路上了，聽娘的，娘不會害妳的，妳是從長門侯府出嫁的，就憑這個，瑾王爺也不會怠慢妳。還有我的女兒這麼漂亮，只要嫁過去，必定會受到瑾王爺的寵愛，再等妳生下一男半女，孩子長大，那就是郡王郡主，享福的日子還在後頭呢。」季憐笑著說。

「但願和娘說的一樣。」江雲嘆了一口氣，滿心的悲哀。她娘總是想著這些好的，為什麼不想想瑾王爺的年紀比她爹還要大，為什麼不想想瑾王爺的後院姬妾眾多，還有為什麼不想想每次從瑾王府後門抬出來那些被虐致死的姑娘們？

「吉時到，起轎。」隨著一聲有些尖利的聲音，轎子被緩慢抬起，紅蓋頭下的江雲，淚如雨滴，滿目中除了悲哀，更有一絲隱隱的恨意。

等人在西北軍營的穆錦收到信，已是月餘過後。

「什麼？不可能、不可能，表妹怎麼可能嫁給瑾王。」穆錦不相信，從小他娘就說表妹會是他未來的妻子，而他也一直將表妹當成自己的妻子對待，可是，為何會發生這種事情。

穆錦奔進穆辛的帳中，穆辛正和軍師商量攻打敵軍的計劃，看到穆錦進來也只揮揮手，示意他先坐一邊。終於等軍師走了，穆錦已迫不及待。「父親，孩兒想回一趟京城。」

「哦，為什麼？」穆辛詫異地看著穆錦。

「表妹嫁給瑾王爺了。」穆錦語氣焦急，一副忿忿不平之色。

「嫁了便嫁了，關你何事。」

穆錦一時語塞。「可是，她，娘說表妹以後會嫁給、嫁給……」

「哦，然後呢？」穆辛不等穆錦一句話說完便打斷他。

「然後……」穆錦不知要怎麼說，然後什麼？然後說表妹不守信用，嫁給了旁人嗎？

「你也知道，不知該怎麼說吧，自古婚姻是父母之命，媒妁之言。這只是你母親所說，而你們倆也從未換過信物、過過八字，所以你表妹便是你表妹，她大婚你理應高興。」

穆辛一番話說得穆錦無言以對，就這麼愣在了當場。可是他從小將表妹當作自己媳婦，難道不是這回事？

「好了，沒事便回去吧，做做功課、練練功夫，過兩年為父回京述職的時候便帶你回去，至於你的婚姻大事，為父自有考量。你不是你表妹的良人，而她也未必適合你。」

穆錦暈頭轉向地回了自己帳裡，本來心裡十分的難過，伴隨著那難過還有一種滔天的怒火，可是被父親這麼一說，好像相當有道理，只是為什麼總覺得哪裡有什麼不對啊？

這樣想著，穆錦就提筆將自己的事情寫了下去，然後寄給張青。

張青看到信上的內容有些哭笑不得，暗暗感嘆，這大哥都快滿二十了吧，這年紀都長哪了啊，還侯府世子呢，怎麼能這麼純真，虧他還在軍營歷練了這麼多年。

「青兒妳看什麼呢？笑得這麼開心。」吳文敏正在幫張青算帳，看張青拿著一封信笑得亂顫，便好奇地問道。

「哦，沒什麼，就是我去西北遇到的那個大哥，他表妹嫁人了，新郎官不是他。」張青笑道。

「是那個侯府的世子？」吳文敏問道。

「是啊。」張青點點頭。

看到張青點頭，吳文敏只感覺心裡一股氣悶，這侯府的世子每隔一、兩月就有一封信送過來，每次都能將青兒逗笑，每次一看到青兒因為那世子笑，他的心裡就十分不是滋味。

「他不知道你是女子嗎？」

「不知道。」

「可是青兒，妳是女孩子，這樣不好。」吳文敏紅著一張臉，說完後連看都不敢看張青一眼。

張青一愣，過了一會兒，促狹地瞇著眼睛，走到吳文敏面前，果然吳文敏此時已經紅著一張臉了。「你莫不是吃醋了。」張青捂著嘴笑道。

「青兒！」吳文敏聞言抬起頭，臉更是紅到了脖子，眉頭緊鎖，十分不贊同地看著張青。

「好了、好了。知道了、知道了。」說罷張青點起火摺子，將那信付之一炬。

「青兒，妳……」吳文敏大驚，不可置信地看著張青。

「你不喜歡，燒了就好了啊。」張青拍拍手。

吳文敏吶吶的說不出話來，覺得青兒的做法不對，可是卻奇異地感到暢快。

張青看著吳文敏的樣子，心裡不厚道地笑著，她也知道她娘和吳嬸子的意思。對於吳文敏她不討厭，慢慢的甚至有了歡喜，兩人從小一起長大，青梅竹馬，最主要的是吳文敏喜歡她，而且他為人真誠敦厚，長得又是她喜歡的類型；既然注定以後她要嫁給他，那她不介意做些事情讓他高興。

就這樣，張青和吳文敏的感情正在快速地升溫著，吳文敏常下了學、放了假就來找張青，也時常算著帳就有些走神，看著張青的側臉，心裡的那股甜蜜止也止不住。

張青正在清點貨物，這灼熱的目光，她已經十分習慣了，轉過頭抿著嘴瞪了一眼吳文敏，假裝氣悶道：「你這樣看著我，我沒辦法好好地點貨了。」說完看著吳文敏。

果然吳文敏臉就紅了，吶吶的，小小聲反駁。「我、我，沒看。」

張青噗哧一聲笑了出來。「好啦、好啦，知道你沒看。」

吳文敏的臉越發紅了，感覺張青那一笑就如書上描寫的一樣。「眼波才動被人猜……」他這樣想著，就愣愣地看著張青把這話給吟了出來，等發現自己做了什麼的時候，頭都埋在桌子上抬不起來了。

張青一愣，以為自己聽錯了，但一看吳文敏，就知道剛才那話真的是他說的，縱然感覺自己應該屬於臉皮比較厚的那一類人，此刻也感覺臉燒得厲害，心跳得很快。

「你在這幫我算帳，我去後面給你倒杯茶。」張青急急地說了一句，就朝著後面跑去。

為了避免別人說閒話，也為了自己方便，她在永明省，一直都是以男裝示人的，好在這裡認識她的人少，而她也不常出去，知道她是女兒身的總共也就那些人。

今日的張青身著一套天青色錦緞長袍，不盈一握的腰上繫了同色的腰帶，脖子上的玉珮也被她取了下來掛在腰間。

再加上常年的經商，更是比閨中尋常的女子，多了絲淡定與不迫的從容氣質，唇紅齒白，眼如明星，熠熠生輝。不認識的人，還以為這是哪家的俏兒郎。

其實張青也時常會想，為什麼沒有人認為她是女子，除了氣質，更多的是因為她，胸小吧……張青邊走著，邊默默的想，再過三個月就要及笄了，爹爹應該快回來了吧。

「父親，我們三天後就要出發回京了嗎？」

「嗯，怎麼，捨不得？」穆辛將手中的軍書翻了一頁，看向穆錦問。

「還真有那麼一些，可是兒子也想母親，也不知道母親現在怎麼樣。」穆錦捨不得西北，卻又十分掛念京城中的母親，對他來說，西北的生活遠比京城有意義得多。

「快去收拾東西吧，三天後我們就出發。」穆辛擺擺手道。

「是。」

穆錦剛出他爹的帳子，迎面就走過來一個人，穆錦定睛一看，心中一喜。「見過張大叔，張大叔好啊。」來人正是張青的爹爹，張闊。

張闊來軍營短短幾年，從一個小小的士兵爬到現在的副將，這其中確實有穆辛的提拔，但更多的是他自己的功勞，有勇有謀，擔得起軍中副將一職。

「見過世子。」張闊看到穆錦也是一愣。

「張大叔這不是客氣了嗎？張青是我兄弟，您叫我一聲穆錦或者小錦都可以。」穆錦笑呵呵道。

張闊聽到穆錦談論張青，眉頭不由得一皺，總覺得這樣對自家閨女的名聲不太好，可是這世子又不知道青兒是女孩子，他也不方便說。「青兒蒙世子看重，和世子稱兄道弟是萬萬不敢的。」

「哪有什麼，青弟他救過我兩次呢！這次大軍回去的時候，路過永明省，我可要去看看青弟。好多年沒見了，我給他寫信他也很少回，那年他走的時候，我可是答應過要去看他的。」穆錦毫無架子地說道。

張闊看著這和將軍有著相似的容顏，言行舉止卻和將軍大不相同的將軍兒子，不由得有些無奈。他閨女是真的不用世子去看望啊，只是他非要見青兒，自己也攔不住，只期望他見青兒的時候，青兒依舊是以男裝示人，否則鬧開了，青兒不就得嫁這小子。

青兒她娘都說給青兒相看好夫婿了，正是在大舅哥家做活的吳嬸子的兒子，那小子聽說是塊讀書的料子，而且性子也好，待青兒也是一片真心。他也見過那孩子，看起來很是清秀，小小年紀，是個有主意的。

「張大叔，您在想什麼呢？」穆錦用手在張闊眼前晃了晃。

「哦，沒什麼，我還有些事情和將軍稟告，就先告退了。」說罷拱手走進穆辛的帳篷。

穆錦撓撓頭，他總覺得青弟他爹對他有成見，難道他曾經有什麼地方得罪過張闊？

穆錦百思不得其解，邊嘟囔著邊往自己帳裡走。

張青此時正在永明省的珍寶閣裡安排她離開這些時日的各項事宜，她皺眉苦思著，這次爹爹和舅舅都要回來，那以後西北士兵的戰利品還會不會運回她這珍寶閣，如果不的話，她的珍寶閣要怎麼開下去。

與此同時，官道上有三匹飛馳的駿馬朝永明省趕來，伴隨著駕駕趕馬的聲音和馬蹄聲，官道上塵土飛揚。

張闊騎著馬，邊趕路，邊朝著李攀打眼色，心中更是一股氣悶。

他已經稟告過侯爺不與大軍同行，先行一步，過後他與大舅哥兩人再一同往京城與侯爺他們會合，誰知世子卻非要跟著來。他趕回去是因為閨女及笄了，可這小子幹麼跟著來？

穆錦一路上興奮異常，對於張青他是很有好感的。張青救過自己兩次，當年他也不過十一、二歲的年紀，那行事作風都頗讓人信服，幾年過去，也不知道當初的少年現如今長成了什麼樣子，還認得出他這個大哥嗎？

三人風風火火趕到永明省，張青早已經安排好事務，就準備等著爹爹回來，好一起回康河鎮。

父女、甥舅一相見，都是眼淚汪汪，張青只打量著爹爹、舅舅的渾身上下，等看到他們沒缺胳膊短腿，而且精神都是不錯，才有些放下心來。

只是看到尾隨在爹爹、舅舅身後黑了不少也糙了不少的穆錦，不由有些鬱悶。

「世子大人，您怎麼來了？」

穆錦看到張青一愣，這唇紅齒白，一副女相的少年，是他的青弟？這怎麼能長成這個樣子了。「青弟？」穆錦躊躇地問。

「嗯，世子。」張青點點頭。

「你怎麼長成這個樣子了？」穆錦一副嫌棄地看著張青，他來的路上也曾想過青弟現如今的模樣，想過可能是個白面書生，也可能會是個翩翩公子的模樣，可是卻怎麼也沒想到，他的青弟居然長成了這副模樣，唇紅齒白，膚如白雪，眼似星辰，身子瘦弱，一副女相。

張青默了，她剛沒聽錯吧，她這是被這黑炭嫌棄了？「我長得很有問題嗎？」

「嗯，真娘，改明兒有空了，我教你些武功，你這弱不禁風的模樣看起來怪讓人憂心的，一點都不像你爹，你爹現在可是副將了呢，別給你爹丟臉。」穆錦十分好心地對張青建議著，還順手將手搭在了張青的肩膀上。

「世子裡面請、裡面請。」張闊眼尖，迅速地拉過穆錦，讓他遠離了自家女兒。

張青也是無可奈何，心想，估計要等這世子走了，他們才能回家了。

穆錦進了珍寶閣，四處打量著。「你這地方不錯啊，沒看出來你還挺能幹的，這都是西北將士的東西吧。」

「也不全是，還有一些別的地方來的。」張青笑著道。

等招呼穆錦進了房，張青邊拉著她爹和她舅舅走到一邊。「爹、舅舅，他怎麼來了啊？」

「沒辦法，他說和妳約好的，要來看妳。」

「啥，約好的？我怎麼不知道。」張青一副詫異之色。

「那我們更不知道了，妳和這世子到底是怎麼回事啊？」張闊耐不住地問。

「什麼怎麼回事啊，就是當時去西北的時候，我一個人，他又和他的隨從走散了，兩人一起趕路罷了。」張青心煩意亂道，也不知道這麼一耽擱，能趕得上回家嗎？

不過，她爹說穆錦和她有過約定，可是有嗎？

好在珍寶閣空的房間比較多一些，她還特地給李玉和吳文敏各留了一間屋子，兩人這兩天估計課業比較繁重一些，一時半刻不會來珍寶閣，所以張青就將其中一間屋子暫時徵用。

她也和爹爹、舅舅商量過了，聽爹和舅舅的意思，大軍可能七天後就能到永明省，等到時候穆錦隨著大軍走了，他們再回鎮子上。

張闊三人在西北軍營習慣了，天不亮便開始在院子裡打拳、持刀弄棒的。張青往常這個時候還沒有起床，聽著院子裡哼哼哈哈的聲音，她將頭往被子裡一埋，又睡了過去。

「青弟、青弟，起了沒有。」

穆錦想著，昨天還說要讓青弟學習功夫呢，可是今天一大早起來，張大叔、李大叔就拖著他，不讓他找張青，他抽了個空，藉著小解的機會偷偷地溜到了張青的房門外。

張青聽見這略微熟悉的聲音，一股氣悶。這大早上的，能不能消停一些啊。只是心裡腹誹歸腹誹，張青還是認命地起了身。

「世子，有事嗎？」張青壓住自己滿心的怒火，柔聲問道。

「別叫世子了，叫我大哥，我不是說要教你武功嗎？你快些。」穆錦在門外急急地催促，他可是說要小解的，哪有人能上這麼久啊。

張青無奈，只能起身收拾，只是穿衣服的時候瞅見自己胸前小籠包，嘴角抽搐地想，這就不用束起來了吧；可是又想想，穆錦看起來比五年前不靠譜了許多，還是束上以防萬一。張青心痛地想，現在還是小籠包，再束上一些日子，不會變成荷包蛋吧。

穆錦已經等得有些著急了，心裡直吐槽，青弟梳洗怎麼比女孩子還慢？想到女孩子，穆錦就想到了江雲，雀躍的心情直接降入谷底，想到要回京，他還真的不知道要怎麼面對表妹，如果能不見，可能會好些吧。

張青一出房門，直接被穆錦拉到了院裡的空地上。

「大哥，你這是要幹麼？」

「我不是答應你要教你武功嗎？」

張青又是一陣沈默，你是答應要教我武功，可是我沒答應學啊！而且她為什麼要學功夫，她是女的、女的！張青在心裡默默地叫囂著。只是看穆錦一片真摯的模樣，便知道，自己這次估計不學是不行了。

張青一早就派人去書院通知李玉，李攀已經回來，下學後，李玉早早的做完功課，和吳文敏一起來到珍寶閣。

「表少爺和吳少爺來了。」店裡的小二見到兩人，十分熱情的打招呼。

「嗯，姑父和我爹不是回來了嗎？他們在哪。」李玉四處瞧了瞧，沒發現那熟悉的身影，便向小二問道。

「哦，他們都在後頭，就住在兩位少爺平常住的屋子裡，這個時辰，兩位老爺應該在用飯。」

李玉和吳文敏得了話就朝後院走去，等李玉看到石桌旁的兩人，滿臉激動，那石桌兩旁，正在把酒言歡的人豈不就是他爹和他姑父。

「爹。」李玉聲音顫顫的。

李攀身子一僵，然後回頭，定定地看著那個身穿月白色錦衣長袍，和自己有七分相似面容的孩子。「玉兒。」

一句簡簡單單的話，兩個人同時紅了眼眶。

自李玉有記憶起，他幾乎從未見過他的父親，對於他而言，父親只是個代名詞，那時候他不懂什麼是父親，只知道別人都有，而他卻沒有。直到五年前，這個男人回來，李玉才知道，原來這就是父親，和母親截然不同的一種存在。

他的父親在他記憶中也不過是短短的半月，只是這半個月也讓他記憶如新。

父子雖很少相見，但是兩人只是短短的說了兩句話，那隔應便消失殆盡。

看著那父子兩人敘著舊，張闊就把眼光放在跟在李玉身後，比他稍微矮了一些的吳文敏身上。

「你就是吳文敏吧，這麼些年沒見，都長這麼大了，快過來讓張叔瞧一瞧。」張闊說道，同時也暗暗地打量著這個孩子他娘信裡面提過的人。一身錦藍色布袍，看起來十分的樸素，面容清秀，一看就是個書生模樣，臉上也沒有什麼緊張的表情，那如玉明亮的雙眸裡，透著一股隱隱的堅毅之色。

張闊心裡暗暗點了點頭，覺得這孩子配青兒還是可以的，只是他在西北待的時間長了，更喜歡那種爽朗的兒郎。不過這孩子小小年紀便一副沈穩的模樣，這已經很難得了，真要讓青兒嫁給西北那群大老粗，他還有些捨不得呢。

這樣想著，他又打量了吳文敏好些時候，心裡暗自想著，好在這孩子自己小的時候沒曾少見，脾性還是知道一些的，將青兒嫁給他，目前看來已經是最好的。

吳文敏心裡一突，也感覺到了張闊對自己暗暗的打量，他向前走了兩步，走到張闊跟前一步遠左右，拱手道：「小子正是吳文敏，見過張叔。」

「嗯，好的，在書院的生活還好吧？」張闊又問了吳文敏幾個問題，大部分都是關於他家裡還有他學業上的。吳文敏一一作答，在聊的過程中，吳文敏也發現了，青兒的爹並不是那種特別嚴肅的人，和他記憶中也沒多大的差別，那忐忑的心情放鬆了不少。

一番聊下來，張闊對這個少年更是滿意，只不過心裡還是有些酸溜溜的，這孩子怎麼一眨眼就長大了，就要嫁人了。懷著這種複雜的心情，張闊神色暗淡下去不少。

「對了，張叔，來了好半天了，張青呢？」在張闊跟前，吳文敏不敢放肆地直接叫青兒。只是來了好半天，青兒去哪了，按說她爹剛回來，她應該陪著她爹啊。

「哦，青兒和世子剛出去了。」一想到剛才，張闊又是鬱悶不少。

好不容易回來了，還沒和女兒獨處，就被那世子搶了先，非拉著張青去城裡逛逛。一個人逛就逛了唄，拉他閨女做啥。

吳文敏一聽這話，面色一白。「那張大叔，可知道他們去哪了？」

「他們走的時候沒說，我也不知道。」張闊無奈道。

「張大叔好好歇息，小子還有些事，就先走了。」說罷匆匆對張闊行了一禮，就跑出了珍寶閣。

吳文敏只感覺自己的心跳得飛快，迫切地想找到張青，他和張青從小就認識，他們兩個人中間根本沒有什麼祕密可言。除了這個世子，他不止一次的看到這個世子寫給青兒的信，雖然青兒從來不曾隱瞞他，但是他心底還是有些隱隱的不舒服。

張青有些無奈地跟著穆錦在城裡四處轉著，永明省占地極廣，人口也多，城裡更是熱鬧繁華。她吃完午飯就被穆錦給拉了出來，逛到現在，粗略一算，估計也差不多有兩個時辰了。看著前方那寬肩窄腰，生機勃勃，氣勢如虹的世子大人，張青只能默默地為他點了個讚，這哥兒們，身體太好了，兩個時辰了居然都不歇一下，只是可憐她了，好久沒走過這麼遠的路，腿都開始疼了。

「青弟你快點啊。」穆錦走了一會兒，回頭發現，張青又落下好遠，不由分說地扯著她袖子就走。「你是不是個爺們啊，走路慢悠悠的，跟個小媳婦一樣。」

「世子，哦不，大哥，我真的有些累了。」張青苦著一張臉。

「這才走了幾步你就不行了，身子也太差了，明天早起些，趁我還在，多教你一些功夫，雖然不能和我一樣上陣殺敵，但是強身健體還是可以的。」穆錦十分認真地看著張青，暮色下，張青只覺得他的眼睛亮得出奇。

張青有些窘迫，匆匆地低下頭。「知道了。」

此時他倆正站在永明省地勢最高的拱橋上，橋下是緩緩流動的河水，這條河水貫穿整個永明省，最後流入永明省西邊的大湖之中。

夕陽西去，永明省漸漸的籠罩在一片黑暗當中，只是不遠處卻沒有歸於黑暗，而是點起了盞盞華燈，張青和穆錦所在的地方，剛好能俯視大半個永明省。

「咦，那是哪裡，看起來很熱鬧啊。」穆錦看著不遠處的地方，一臉好奇。

張青轉過身，看向穆錦指的地方，臉頓時漆黑一片。「那裡是花樓。」

「花樓？」穆錦好奇地看著遠處燈火。

「嗯，也是青樓。」張青看這個世子一臉好奇的模樣，又加了兩個字。

聽到青樓，穆錦好似有些激動，朝張青擠眉弄眼道：「青弟，老實說，你去過沒有？」

張青沒好氣地瞥了一眼穆錦，就算她一副男子的打扮，可是她看上去像是常上青樓的人嗎？「沒有，你去過？」

「怎麼可能，大哥我家教可是很嚴的。」穆錦一副「別逗了，怎麼可能」的模樣看著張青，直把張青看得內傷不已。

「大哥，我的家教也很嚴。」張青默默地說。

「那你有興趣嗎?我可是從來沒去過,咱倆去瞅瞅。」穆錦興奮地提議,他十五歲之前雖然成長在京城,連弱冠都沒有,去什麼青樓。後來年紀稍長時人已經去了西北,所以身為一個正常的漢子,穆錦對花樓這種地方十分的好奇。

「我沒興趣,我也不去。」張青想也不想的就一口拒絕。她是女的!女的!張青再次在心中咆哮。

「青弟,你是不是男人啊,居然連青樓都不敢去。」

「這關男人不男人什麼事。」張青不解地看著穆錦。

「是男人,就陪大哥去那看看,咱們也不幹什麼,就看看。」穆錦興奮地看著張青。

張青默了好一會兒,才定定地看著穆錦。「我不是男人。」

「啥?」穆錦還以為自己出現了幻聽。「別逗了,你不是男人難不成還是女人,不想去也不能胡說啊,你大哥我看起來像是傻子嗎?」穆錦哈哈大笑著,不由分說就拽著張青跑向那片燈火搖曳的地方。

張青的體格哪裡是穆錦的對手,就這樣被穆錦橫拉硬拽地往那地方奔去。

張青默默的在心裡嘆了一口氣。我說了我不是男的,是你不信,以後別說我騙你。

儘管見識過前世燈紅酒綠的喧囂紅塵,張青也不得不承認,她被這地方震撼了。

整整一條街的兩旁都是這種兩、三層高的小樓,小樓外裝飾得十分豪華,樓層之上,各色嬌豔的女子對著樓下嬌笑著,張青好奇看了一眼,就有一張帕子不偏不倚掉到了她臉上,還帶著一股脂粉的香味。

「哎呀公子，對不住了，奴家的手帕掉您身上了，公子可否給奴家送上來呀。」說話的是個倚著欄杆坐著的黃衣女子，說著還沖張青眨了眨眼睛，雖不是絕對的美人，但是也自有一番風味。

「青弟，快快，給人家送上去啊，美人都邀請你了呢。」穆錦一臉興奮地調侃。

張青斜睨了穆錦一眼，拿著那帕子塞給穆錦。「大哥去唄。」

眼見這條街上的人越來越多，男男女女調笑著，走進一座座的樓裡，穆錦一副嚮往的模樣。「哎呀，青弟你是不是好兄弟，都到這了，就陪為兄走一趟唄。」穆錦說完，不顧張青的反抗，再次橫拉硬拽地將張青拽進身旁那座美輪美奐的青樓之中。

他剛剛觀察過了，這座青樓是這裡最大的，也是客人最多的，人來來往往的，生意看起來很是不錯，而且門口那兩個姑娘看起來也比其他家的好看一些。

張青心裡連連咒罵著穆錦，硬是被穆錦拽進了這座樓子裡，她甚至連樓子的名字都沒能看得清。

進了樓裡，張青瞪了一眼穆錦。「大哥，可以放開我了吧。」

「當然可以。」

張青等穆錦放開她，才慢慢地打量著這樓裡的布置，儘管有心裡準備，張青仍是被嚇了一跳，整個樓子富麗堂皇得根本超出她的想像。

「來來，兩位看著眼生得很呢，該是第一次來吧。」一個上身穿著水綠色紗衣，下著牡丹花裙，化著精緻妝容，別著金釵，看上去十分豔麗的人兒，十分熱情地拉著穆錦和張青走到大廳的空位上。

「兩位可有喜歡的姑娘？還是讓奴家給公子挑選兩位呢？」女子柔若無骨的身子靠在穆錦身上，嬌媚地問道。

雖說是穆錦自己提議來這青樓的，可是他也是第一次來，從來沒有見過這樣的女人，他只感覺自己臉發紅，尤其抬頭一看，青弟滿眼的笑止都止不住，更是感到十分尷尬。

「不用了，先上些酒菜吧。」穆錦清清嗓子，不著痕跡地往旁邊挪了挪，離那花娘遠些。

那花娘一聽，臉上一怔，仔細一瞧，想著這兩個怕還是個雛兒呢，可能是不好意思。

「那好，兩位公子稍等，有什麼吩咐就叫奴家，奴家花名牡丹。」

「那就謝謝牡丹姑娘了。」張青眼睛彎彎的。

等牡丹走後，張青再次不厚道地笑了起來。「大哥，有什麼感受？」

「嗯，挺不錯的。」穆錦黝黑的臉上有了一抹可疑的紅暈。

張青看得更是悶笑不已。

第一次來花樓，穆錦好奇中帶了絲興奮，不到一個時辰，就被花娘給灌得爛醉，兩個時辰不到，張青就足足花了將近二百兩，花得她是心肝肺俱疼啊。穆錦一高興，賞，張青就在花娘那希冀的眼光中，顫巍巍地掏出一張銀票，然後穆錦再次一高興，再一句賞，張青就淚流滿面地再掏出一張銀票。

「穆大爺，咱可以走了嗎？」張青沒好氣地看著面色潮紅，神智已經十分不清醒的穆錦，此時世子什麼的都被她拋到了腦後，她只知道，這貨出來逛花樓不帶錢，她只能眼睜睜地看著自己的銀票就這麼飛入了花娘的懷抱中。

「不、不，我不走、不走，咦，你是誰呀，挺眼熟的，真漂亮。」穆錦紅著臉，瞇著眼，手慢慢地從張青的臉上滑過。「真嫩。」

張青氣結。「滾。」然後啪的一聲拍掉穆錦的手。

穆錦癟著嘴委屈。「疼！好凶。」

張青再次炸毛。「疼你大爺啊。」說著就架著穆錦往外走，這花樓是不能待下去了，如果再待下去，張青自己都不知道會發生什麼事情。

「喲兩位公子慢走，以後常來啊。」花樓的姑娘揮著小手絹目送兩人離開。

「真重。」張青側頭看了一眼那爛醉如泥的人，沒好氣道。

此時穆錦已經完全失去意識了，渾身像是沒有骨頭一樣，靠在張青身上。

月上中天，這條街的客人是越來越多，張青脹紅著臉，喘著粗氣，架著穆錦分外吃力地朝回家的路上走著，心裡也順帶問候了一下穆錦的祖宗十八代。

「青兒。」吳文敏足足找了張青好幾個時辰，從下學到現在，找不到張青他越來越心焦，他本能的不願意張青與那個世子在一起。

張青聽到熟悉的聲音，心中一喜，等到看到吳文敏的時候，她感覺自己此時的心情完全可以用熱淚盈眶來形容。「文敏，快來幫忙。」

吳文敏走到跟前，就聞到一股熏天的酒味。「這是？」

「這是長門侯的世子大人，快點幫忙扶著點，累死我了。」張青連忙招呼道。

「你們這是去哪了，他怎麼這副樣子。」吳文敏趕緊接替張青的位置，他只覺得，那什麼世子搭在張青肩膀上的手分外的刺眼。

「喝花酒了唄。」張青站在一旁擦擦額頭的汗，一不留神就把事實給說了出來，才剛說出來就有些後悔。「哎，不是、不是，是喝花酒，只不過他是一個人去的，可跟我沒關係啊，我在門口等著的。」張青連忙撇清，要是讓人知道自己去了花樓，她也就不用活了；更何況，面前站著的人未來很有可能是自己的丈夫，這就和當著未來丈夫的面和別的男人去什麼色情場所的意思差不了多少。

「哦。」吳文敏應了一聲，有些艱難地扶著穆錦。

穆錦常年練武，吳文敏的個頭比穆錦矮些，也單薄得多，吳文敏扶著他看來十分吃力。

「我和你一起扛吧？」張青建議道。

「不必。」說完這話，吳文敏感覺自己反應有些太大了，忙道：「我是說我一個人可以。」

「哦。」張青懷疑地看了一眼吳文敏，心想，吳文敏可能只是看著單薄一些而已。

第二天穆錦幾乎是頭痛欲裂的醒來的，看了有些陌生的房間一眼，好半天才反應過來自己在哪。

「嘶，我昨晚是怎麼回來的，怎麼都不記得了。」穆錦拍拍自己有些發沈的額頭。

「你醒了。」張青正在院子裡的石桌前看著昨日的帳本。

「我怎麼在這？咦，青弟你在幹麼呢？」

「看帳本。」

「看那做什麼，滿身銅臭。」穆錦不屑道。

張青合上帳本，看著穆錦正色道：「好吧，那你還我這個滿身銅臭之人的二百兩銀子。」

「什麼二百兩，我什麼時候向你借過錢了？」穆錦詫異。

「昨晚喝花酒，我付的帳。」

「喝點酒就二百兩？」穆錦雖然是個世子，卻也不是只知吃喝玩樂的哪一種紈袴子弟，二百兩銀子意味著什麼他還是知道的。

「嗯，花樓的酒是貴了些，但是還沒貴到這個地步，昨晚某人可大方了，一高興，一句賞，然後銀子就沒了。」張青撇了撇嘴道。

「什麼，你一次就賞出去二百兩，你可真有錢。」穆錦不敢置信地看著張青。

張青聽了，一口氣差點沒上來，什麼叫她有錢！此時她覺得自己連翻白眼的力氣都沒有了。「酒錢五十兩，其餘的一晚上總共說了打賞不下二十次，你自己算吧。」

穆錦撓撓頭，不好意思地笑道：「原來如此啊，呵呵，二百兩是吧，我稍後給你。」

「不行，現在。」張青一口回絕。

「我好歹也是個堂堂的世子，會賴你二百兩嗎？別瞧不起人啊。」

「哦，那世子大人現在還錢不就行了。」張青沒好氣道。

「這不，我家家教嚴，錢都在我父親那裡。」穆錦紅著臉支吾道。他一個快二十歲的大齡青年，身上永遠都只有零用錢，平常也就帶著幾十兩而已。

「嘖嘖，你這世子當的。算了，等侯爺來了再說，還有，花樓是你一個人逛的，我可沒進去啊，記住了沒？」

「為什麼？」穆錦不解。

「哪有什麼為什麼，你記住就行，要不你現在還錢。」

「張口閉口都是錢，呿！」穆錦悲哀的發現，他的小弟和他記憶裡怎麼好像有些不一樣了，好難過啊。

第十五章

這天一大早，永明省上到知府，下到百姓，無不擠在進城到驛館路的兩旁，張青一家子也不例外。

正午時分，大軍浩浩蕩蕩的進了城，直奔驛館，路上百姓議論紛紛，更讓他們好奇的是，這打了無數勝仗有著戰神之稱的長門侯是什麼模樣，一個個是卯足了勁，伸長了脖子。

張青也真的是鬆了一口氣，長門侯應該很快就會帶著穆錦離開了吧，她很快就可以和舅舅、爹爹一起回家，然後一家人團圓，過她的及笄禮。

傍晚時分，去驛館見長門侯的張闊和李攀兩人興高采烈地回來，讓張青準備準備，一起去赴今日的晚宴。

張青有些躊躇。「這樣不太好吧，我畢竟是女兒身。」

「這個沒關係，妳到時候還是做男子打扮就好，坐在爹的旁邊，除了爹和舅舅，還有侯爺，沒有人知道妳是女孩的。」張闊示意張青放心便好。

可是張青覺得還是有些不妥當。「爹，我不去不行嗎？」

「也不是不行，只是西北的士兵都挺想見見妳的，說是要好好謝謝妳，要不是妳，他們那些東西不知道還要被坑多少錢。」

「那好吧。」張青聽到這個，眼睛一亮。這正是個機會，可以和西北士兵們打好關係。

張青一行人到的時候，宴會已經開始，正是觥籌交錯之間，張青三人只是默默地坐在了自己的座位上。

張青今日特地穿了一件深灰色的長袍，好讓自己看起來成熟些許，不顯得那麼的女兒氣；只是她不知道，那深灰色的衣服卻反倒襯得自己的皮膚越發光潔如玉。

「張副將，這就是你家公子吧。」坐在張闊身邊一個彪形大漢，碰碰張闊胳膊道。

「正是犬子。」張闊拱手道。

「你家小子真是好一個人才，只是和你不太像啊，你這粗手粗腳的怎麼能生出這麼細嫩的小子。」西北軍營裡都是男人，這些人在一起說笑從沒有忌諱，也已經習慣了。

「別胡說，趕緊喝你的酒吧。」張闊一把將酒杯塞在那人手裡，回頭對張青笑道：「別聽他胡說，有喜歡吃的嗎？給爹爹說。」

「知道了。」張青只是乖巧的地點頭。

張青在這些大老爺們中，遠遠一看，也算是鶴立雞群，就好像一堆黑炭中的一點雪色，讓人不注意都難。張青剛來的時候，穆錦一眼就看到她了，只是礙於敬自己酒的人多，一時脫不開身，等他脫開身的時候，發現敬張青的人，也不在少數。

為了和這群大老爺們套關係，讓自己珍寶閣的生意不會受到影響或者使其更上一層樓，張青真的是使足了勁，簡直做到了來者不拒。

「嘿，別看張大哥這兒子長得細皮嫩肉，但是還是有幾分膽色的，難怪小小年紀，就弄了一個珍寶閣出來。」幾個將士對張青的好感度那是直線上升。

「張公子，侯爺找您。」一個小兵跑到張青身邊耳語一番。

張青有些詫異，侯爺找她做什麼。懷著這疑問，張青慢慢地朝主座走去。

「青弟，你來了。」穆錦十分高興道，只是看到張青那緋紅的臉蛋，有些愕然，總覺得哪裡有些不對，再仔細一瞧，喝了酒的張青，除了臉蛋緋紅以外，那雙眼睛也像泛了秋水一般，穆錦趕忙別開眼，拍拍那略有加速的心跳，竟是不敢再看。

「大哥好。」張青朝穆錦點了點頭，再將目光投向穆辛，只是一眼，就趕緊低下了頭。「見過侯爺。」

「免禮，妳開的珍寶閣，本侯也略有耳聞，在這裡敬妳一杯。」

「謝侯爺。」張青接過酒杯，一飲而盡。

穆辛眼尖，一眼就看到了張青腰間的那塊玉珮。「這玉珮？」

「回侯爺，這是小人小時候撿的，因為一直找不到主人，小人就私自戴在身上了。」

「撿的？拿過來給我看看。」

張青雖有些疑惑，但想，人家堂堂一個侯爺，什麼好東西沒有見過，怎麼可能昧下自己一塊玉珮，更何況還不是她的，正確來說，是她撿的。

穆辛拿在手中翻來覆去看了一遍，才還給張青。「是塊好玉，既然撿到了，就說明你們有緣，好好戴著，切莫再丟了。」

張青只感覺有些莫名其妙，穆錦則是訕訕地看著他老爹，嘿嘿笑著，只覺得自己父親那句有緣好生奇怪。

穆辛只在永明省待了兩天，讓張青高興的是，穆侯爺走的時候，順便拎走了他家世子；至於那二百兩，世子表示，他之後會還給張青的。

張青嘆了一口氣，心裡默默地流淚，她就知道，世子的錢是這麼好要的嗎？

等穆錦隨著穆辛走了，張青一行人就快馬加鞭的回了康河鎮。

張闊騎在馬上，看著前方那騎著馬的人，心中初次有了一種感覺，如果青兒是男兒該多好，卻又自責，其實一直都是他這個做父親的沒保護好女兒，讓她成了現在這副模樣。

只是看到與女兒並肩而騎的吳文敏時，心中有著淡淡的欣慰，女兒下半輩子應該會幸福吧，他只希望她的下半輩子不要這麼累，可以平安喜樂地過一生就好了。

而家裡的李雲已經翹首盼了好幾天，明明約定好的日子，卻不見他們回來，離張青的及笄禮只差最後兩天了，不由得越發心焦。

「哎，這孩子前段時間不是捎信回來說，等她爹一道回來嗎？這好幾天都過去了，怎麼還不見人，莫不會出什麼事了吧。」李雲在房間裡來回踱步，憂心忡忡道。

「妹妹放寬心，青兒那麼聰明，怎麼會出事，再說還有她爹、她舅舅，玉兒和小敏那兩個孩子也會一同回來，可能真的是路上耽擱了。」

「但願是吧。」

「我們再去看看東西都置辦好了嗎？有沒有缺的東西，還有家裡，打掃整理得怎麼樣了，這及笄可是一個女孩子的大事，可不能含糊。」

「對對，嫂子說的對，我去看看。」

而一旁屋子裡的吳嬸子，卻看著眼前的信，臉色十分難看。

張青的及笄禮是在潭水村的老屋中舉行的，李雲已經提前將老屋打掃整理好了。

再回到老屋，張青真的是百感交集，裡裡外外的轉了好幾圈，想想剛來這裡的那段日子，可真夠黑暗的。

第二天便是張青的及笄禮，張家現在也是整個潭水村有名的富豪了，再加上張闊好歹也算有了品級，張青的這個及笄禮辦得是分外的熱鬧，正賓邀請的是里正家的媳婦，也是潭水村數得上有德的婦人。

忙了一天，也保持一天溫婉的笑容，張青只覺比做生意還累得多，臉也隱隱有些僵了。

「從今天開始，我們家的青兒就是個大姑娘，可以嫁人了。」李雲在身後看著張青，嘴角微微地勾起，滿含著慈愛，眼睛卻隱隱有淚光在閃動。

「娘，我才不嫁呢。」張青將頭靠在她娘的懷裡，滿心的依戀，她剛來這裡的時候，是這個婦人用盡一切力氣保護著她。她感激她、愛著她。

很多年了，女兒已經沒有這麼依賴過自己，李雲嘆了一口氣，覺得終究是虧待了女兒。

「怎麼能不嫁呢，放心，娘一定會給妳挑個合妳心意的夫婿，讓妳風風光光的出嫁。妳看那吳家的小子怎麼樣？」

儘管張青早有準備，聽到她娘的話，還是有些不好意思。「娘，您說什麼呢。」

「傻閨女妳不願意啊。」李雲像張青小的時候一樣，一下一下拍著她的背，笑道。

「好啦、好啦。娘，爹好不容易回來了，您還是去陪爹吧。」張青將她娘送出房門，關上門。這一天雖然真的很累，但是心裡也很高興，至於吳文敏這人選，其實真的不錯。

因為記掛著生意，張青準備在家待兩天，就趕緊回永明省的珍寶閣。

這兩天她只是去鎮上的點心鋪子轉了一圈，就回了潭水村的老屋，偶爾也去爺爺、大伯家那邊轉轉；大伯娘也不知道是年紀大了還是怎麼，氣焰已經滅了許多，見了張青還滿臉堆笑，雖然那笑容中張青不知道有幾分是真、幾分是假，但是她也不是那麼在意。

張大寶按說已經快到了娶媳婦的年紀，大伯家這些年日子過得也算不錯，卻不知道他為何遲遲沒有訂親；張小寶雖比她大了一歲，他大哥沒娶妻自然也輪不上他。

去爺爺家轉了一圈後，張青便在村子裡四處走走。

一晃八年已經過去，這村子裡的模樣，卻沒有太大的改變。

時值九月，秋老虎還發著威，張青卻沒有太大的感覺，這背靠著大山，古樸的村子裡，總是涼快一些。現在已經下午，太陽也慢慢地落山，沒有了炙熱陽光的照射，村子裡更顯涼爽，她很是懷念這村子給予她的幽靜與安寧。
張青慢慢走到山腳處，小的時候，她記得她常常和她爹來這山裡，她爹打獵，她便摘些野菜、野果什麼的。
「張青。」一個陌生的聲音，在張青的前方響起。
張青抬起頭，逆光看了好半晌才看清喊的人，一身尋常的青灰色布衣。「二虎。」
二虎走到張青跟前，嘿嘿一笑。「妳還記得我啊。」
「怎麼能不記得，你可是我的好伙伴呢。」
今日的張青穿著一身水綠色挑染的衣裙，襯得明媚的小臉有股不一樣的靈動生氣，讓二虎一個晃神。「是嗎，真的啊？」
看到久違的小夥伴張青還是很高興的，二虎家和她家的關係一直很不錯，二虎也是自己在這村子裡唯一的夥伴，小時候還想過說不定自己以後就嫁給他，張青不由得笑了起來。
「女孩子做生意，很累吧。」
「還好。」張青聳聳肩，身心放鬆的她與李二虎說了許多，這些年的事情，包括她對未來的擔憂，還有珍寶閣的貨源問題。
從頭到尾，李二虎只是靜靜地聽著，並未多說，只是天快黑，兩人分別之際，李二虎突然說道：「我想和妳學著做些生意。」
張青一愣問道：「為何？」

「也沒什麼，只是不想看到家人那麼的辛苦，能分擔一些是一些。原本以為，我這一輩子可能就這樣在村子度過了，也以為這樣度過沒什麼不好，但是現在不這樣想了，現在學也不知道能跟得上嗎？」

「當然能行。這樣，想學的話，你先去我鎮上的珍寶閣，那裡剛好也缺人手，離家也近，你先跟著掌櫃學著些，我回去交代一下那掌櫃。」

張青從未想過，今日這一番話，足以改變一個少年的一生。

走的那天，張青又換成了一身男裝，和吳文敏、李玉一起離開。只是讓她略感奇怪的是，吳文敏這一路上都是一副心事重重的模樣。

「你沒事吧，我看你的臉色不太好。」張青有些擔心道。

「沒事，可能是有些累。」吳文敏嘴角勾起，擠出一個笑容。

雙胞胎一早吃過飯便去上學，李雲閒了下來，便和張青她爹討論著。「她爹，青兒及笄了，我上次給你說的事情怎麼樣？那吳家的孩子也是我從小看到大的，而且看得出來，他對青兒是有情的。」李雲坐到張闊對面，看著他道。

「青兒還小，再過兩年吧。」張闊滿心的不樂意，自己家的寶貝女兒，怎麼突然就要成別人家的了。

「小什麼，不小了，這都及笄了，該說人家了，即便是過兩年成親，也要先把親事給訂下。」

「那吳家小子，我也看了，是個有出息的，但是光咱們家著急也不行啊，得要人家過來提親不是？」張闊抽了一口旱煙，笑道。

「是這個理，那咱等等，我讓嫂子再去問問。」李雲說完便出了門，直奔孟家布莊。

見了李孟氏，李雲說明了來意，李孟氏也很高興，原來她是想自家兒子娶張青的，奈何自家兒子是個倔的，幸好吳文敏是個好孩子，也是她從小看到大的，人品各方面她都很放心，覺得甥女許配給這吳家，也是難得一樁好親事了。

李孟氏笑著將李雲送到門口。「妳安心在家待著吧，這件事情就包在我身上了。」

「那就謝過嫂子了。」李雲一臉喜氣道。

「咱們姑嫂兩個說什麼謝不謝啊，青兒雖是我甥女，但是我是把她當閨女的，妳好好在家等著吧。」

李雲這才心滿意足地回了家。

李孟氏送走了李雲，直接就朝著後院吳嬸子的房間走去。

「吳嬸子在嗎？」

「欸，在、在的。」吳嬸子應了一聲，開了門。

只是李孟氏看到吳嬸子的面容後，有些驚訝。「妳這是怎麼了，黑眼圈這麼重，臉色也不好，莫不是生病了？」李孟氏一臉關切地問。

「沒什麼，大概是最近思慮比較重，夫人找我何事？」吳嬸子不自在地笑了笑，問道。

「也沒什麼事，妳看小文現在讀書讀得挺好的，夫子說，咱們小文今年也才十五歲，已經是個秀才了，再過兩年說不定還能中個舉人回來，我就想著小文這麼好，他的親事妳是怎麼想的。」李孟氏躊躇著將話問了出來，卻沒有發現吳嬸子的臉色一瞬間難看起來。

「怎麼，很為難？」李孟氏看吳嬸子久久不語，心中有些打突。

「不是、不是，只是……」吳嬸子不知道要怎麼說這件事，她很中意張青，這姑娘也算是她看著長大的，人又聰明、又孝順，最重要的是兒子喜歡，可是想著前兩天送來的那封信，她卻又不知道怎麼開口。

「難道是吳嬸子嫌棄我家青兒每天在外拋頭露面？」李孟氏的臉色不太好了。

「不、不，沒有這個意思，張姑娘很好。」吳嬸子連忙解釋。

「張姑娘？」李孟氏聽了更驚訝，這吳嬸子一向都隨他們青兒、青兒的叫，什麼時候生分地開始叫張姑娘，她心裡突然有一絲不大好的預感。「難道妳不想與我妹妹做親家？」

「不是，想，我怎麼不想，可是、可是……」

聽到吳嬸所說的話，李孟氏臉色好看了一些。「可是什麼？」

「也罷，您看看這個吧。」吳嬸子說著從衣袖裡掏出一張薄紙，遞給李孟氏。

李孟氏狐疑地看著這張紙，慢慢地打開，看完之後，卻是臉色大變。「這信上說的可是真的，小文自小訂了婚約？可這麼多年，為什麼從來沒聽你們提過。」

吳嬸子嘆息一聲，艱難地點點頭。「這家的主人當年與先夫是好友，兩個孩子還在襁褓的時候，就訂下了婚事，而且彼此交換了信物。當年先夫死了後，家財被人霸占，也曾求過他們家，但是，他們家不幫忙不說，還讓人將我們母子趕了出來，當時他家也稱兩家的親事已經作廢。」吳嬸子想起當年的事情，依舊一臉怒色。

「好不要臉的人啊，當時既然已經作廢，現在這信的意思是？」

「當時說作廢，只是口頭說，並沒拿回交換的信物。」想起這吳嬸子又嘆了口氣道。

這時饒是李孟氏也不知道要說些什麼了。「吳嬸子的意思是，這婚事還是作數的，小文也會娶這女子對嗎？」

「從小我便教孩子，要言而有信……」待她還要再說，卻被李孟氏攔下。

「我知道了。」李孟氏站起身，直接出了房門，來時的一臉喜氣，早已變成了怒氣。

她將這事先告知了李攀，夫妻兩人一同去了張家。

張家四人一片和睦，言笑晏晏的坐在一起吃飯。李雲看到自家哥嫂過來，臉色一片喜色。「怎麼樣，有消息了嗎？」

李孟氏沈默地點了點頭。

李雲直覺有些不對。「嫂子，妳這是怎麼了？」

「咱們到屋裡說。」說罷便拉過李雲，朝著自家丈夫遞過一個眼神。

「什麼？妳說吳家孩子已經有婚約。」李雲不可置信地一聲驚叫。

李孟氏有些沈重地點了點頭。

「不行，這件事情我要趕緊告訴青兒。」

另一邊聽了李攀帶過來的消息，張闊也冷了臉。「也罷，既然那人已經有婚約，那就算了吧，我家青兒也不是沒人要。」

等張青知道這消息後，坐在椅子上久久不能言語，她不是沒有發現吳文敏最近的異常，只是她並沒有在意。

她真的是打算要嫁給吳文敏，也付出了感情的，怎麼會是這個樣子?!

她先提筆給家裡發了一封信，請父母放心，然後整整三天都有些心不在焉。她很想知道吳文敏心裡的想法，她總覺得，不管怎樣她都應該問一問，他是真的要娶那個素未謀面的姑娘嗎？可是張青卻沒有細想，娶又怎樣，不娶又能怎樣。

這天傍晚，張青終於等到了久不出現的吳文敏，他依舊是一身樸素的青色布衣，依舊看起來溫潤如玉。

「你來了啊，臉色有些不好，最近是不是太累了？」張青注意到吳文敏眼底有些黑青，臉色有些發白，便關心地問道。

「還好，不是很累。」吳文敏對著張青燦爛一笑，心裡卻暗自抽痛，只希望那消息青兒知道得越晚越好，好讓他再貪婪地享受著她的關心，雖然這很卑鄙。

「你跟我來，我讓你看樣東西。」張青嘆了一口氣，轉身示意吳文敏跟上，長痛短痛，是好是壞，她都應該去面對，逃避不能解決任何問題。

吳文敏心中有些突突的，本能的有些抗拒，但是看著張青不容置疑的背影，終究跟了過去。

「看看這個。」張青遞給吳文敏一封信。

吳文敏死死地看著那封信，他已經能猜得到那封信裡究竟寫了什麼，他的手在身側緊握成拳，有些抖動，面色蒼白的看著張青。「不用看了，我知道妳想問什麼。」

「我想知道你的決定。」張青嘆了一口氣，看著吳文敏。

吳文敏只感覺，張青的眼神好像能穿過他的軀體，直直的看到他的內心，忽然間他就有些難過，這姑娘，他很小的時候便喜歡了，他努力讀書，想要努力地掙一個好一些的前程，親手給予她幸福。可是事情怎麼會變成這樣？他想不明白，只覺得這痛苦，撕心裂肺。

「我的決定重要嗎？」吳文敏苦笑一聲。

張青堅定地點點頭。「重要，很重要。」

「可是我不知道。」吳文敏有些痛苦道。

「不知道，怎麼會不知道呢？」張青呢喃著。

「婚約是小時候訂下的，那女子我根本不曾見過，這婚約我也根本不知道，可是現在既然知道，我根本沒辦法推辭。」

「不能毀約嗎？」張青輕聲詢問。

「不能。」吳文敏慢慢地搖搖頭，他也曾想過毀約，只是這婚約是他已經去世的父親訂的，他娘從小便教他言而有信，而且退婚對一個女子的傷害實在太大，嚴重的話女子削髮為尼或者自盡的比比皆是，他不敢揹上一條人命。

「哦，那我知道了，意思就是你一定會娶那女子嗎？」

「娶了又如何；不娶又如何？」吳文敏定定地看著張青。

張青愣了一下，而後回答。「娶了，我們便不再聯繫；不娶，我便嫁給你。」

吳文敏渾身大震，臉色驚疑不定地看著張青，再次緩緩地搖了搖頭。「我不知道、不知道，妳容我想想可好？」

「不用想了，其實結果早就已經出來了。」張青嘆了一口氣，眼眶微紅。「娶了那姑娘，便要對她好，知道嗎？你以後一定會過得很好的，其實，我們也不是那麼的適合，我的性子急，脾氣也不好，一般妻子該會的東西，我幾乎都不會，還老是讓你幫忙算帳什麼的，拖累你的學業，這樣想來，這結局居然算是最好的。小文子，你說是嗎？」張青轉身背對著吳文敏，深深地吸了一口氣，不想讓眼淚在吳文敏的面前掉下來。

「不，妳很好，真的很好。」吳文敏再也聽不下去，起身從身後抱住張青，死死地抱住，就好像要將她融入自己的身體之中，他的心疼得厲害，就好像被人挖去了那麼一塊，空蕩蕩的。

這是兩人第一次這麼擁抱，可是兩人也都明白，這也是最後一次了，從此以後橋歸橋，路歸路。

「你走吧，好好讀書，莫想這些了。」即便有些貪戀那溫暖的懷抱，張青還是狠下心來，推開吳文敏，自始至終她都未曾轉過身。

「妳要好好照顧自己，我對不起妳。」吳文敏說完便踉蹌而去。

獨留下張青，淚如雨下。

「看，太把自己當一回事了吧，原來一直以來，都是當小三了，就在剛剛居然還想著擠走人家的未婚妻，張青啊張青，妳的道德底線都被狗吞到肚子裡去了嗎？」張青喃喃自語著，雖然知道吳文敏毀約會對一個姑娘家造成什麼樣的影響，但是那一刻，她是真的期待吳文敏同意毀約。

「也好，這樣，最起碼，我的良心還在，小文子如果要毀約，那姑娘出了什麼事，他這一輩子可能都不會好過的吧。」這樣想著，張青揮筆再次給家中寫了一封信，讓爹娘不要擔心，也告訴他們，她和吳文敏是不可能的了。

穆錦回京的路上，一直有些忐忑。這一走，便是多年，當時匆匆而去，只留下身體嬌弱的母親，也不知道母親怪他沒有，母親的身體好些沒有。還有表妹，剛知道表妹大婚時，心中是有痛苦，可是被他爹逮著機會好好地操練了一番過後，卻發現這痛苦遠沒有他想像的那麼深。

當時他更多的可能是意難平吧，畢竟他一直以為表妹會是他媳婦來著。

想到回京肯定要見表妹，穆錦打心底有那麼一絲發怵和不樂意，最開始那種想立馬回京好好問問表妹的心情，早就飛到了九霄雲外。

進了京城，穆辛領著幾個將士，朝著皇宮而去，宮裡一早便設了宴，邀請了王公大人。

穆錦不是第一次進宮，可是離上一次進宮已經過了好久，久得他記憶都有些模糊。

宮裡已準備好眾將士換洗休息的地方，待穆辛帶領眾人見過聖上，接了賞賜後，一群人便轉去宮裡準備好之處，準備先洗個澡、換過衣裳，休息後等著晚宴的開始。

穆錦自然也不例外。

看著宮女倒好洗澡水，打發了宮女出去，穆錦便準備快樂的、舒服的洗個澡，然後休息一下，晚宴上定要容光煥發；更何況晚宴的時候他母親也會來，他要以最好的狀態迎接他母親，好讓她知道她的兒子並沒有受苦。

「表哥好興致啊。」

穆錦剛解開外衣，就被這聲音嚇了一跳。「誰？」

「表哥不記得我了，呵呵。」江雲死死地看著屏風後的穆錦，眼中盡是瘋狂，那瘋狂中卻帶著些許隱隱的愛戀與思念。儘管無數次告訴自己，是他拋棄了自己，她應該恨他，可是聽聞他回來，她還是不顧被人發現後會有什麼嚴重後果地跑來看他。

「雲兒？」穆錦身體一怔，暗自苦笑，這真的是怕什麼來什麼啊。

他慢慢地穿好衣服，走出屏風，看著這個原本以為是自己媳婦的女人。

一身金色繡著大紅牡丹的錦衣，面容妖嬈，記憶中的清純早已不在，取而代之的是一種嚴肅，眉眼間還是那個人，可是穆錦卻感覺，眼前這個人已經不是他認識的那個人了。

江雲有些貪婪地看著穆錦，從眼，到鼻，到唇，上上下下，左左右右，一寸一寸，細細打量著，好像捨不得放開一點。

穆錦只渾身打了一個冷顫。表妹的神情好可怕，眼神也是，這是有多恨他啊！他感覺，表妹的眼神是要一寸寸的凌遲他，而且臉上的表情那是什麼，狂熱？狂熱地凌遲他嗎？他好像沒有對不起她吧，兩個人的角色是不是弄錯了，是她對不起他吧。

「雲兒？」穆錦躊躇地叫了一聲。

江雲回過神，看著穆錦突然就有了些許委屈，一下子撲到穆錦的懷裡。「表哥。」

穆錦身體有些僵硬，如果表妹沒有嫁人的話，此時他應該會很高興，但是，他現在只有尷尬。「表妹，不是，王妃娘娘，請妳注意一下禮節。」穆錦推開江雲，面上有一絲拘謹。

江雲淚眼婆娑地抬頭看向穆錦，不可置信道：「表哥你叫我什麼？王妃娘娘？」

穆錦心裡惴惴，同時有些委屈，當年是她不聲不響地嫁給了瑾王爺，現在這樣是怎麼樣，不叫她王妃要叫什麼啊；只是作為一個大度，並且有一定智慧的男人，穆錦覺得，這些話說出來可能不是那麼的適合。

「呃，表妹，好久不見，這些年過得好嗎？」

「你說呢？」江雲幽幽地看著穆錦。

穆錦直感覺冷汗直流，內心叫苦不已，只能努力放柔了聲音。「是這樣，我這剛回來，待會兒還有晚宴，可否請表妹先移駕，讓我先做梳洗，咱們這樣，被人看見不太好。」

「表哥這是嫌棄我嗎？」

「這怎麼說呢，避嫌避嫌而已。」

「避嫌？」江雲神色複雜地吐出這兩個字，忽然想起年少時的光景，一年又一年盼著他來，他來了，她欣喜，那時候可曾想過什麼避嫌啊。

兩人的氣氛一時陷入了沈默之中。

「世子，您梳洗好了嗎？奴婢可以進來了嗎？」門外突然出現宮女的聲音。

穆錦身子一僵，連忙回答。「還沒、還沒，稍等。」

江雲神色複雜的又看了他一眼，走到床前，只見她移動了一下床前那個燭臺，那床板竟然緩緩移開。

「表哥再會了。」江雲一腳跨進去，回頭對穆錦道。

「喔，好，再會。」穆錦點點頭，就看到江雲神色淡定地走了進去，然後床又恢復到原來的模樣。穆錦簡直驚訝到不行，他連忙跑到床邊，敲了敲床板，心想。「表妹居然連皇宮的密道都知道。」

然後整個洗漱的過程，穆錦都有些忐忑不安，總懷疑，不知道下一個瞬間，是不是那床板後就會迸出一個人啊。

第十六章

穆辛這次在西北待了這麼多年才回京述職，西北那一帶因為有他的坐鎮，變得安寧無比，經過這段時間調養生息，更是一片生機勃勃。

這次的晚宴，是聖上特意為穆辛所準備，這也代表了穆辛在聖上眼中的地位。

整個宴會觥籌交錯，歌舞昇平，向穆辛敬酒的人絡繹不絕。

穆錦總覺得這裡的一切繁華似夢，而西北的那一切卻顯得比較真實，他喜歡夢裡的生活，卻不願意一直待在夢裡。

穆家一家三口坐在一起，被奉為上賓，座位只在昭陽帝的右下方，除了穆辛時不時的要應酬之外，其餘兩人顯得其樂融融。

穆錦一抬頭，愣了一下，他的正對面就坐著江雲和瑾王。

穆錦以前也見過瑾王，在他印象裡，瑾王就只是個胖子而已，其他的他倒不太注意，那些風評什麼的他也不置可否，可是今天他不小心抬頭看了一眼瑾王，就愣住了。

這瑾王胖得那雙眼睛都已經成了一條縫，只是一眼，穆錦就隱隱的不舒服，瑾王渾身上下充滿著暴戾、淫邪之氣，讓人心生不喜。江雲和他坐在一起，就好像一隻巨大的蛤蟆旁邊坐了一隻小小的鵪鶉，真讓人不忍直視啊。

打量了一眼瑾王，穆錦就連忙一臉惋惜地低下了頭，絲毫沒有看見江雲看到他那表情後，滿臉的蒼白。

「我說王妃啊，妳這表哥小模樣挺不錯的呀，表哥、表妹，呵呵。」瑾王湊到江雲的脖頸旁，朝她微微吹了一口氣，語氣陰狠道。

江雲渾身一震，臉色越發蒼白，滿目竟是慌張之色，只是這神色也只是一瞬間，短得讓瑾王根本沒有發現。「王爺說笑了，我與這表哥已經是許久不見，也就是小的時候在一起玩耍過，比起模樣、才幹，他又怎麼可能比得上王爺呢！當年要不是對王爺一見傾心，我也不會嫁給王爺。」江雲說完，又露出滿臉的羞澀之意，只是那半垂著的眼露出一絲絲厭惡。

瑾王對江雲的回答相當滿意，捏了捏江雲的臉蛋，摟過江雲，在那櫻桃小嘴上就啃了一下。「我的王妃，這張小嘴真的讓人喜歡得緊。」

江雲羞紅著臉，瑾王也當她只是害羞，卻不知江雲此時心中正氣得發抖，她是堂堂的瑾王妃，他究竟把她當成什麼，府中的歌妓不成？這大殿之上，可有人與他一樣，如此輕浮對待自己的妻子。此時她只感覺如芒在背，放眼四周，她總覺得，這些人都在看她的笑話。

只是眼風掃過穆錦處的時候，看到穆錦正低著頭，她內心不知怎麼的就鬆了一口氣。

「長門侯可真是威風，想嫁到你們家的人多不勝數吧。更聽說，長門侯這些年，只守著夫人一人，鶼鰈情深，也不知道世子是不是也和侯爺一樣啊？」瑾王坐在對面，高舉著酒杯笑呵呵道。

「瑾王說笑了，穆某不敢當。」穆辛笑容滿面，只是不接瑾王的話。

瑾王的眸子暗了暗，臉上的怒氣一閃而逝，而後很快地斂住。「本王聽說，穆世子今年也有二十歲了吧，該是成家了，如果還沒有訂下，不如讓本王作個媒吧。」

瑾王這話一出，整個宴席都靜了下來，狂熱地看著穆家一家三口。

穆辛現在聖眷正濃，而這穆錦看起來也不像個草包，家裡情況也簡單，這簡直是家裡有未婚女性人家眼裡的香餑餑啊。穆錦以後承襲侯爺之位肯定是跑不了的，而且憑著穆辛的功勞，說不定能成為整個大周開國以來第一個異姓王啊。

江雲一愣，垂下頭，手緊握成拳，靜靜地等待著接下來的發展。

穆辛一愣，然後哈哈大笑，站起身來，端上一杯酒，朝瑾王敬來。「謝過瑾王好意，不過犬子早有婚約，對不住了，本侯自罰一杯。」

「是嗎？我怎麼沒有聽說過啊。」瑾王要笑不笑。

「這是在西北時候訂下的親事，所以京中知道的人少之又少。」

聽了穆辛的話，眾人眼中的狂熱褪去，俱是惋惜不已。

穆錦則是有些驚訝，他訂了親？他自己怎麼不知道。

而江雲此時的眸子裡已經是恨意一片。難怪，他待在西北不回來，難怪即便說她要大婚他也不回來，原來，是早已經變了心，枉她還等著他，想著原諒他；卻不曾想過，當年只要她不願意，是沒有人能逼迫得了她的，是她屈服於她的母親。

「不知道哪家的小姐能得到侯爺的青睞。」瑾王並不放棄。

「也不是什麼大戶的小姐，是我一個屬下的女兒罷了。」穆辛只是簡單地告知了一句，並不願多談。

「哦，原來如此啊，也不知道世子準備什麼時候大婚呢？」瑾王詢問。

「這次回京述職，也確實有為我兒大婚的準備，婚事就準備在三月後，到時候本侯會廣發喜帖，還請各位賞臉啊。」

「一定、一定。」周圍附和聲一片。

瑾王陰笑道：「莫要忘了給本王也送上喜帖。」

「一定、一定。」

皇帝斜靠在上首，只是樂呵呵地看著底下的臣子。「既然穆愛卿的兒子要大婚，到時候朕為他們主婚。」

「多謝聖上賜恩。」穆錦連忙下跪。

江雲聽了，雙眸更是晦暗。

穆錦則是有些訕訕的，他怎麼莫名其妙的就多了個媳婦啊。

回到府裡，穆錦剛準備問，就被他爹給打發走了，理由是，天色已晚，為父很累。

穆錦回到房裡，還是有些不解，他父親的下屬他都認識，不記得哪家有什麼出類拔萃的女兒啊。

季衫伺候著穆辛洗漱，夫妻久別重逢，本應該其樂融融，恩恩愛愛，可季衫此時卻是一片憂心忡忡。

「侯爺，錦兒的婚事是真的嗎？哪家的小姐，我可曾見過，年方幾何，家住哪裡，相貌呢，品行怎麼樣？」一連串的問題讓穆辛有些鬱悶。

「夫人，為夫好不容易回來一趟，時候不早了，該歇息了。」

季衫還想再問，抬頭卻看到穆辛那雙鳳眼熠熠生輝，到嘴邊的話就嚥了下去，臉上一片緋紅，輕輕頷首。「好。」

等到張闊接到穆辛的來信時也不免有些詫異。「青兒娘，這點心鋪子怕是要關了。」

「為什麼？」李雲大驚，這個點心鋪子可謂用盡了一家人所有的心血，他們家好起來，也是從開點心鋪子開始的。

「侯爺說，聖上賞賜了宅子給我們這些有功的將領，我們要搬去京城了。」張闊面上雖然很冷靜，但是心底卻也在沸騰，果然當初他的決定是正確的，他張闊走出了山村，在天子腳下有了一席之地。

「真的？」李雲大喜，甚至有些不敢相信。「那我哥嫂呢？」

「放心，妳哥嫂在京城也有宅子，我們兩家可以一同上京，不必分離。」張闊看著也不再年輕的自家媳婦，滿目的柔情止也止不住。「到了京裡，我也給妳買些丫鬟、婆子伺候妳，妳以後就是主母了。」

「嗯，好。」李雲看著丈夫那歡喜的眼睛，慢慢地紅了眼睛。

潭水村老張頭家的門口掛起了高高的大紅燈籠，放起了鞭炮，擺開了三天三夜的流水席，宴請村子裡的父老鄉親，來的人無不對張家一家恭賀道喜。

張闊本來是有些反對這樣鋪張浪費的，只是看著爹娘高興，便由著他們去了。

熱鬧過後，張闊說了他的想法，要將爹娘和哥嫂、姪子一起帶上京城。

大、小高氏，俱是一臉興奮，京城那是何等繁華的地方，過去她們可想都不敢想的啊。

只是老張頭和張家大哥張升都有些沈默。

「你們一家去吧，我一輩子都在這裡生活，現在讓我離開，我捨不得；更何況你爹我都是半個身子埋進土裡的人了，等以後有空去看看就行，住那裡的話，還是算了，那裡都是權貴，我怕我住不習慣。」老張頭先開了口。

「老頭子你！」大高氏一驚，滿臉的不樂意。

「好了，別說了，這是我的決定，妳要去，便和老二去吧。」

看到老張頭的臉色有些不好，大高氏委頓下來，滿心的不忿，兒子有出息了，當爹娘的卻不跟上享福，這都是什麼事啊，老頭子這腦子壞掉了不成。

自從得了張闊的消息，小高氏一直都處在興奮當中，她甚至開始幻想著，自己住著那種有花園、湖水的大宅子，渾身的綾羅綢緞，丫鬟、奴婢成行的伺候著自己，還有她家大寶、小寶，可以去京城說門好親事，反正這村裡的這些姑娘她也看不上。

「我和爹的想法一樣，爹娘還健在，我不能離開，我要照顧爹娘。」張升憨厚一笑。

小高氏也不可置信。「他爹，你瘋了嗎？」

「這裡沒妳說話的分。」張升淡淡的一句話，立馬讓小高氏閉了口，只能不忿地坐下。

張闊還要再勸，便聽到老張頭道：「你們收拾收拾去吧，等你們一切順利，都好了的話，我們去京裡看你們。」

張闊猶疑再三，只能點了點頭。

張青接到她爹的信時，愣在了當場。關掉珍寶閣，去京城？只是這珍寶閣是自己多年努力的成果，怎麼可能說關就關掉，還有遠在鎮子上的點心鋪子，也不能說關就關啊。

張青提筆回信委婉拒絕，詢問不知道可不可以讓她一個人留在永明省，看顧著珍寶閣。

只是這回信沒等到，卻等到了拉著張家、李家共七個人的一行馬車。

「爹，您怎麼這麼快就來了，沒收到我的信嗎？」

「沒有。妳爹給妳寫好信，我們準備好東西就來了。」

張青想也是，估計自己的信這會兒還在半路上呢。張青打算讓家裡人都去，她自己留在永明省便好，只是不管是張闊夫婦還是李攀夫婦都覺得不妥。

以前家中沒個頂事的人，才讓張青在外拋頭露面，現在則不一樣了，張青都及笄了，和吳家的婚事又不成，真的不適合讓她與父母分離，隻身在外面。

其實張闊還有一件事情瞞了家裡的人，就是侯爺信上除了說聖上賜宅子的事情，還有侯爺奉上的婚書。

上次侯爺臨走的時候打聽過青兒的婚事，當時他以為侯爺只是關心下屬，也怕世子和青兒走得太近才過問，於是老老實實地答了侯爺的話，說是家裡人有意與那吳家結親。

當時侯爺也沒說什麼，可收到這封信時，張闊不由大驚，好像侯爺事先就知道青兒和那吳家孩子不能成事；不過，仔細一想，除了門第不配以外，那世子也算是個良配。

張青此時還不知道，只是有些煩惱珍寶閣的處理，這是她的心血，她萬萬捨不得關掉的，這究竟該怎麼辦，張青陷入兩難之地。

突然她腦子裡精光一閃，讓她想起了同村的李二虎，這幾年李二虎在鋪子裡確實頂得了大用，而且深受掌櫃的喜愛，學東西也是飛快。

有一種人天生就適合做生意，而李二虎看起來好像就屬於這種人。

最後決定，她先留在這裡，等著李二虎過來做交接，爹娘帶著弟弟與舅舅、舅娘一起去京城，李玉等著她陪她一起走。

送走了家人，張青便開始忙起來，她已經給二虎修了書，就等著他過來，在他來之前，她要將手中的事情都處理完畢，還要給李二虎寫下一套章程。

夜裡張青仍然在奮筆疾書著，李玉有些為難的在房門口踱步，不知轉了幾個來回，最終咬了咬牙，敲響了房門。

「表妹，我有些事想跟妳說。」

張青開了門，門外的李玉有些尷尬。其實這事情，他身為表哥，還真的不知道要如何對自家表妹講。

「表哥請講。」

如今的天氣還不冷，無風的夜裡，張青索性斟上一盞茶，拿了些點心，與表哥坐在院子中間的石桌前。

李玉躊躇著，不知道要怎麼開口。

張青仰望著天空，天上繁星點點，很是好看，她已經很久沒有這麼愜意地看過這樣的天空了。「我知道表哥想說什麼，是小文子的事情嗎？」

「欸，嘿嘿，妳知道啊。」李玉嘿嘿笑了兩聲，表妹和吳文敏都是跟他從小一起長大的，眼看著他們兩個這樣，讓人真的很惋惜。看著表妹一臉平靜，而吳文敏也日漸沈默，更加消瘦，聽到張青可能要離開，身子更是晃了一晃，一臉痛苦之色。

「他現在不太好，妳也快要走了，臨走的時候要不要見他一面。」

張青嘆了一口氣，正色道：「沒有必要。表哥，我們沒有緣分，既然沒有緣分，那就不必再強求，何況這事情也強求不來。我有我的家，我有我要守護的幸福，他也有。他要考上功名，為逝去的父親、為寡母掙光榮，這是個死局，除非是那姑娘自己解除婚約，否則，誰都沒辦法。」

李玉眼睛一亮。「那就想辦法讓那個姑娘自己解除婚約。」

張青搖搖頭，只是但笑不語。

「不試試怎麼知道不行。」

張青苦笑一聲。「誰說我沒試過，我試過了，我找過那家人，我見了那姑娘。」

「什麼時候？」李玉驚訝。

「不重要了，一切都不重要了，我還有事，表哥在這裡賞賞月、作作詩，我先回房了。」

回房以後張青又想起了那個姑娘，那個身分為吳文敏未婚妻的女子，一個在這個時代很平常的姑娘。她是以吳家孀子親戚的身分去見那姑娘的，她還記得那姑娘聽聞她是吳家親戚的時候，臉上那麼羞澀的笑容。

看到那笑容的時候，她到嘴邊的話卻躊躇著不知道要如何說出口。

「你們家裡人當年不是不同意嗎？為什麼又同意了？」張青還是問了出來。

那女子的臉瞬間蒼白，慢慢地低下頭，才懦懦地說道：「媒妁之言，父母之命。」

「那妳見過他嗎？」張青又問。

那女子才慢慢地抬起頭，然後重重地點了點頭，那臉由蒼白又換成羞紅而後道：「我知道他可能不喜歡我，那些事情我家有錯，但是沒關係，不管如何，我會學著做個好妻子，會一輩子對他好。」

「那妳有沒有想過，他可能有喜歡的女子。」張青苦笑道。

那女子卻瞬間白了臉，好半晌才道：「沒關係，他要喜歡便一同納回來吧。」

小小的聲音，卻是那樣的斬釘截鐵，張青想對那女子笑一笑，卻怎麼也擠不出笑容。心底也知道要怎麼做了，有些事情並不是她爭取了便會有結果的，就像現在。

等著李二虎來了，張青交接過所有事情後，覺得沒有什麼問題，便和李玉起身趕往京城。

只是他們不知道的是，在他們上了馬車後，有兩雙眼睛幽幽的盯著那遠去的馬車。一雙痛苦不堪；一雙卻是堅毅，有著釋然。

張青的心情卻有些悵然，又有些對新生活的渴望。

從一個現代的白骨精變成一個小村姑，然後走出山村，邁入了京城。張青不知道後面還有什麼在等著她，但是她的心情卻很好；反正，壞總不會壞過最初，只要不是死，一家人能在一起就很好。

到了京城時，張青順著爹娘的信，找到那地址時，天已經暗了。

張青看著眼前這扇並不是很高大的朱紅色大門，走上前去，敲了敲。

「請問您找誰？」開門的是個年紀稍微有些大的婆子，穿著灰色的衣裳，一臉狐疑地看著張青。

「您好，請問這是張闊張副將的家嗎？」

「是，妳是……啊，是大小姐嗎？」

「如果這是張副將的家，那麼我就是的。」

婆子聞言很是高興。「小姐您跟我來，我帶您去老爺、夫人那。」然後一招手出來了幾個小廝模樣的人。「猴崽子們，還不趕緊過來見過大小姐。」

「大小姐好。」一行四人，老老實實的見了禮。

「不用多禮，也不知道我的房間在哪，叫幾個人將我的東西拿過去吧。」

「是，小姐跟我來，往這邊走。」

張青扭過頭對李玉道：「表哥，這是我家，那隔壁就是你家了，你是先回家呢，還是先到我家來。」

李玉擺擺手。「我還是先回家，明兒再來看姑母、姑父。」

張家的院子是個三進的宅子，並不是很大，進了門，最中間的主屋是張闊用來見客用的，左右兩邊各種了些花草樹木，天色晚了，張青也看不出種的什麼，只是感覺鬱鬱蔥蔥，十分茂盛。

隨著長廊繞過主屋，穿過一個圓弧形的門，就到了第二進，張青隱約看著那弧形門上刻著東西，卻看不清那是什麼字。

「小姐，這就是良若院，老爺和夫人住在這裡，出了這個院子往左拐，是兩位少爺住的地方，右拐就是您的院子了。」

張青點點頭示意知道了，隨著那婆子進了院子。

張青進門的時候，一家四口正在吃飯，看到張青，著實愣了一下，然後便是喜笑顏開。

「到了怎麼也不說一聲，爹爹好去接妳啊。」

「等爹爹來接，我自己都找上門來了。」張青只是笑著。

雙胞胎已經八歲了，正是最淘氣的年紀，見到最疼他們的大姊，只是躊躇了一下，就朝著張青撲了過來。

張青看著眼前兩張相似的臉，很是高興，捧著兩個人的臉蛋，一人狠狠地親了一口，讓她好笑的是，兩個弟弟居然侷促起來，臉蛋紅紅的樣子，竟是害羞了。

「哈哈，怎麼？大姊親一下都不可以了，看這小臉蛋紅的。」張青笑道。

李雲不贊同道：「他們都八歲了，不是小孩子了，當然會害羞。」

「娘這話說的，八歲又怎麼了，不是我弟弟了嗎？來讓姊姊再親一口。」說完又是吧唧兩聲。

「妳這孩子，淨說胡話，李嫂，這是大小姐，去灶上說一聲，再準備兩道菜，一個糖醋鯉魚、一個水煮牛肉，都是大小姐愛吃的。哦，先來上一副碗筷。」李雲一板一眼地吩咐著。

等那李嫂下去了，張青要笑不笑的看著她娘。

李雲臉一紅。「妳個促狹鬼，看什麼呢。」

「沒什麼，只是發現，這幾日不見，我娘都有了當家太太的派頭了，小女我很是欽佩呢，爹爹您說是不是。」張青將皮球踢給了她爹。

「呵呵，好了、好了，趕緊吃飯吧，一回來就鬧騰。」

「怎麼會，我怎麼可能有這兩小淘氣鬧騰。」張青只是不贊同。

「姊姊壞。」雙胞胎異口同聲道。

吃過飯，和父母說了會話，陪兩個弟弟鬧了會兒，張青便跟著丫鬟回到自己房間。

張闊看著女兒的背影微微地嘆了一口氣。「這事，還是明天給閨女說吧。」

張青隨著那丫鬟到了自己的院子。「雪敏？」張青輕輕唸出門上的那兩字。

「這正是小姐的院子，小姐隨我來，房間是一早就佈置好的，剛才奴婢們又打掃了一遍。」

「哦，妳叫什麼名字。」

「我叫小翠，是夫人給起的名字，以後是小姐的丫鬟了，小姐有什麼事情吩咐我就可以了。」小翠很高興的介紹著自己，心想務必讓小姐記住自己。今天她也看出來了，這小姐在家應該是深受寵愛的，跟著小姐應該差不了。

「哦，小翠呀，這名字倒是挺好記的。」

跟著小翠進了院子，天色太黑，張青也沒有怎麼打量，就徑直進了屋子，屋內四角都已經點好了油燈，油燈在空氣中搖曳，整個屋子裡都是暖黃黃的一片，看起來分外溫馨。

張青經過幾天的趕路，身心俱是疲憊，丫鬟們也早已經準備好了熱水。

張青將自己泡在盛滿花瓣的浴桶中，聞著淡淡的花香，深吸一口氣，心想，難怪眾人追求權勢金錢，這有錢有勢真的好啊。

泡了個澡，等著兩個丫鬟將頭髮擦乾，張青就睡了。

原以為到了新的地方，會睡得不習慣，也不知是不是因為這裡有父母的緣故，張青只覺得這一覺睡得格外香甜。

等她一覺起來，只覺得腹中咕嚕直叫。

她的床頭放著一套粉色的衣裙，張青慢慢地換上，衣裳只穿了一半，就聽見有人敲門。

「小姐可是醒了，奴婢可否進來？」

聽著是昨夜那個丫鬟的聲音，張青便應了一聲。「嗯，進吧。」

小翠進門看到張青自己已經穿好了衣裳，不由有些大駭。「奴婢該死，原是應該奴婢伺候小姐穿衣的。」

張青細細打量著站在自己跟前的丫鬟，昨夜沒有看清，今日一看，是個十三、四歲的丫鬟，眼神倒是挺清澈的，看著是個聰明伶俐的。

「沒關係，衣裳而已，我自己能穿。」

「奴婢伺候小姐洗漱吧。」

「現在什麼時辰了？」

「現在已經午時了。夫人說，小姐大概是趕路累了，讓我們不要打擾您，讓您多睡一會兒。」小翠老實答道。

「我竟然睡了這麼久。」張青有些驚訝，她起床的時間正好跟得上家裡吃午飯。

張青此時正是最好的年紀，如花蕾一般嫩生生的，李雲只覺得，全天下最好、最美的詞語也不能用來形容她的女兒。她已經許久沒有見女兒穿過女裝了，一身粉色收腰百花褶裙將女兒的身姿勾勒得十分窈窕。

這衣裳是她初到京城和嫂子出門的時候看中的，當時她就覺得，青兒定是適合這件衣裳，便買了回來，自己親手用針線改了改；果不其然，女兒穿上真的是美極了，芳華正盛，配著那如玉脂般的肌膚，星眸般閃亮的雙眸，粉色的櫻桃小口，還有那小女兒特有的稚嫩羞澀之情，總之是渾然天成，形成特有的一種風姿。

「娘，您看什麼呢。」張青有些不自然地拽衣裳，她娘的眼神怪瘆人的，這裡也沒個全身的鏡子，她也不知道自己現在是什麼模樣。

「沒什麼，只是突然覺得，我的小女兒怎麼就長這麼大了，心中有些歡喜罷了。」李雲說著擦拭了下有些微紅的眼眶。「好了，一覺起來餓了吧，一起吃吧，娘吩咐灶裡給妳熬了妳喜歡喝的魚肉粥，剛起來還是不要吃太膩的好。妳爹爹中午不回來吃飯，就咱們娘幾個，吃完後，去妳舅舅家轉轉，他家就在咱們隔壁。」李雲絮絮叨叨的。

張青只是微笑點頭。

李雲卻越發的悵然，心想女兒也不知道會便宜了哪家的小子，那吳家小子是沒有福氣。

飯吃了一半，張嫂卻跑過來。「夫人，有個人自稱是長門侯世子，求見公子。」

張青嘴裡正喝著粥，聞言就一口噴了出來，然後直咳嗽。

李雲只是不贊同地看了張青一眼。

「妳先讓世子爺在前廳等著，告訴他公子稍後就來，記著，其餘的就不要說了，世子要問，就一概一問三不知。」張青緩過神連忙吩咐。

「啊，這長門侯世子怎麼會來？」李雲只是有些疑惑。

對於穆錦的事情，張青怕她娘擔心，從未和她娘細說過。

「娘，我去見他，您就別去了。」

「這不太好吧，妳是個姑娘家。」

「娘，這事一時半刻和您說不清楚，您就聽我的啊。」

張青交代完便一溜煙的跑了，心裡還暗暗地想。「這人的消息也太靈通了，我才剛到家，他怎麼就來了。」

回到房裡，她先是交代小翠找到昨天自己帶來的包袱，同時迅速拆去頭上的簪子、簪花等髮飾，迅速將頭髮綁了起來，戴上玉冠，然後從包袱裡面掏出一套男裝，俐落地換上。

還好，上京的時候把男裝都帶來了。

穆錦坐在廳堂，也無心打量張家新的府邸，只是一口一口喝著手上的茶。

張家不是什麼顯貴人家，當然也沒有什麼好茶，穆錦也不管，只是臉色凝重地喝著。

想起那天他終於攔到自己父親，他有了未婚妻，他怎麼從來不知道，而且聽到婚期只剩三個月，他還十分著急，但看著他爹雲淡風輕的模樣，他也不知道該怎麼辦；私下向他娘打聽，他娘也不知道，當時穆錦還猜想他爹只是應付瑾王，隨口說說而已。

眼看著只餘一個多月，他實在按捺不住，他爹也終於對他說了實話，他的未婚妻就是張閣家的閨女。他一聽就有些發懵，他記得張青只有兩個弟弟，沒聽過他有妹妹或者姊姊啊。再問，他爹就不多說了。

他問了張大叔兩次，張大叔也不多說，他派人守著張家，問了幾個出來採買的下人，真的還都說他家確實有個大小姐，只是在老家；再問張青呢，那下人一愣，也說在老家。

昨天守著張家的人來報，說是張家的小姐、少爺好像到了，他就迫不及待地過來了。

見到張青，穆錦急忙地迎了上去。「青弟。」

「你怎麼來了？」張青有些疑惑。

「先別說這個，我問你，你家是不是有個女兒？」穆錦急切地上前就問。

「這個……」張青有些為難，這讓她怎麼回答，穆錦怎麼好端端的問起這個，她不是一直瞞得挺好。「你問這個做什麼？」

「你先別管，有還是沒有，你先告訴我啊。」穆錦著了急。

「有倒是有。」張青有些為難的回答完，就坐到椅子上，低頭偷看著穆錦的反應。

「還真有啊。」穆錦有些驚訝。「你怎麼從來沒說過啊，你不是只有兩個弟弟嗎？」

「哎呀，你別管這個了，換你告訴我，你問這個做什麼？我家有沒有女兒，關你什麼事。」

「別說，還真與我有關係，你知道嗎？我父親都下了婚書了。」

「哦，然後呢，跟我家有啥關係。」張青這時候還有些愣愣的，她真沒想出，穆錦說了半天跟她家有啥關係。

「你怎麼這麼笨啊，我爹訂下的就是你妹妹。」穆錦一副怒其不爭的模樣，心裡想，但願青弟妹妹不要和青弟一樣，傻傻的。

「什麼？」張青大張著嘴，只以為自己聽錯了。怎麼可能，她甚至感覺有些荒謬。

「你這是什麼表情。」穆錦斜眼睨了張青一眼。

穆錦對自己媳婦這件事情沒有太大的意見，說實話，就算他有，他爹也會無視。不過聽說是張家的，穆錦倒還鬆了一口氣，其實他挺怕那些嬌滴滴的小姐，看青弟的樣子，他那妹妹應該是不錯的吧。

一刻鐘過去了，張青腦中千迴百轉，她實在有些不明白，這都發生什麼了，這是怎麼回事。

「怎麼，樂傻了？沒想到你妹妹會嫁給我吧，不過你放心，憑著咱倆過命的交情，我會好好待她的。你才來京裡，認識的人少，在家也沒事幹，你先好好休息休息，過兩天我帶你四處轉轉，多認識些朋友，省得你無聊，畢竟以後要在這裡生活了。」穆錦只是絮絮叨叨。

張青看了看穆錦，眨巴眨巴眼睛，突然想起一件舊事，那是很早以前的事，估計有個幾年了。「你不是有個青梅竹馬的表妹嗎？」

穆錦一愣，半晌訕訕道：「我表妹啊，她嫁給瑾王，現在是瑾王妃了，呵呵。」

這次換張青斜眼瞥著穆錦。

「我還沒見過你妹妹呢。」穆錦連忙轉移話題。

「見什麼見，有什麼好見的，等我爹回來我問問他再說。」

「哎，那你得告訴我你妹妹長什麼樣，有什麼愛好，或者有什麼毛病、不喜的。」

「你才有毛病呢，趕緊走了，完後咱再說。」張青將穆錦推出大門，背靠著門，拍拍狂跳的胸脯，只感覺受到了莫大的驚嚇。

穆錦看著緊閉的大門，有些懊惱，想他堂堂長門侯世子，第一次被人嫌棄地推出了大門，真是的，要不是有過命的交情，他和張青那小子沒完。又想了想，決定饒他一次，青弟大概是捨不得妹妹吧。穆錦自發地為張青找好了藉口，然後左右看看，瞅這巷子也沒人注意他，便挺起胸膛，大搖大擺地回家去了。

第十七章

等張闊回來，張青立馬迎了上去。「爹爹，今天穆世子來了，他說我和他訂親了，是不是真的？」

張闊嘆了一口氣，他還準備下朝回來給女兒說的，誰知道那世子的速度這麼快。他躊躇下對張青道：「妳跟爹過來。」

進了書房，張闊看著一身男兒打扮的張青，卻又不知道怎麼開口，這父母之命，媒妁之言，在他閨女身上行不通啊。

「爹您倒是說話啊，是不是真的。」張青難得小女兒姿態，著急得直跺腳。

「這個，妳先聽爹爹說啊，妳覺得世子這個人怎麼樣。」

張青一愣，細想後答道：「還可以吧，為人還是挺有擔當的。」

「哎，這個也不是為父提出來的，這是侯爺先提的。妳腰間的那塊玉珮，正是穆世子當年去康河鎮丟的那塊，聽說這是要傳給他媳婦的，不知怎麼的就讓妳撿了過去，侯爺說這是你倆的緣分。」

張青捏著腰間的玉珮，有些傻愣愣的，心裡只有一個想法。「臥槽，不是吧，這都行，這還真是他家的。」

「而且妳現在都十五歲了，也沒說個人家，京城這地方又不是咱老家那裡，也沒幾個認識的人，妳看妳表哥，一早就說了媳婦，這親也訂了。哎，再說其實世子人還是挺好的，家裡人口簡單，我聽說，侯夫人也是個和善的，一定不會為難妳的。好不容易有人看上妳了，妳和世子爺算知根知底的，就這麼著了。」張闊一開始因為擅自決定女兒的婚事還有些不好意思，心裡有那麼一絲擔憂，可是這越說嘴皮子越溜，覺得自己說得十分的有道理，根本早就應該這麼辦。

張青目瞪口呆地看著她爹。「爹，我才十五歲啊。」

「十五歲不小了，別人家的閨女十三、四歲就訂了親，十五歲及笄就嫁人，有的甚至都有娃娃了咧，想妳娘就是十五歲嫁給我的，妳這年紀，花苞一般的，正好。」

張青無語了，她覺得，十五歲在自己心裡還算是未成年吧，誰知道，原來她在她爹的心裡，已經是個大齡剩女了。

「妳也知道，爹不會害妳的。是爹對不起妳，讓妳小小年紀就吃苦，照顧家裡，所以爹這輩子最大的願望就是看著妳出嫁，看著妳衣食無憂的過一輩子，爹就心安了啊。」張闊句句聲淚俱下，間或偷眼看張青的反應，不過，他也是真心這麼想的。吳家小子沒眼光，但是別人未必沒有，他閨女定能嫁得更好。

「爹，您容我想想，畢竟婚姻大事，我得仔細斟酌。」張青被她爹說得有些不好意思。

「嗯，妳好好想啊，只是別想太久，估計也就是一個月，妳就要成婚了。」

「什麼？」張青大張著嘴，傻眼地看著她爹。「一個月，怎麼來得及，我昨兒個才到家啊。」

「不急不急，侯爺兩個月前已經來信了，而且這幾年妳娘一直幫妳攢著嫁妝，時間肯定是能趕得上的。」

張青有些渾渾噩噩的出了書房，後頭張闊還跟出來喊。「妳考慮快點啊，時間不等人啊。」張青怔了一下，總覺得，她爹去了西北變得有些不一樣了，那老實的爹爹去哪了？

回到房間，張青躺在床上，眼睛望著上頭的青色床幔，陷入到自己的沈思當中。

剛剛結束一段感情，還沒怎麼平復呢，她爹就告訴她，已經給她訂了婚了，張青總是感覺有些荒謬，而且對方還是穆錦，這個自己從未想過的人。

雖說穆錦為人其實還不錯，心地善良，也是個有出息的，家裡條件也好，有錢有勢的，簡直就是最標準的金龜婿，富二代、權二代啊，遇到這種男人自己不嫁，好像很傻似的。只是自己畢竟騙了他挺久的，他萬一大男人主義受不了怎麼辦，這未來日子長著呢，有了嫌隙好像不太好。

張青自己都沒有發現，她的潛意識裡已經接受了這門親事，甚至在想著穆錦的感覺，他們未來的生活。

最後，張青決定，為了保險起見，她得先找侯爺談談，然後才是穆錦，她自己的人生大事，自己得仔細些。

張青這麼想著，第二天一大早在她爹還未出門的時候，就給她爹回了話。

「妳這一晚上沒睡吧。」張闊看著閨女的黑眼圈，十分關心地問道。

「可不，好歹是我的婚姻大事，我得仔細考慮，您記得跟侯爺說，我想見他一面。」

「見了侯爺，我再替妳傳個話，妳再去睡一會兒吧。」

張青得了她爹的準話，打了個呵欠，伸了個懶腰，決定先去補個覺，吃飯什麼的，等她起來再說。

卻沒想到，她爹晚上回來，直接把侯爺給帶了回來。

「聽妳爹說，妳有話要與我說。」穆辛一身紫色錦緞，凌厲的鳳眼看著張青。

穆辛當年是京城有名的美男子，一張鬼斧神工的臉上，一雙微挑的鳳眼熠熠生輝，張青只看了一眼就連忙低下了頭，怎麼看怎麼覺得，這才是她夢中的良人啊！年紀、性格、家世、長相，都是絕品啊，只不過現在是她良人的爹，明明相似的面容，穆錦看起來卻和他爹完全不一樣，甚至帶著一絲憨厚和天真，也不知道穆錦是怎麼被教成這個樣子的，是天性使然，還是後天教育問題。

「妳在想什麼？」有些清冷的語調，聽起來讓人不禁要發抖，張青這才感慨，其實穆錦挺好的，要長成他爹這樣的，她估計也受不了。

「小女子只是想知道，為什麼是我。」張青收起自己那些亂七八糟的心思，趕忙回話。

「因為妳適合。」

「適合？小女子不明白。」

「本侯的眼光是不會差的，錦兒天性純良，沒有那麼多彎彎繞繞的心思，而妳不一樣，雖然不是個純良的，但是確實是個善良的，妳對錦兒也好，錦兒願意相信妳，而且你們倆的性格剛好互補，妳一定會是錦兒的好妻子。」穆辛說完就直直看著張青。

張青只感覺這侯爺不愧為大周的戰神，這眼光朝她看來，她便有些微微的發抖，感覺四周的空氣都好像凝滯了一樣。只是，這侯爺的話也太那個啥了，什麼叫不是個純良的，她也沒幹過啥壞事啊；還有，什麼叫他兒子沒有那麼多彎彎繞繞的心思，難道她就有？

「現在妳問完了，輪到我問妳了，妳考慮得怎麼樣？」

張青一愣，沈默了半晌最終點頭。「我同意，只是有個要求。」

「什麼要求，講。」

「先不要告訴世子我是女兒身，我怕他接受不了，這個還是我告訴他吧。」

「這是自然，你們小兒女家的事情，長輩們是不會插手的。」

張青有些啼笑皆非，現在就成長輩們了。

等侯爺走了後，張青則是抱著頭在床上滾來滾去，這要怎麼告訴穆錦，跟他一起去西北，和他一起逛花樓的好兄弟，其實是個女的，還是他未婚妻呢！哎，好頭疼。張青在家做了兩天的烏龜，也沒想出個辦法。

「我瞧著咱閨女這兩天有些不對，那親事要不還是算了吧。」李雲固然想讓女兒嫁得好，卻更注重女兒自己的意見。

「妳沒瞧得出，她這是對這親事上了心呢。」

「是嗎？」李雲只是狐疑。

「為夫的話妳都不信啦。」張闊佯裝生氣。

「怎麼會。」李雲笑著打哈哈。

兩夫妻一個心裡想著，出去幾年都學會嚇唬人了；另一個心裡則想著，哎，媳婦不聽話了，變滑頭了。兩夫妻彼此看著又樂了起來。

張青最終都沒想好要怎麼對穆錦說，倒是穆錦在家待了兩天，與他那些狐朋狗友玩了兩天，終於又想起他的義弟，或者說是他的大舅子更恰當些。

穆錦尋思著，張青這小子到京城也不認識啥人，自己應該盡地主之誼，帶他出去逛逛。這麼一尋思，想到這三天都過去了，青弟應該也休息夠了，於是便收拾收拾，去了張青家。

張青已經吩咐過下人，不能提她是女子的身分，門房看是穆錦，就連忙報告給了張青。

張青感覺這兩天煩得她頭髮都掉了一大把，聽到穆錦上門，俐落地換好男裝就去前廳。看到穆錦，張青有些氣不打一處來，她在那煩著不知要和這廝怎麼說，眼底都熬青了，這貨卻是一片雲淡風輕，神清氣爽的樣子。

穆錦看到張青委頓的模樣嚇了一跳，連忙關心道：「我說青弟，你這是怎麼回事，不是讓你好好休息嗎？怎麼成這個樣子了，你這是水土不服還是認床啊，讓大哥好好瞅瞅。」

說罷，那雙大手直接朝張青伸了過去，捧著她的臉細細瞧了起來。

張青一時懵了，只感覺穆錦的手很溫暖、很厚實，還有一些粗糙。

「嘖嘖，可不是，看皮膚都不如前兩天亮，不過青弟，你這皮膚挺好的，連個孔都沒有，身為男人，這也太不可思議了。」說著，拇指還在張青的臉上劃了劃。「還挺嫩。」

按照以往，張青肯定先是憤怒，可是這次卻不知道怎麼，突然的臉紅起來，而且心還撲通撲通直跳。「你幹麼呢，別亂碰。」她一把揮掉穆錦的狼爪子。

「真小氣，碰一下有什麼打緊的，跟個娘兒們似的。」

張青嘆了一口氣，總覺得娘兒們那三個字分外的刺耳啊。「別廢話，今天找我來幹麼。」

「怎麼越來越凶了，記著以前小時候不是這樣啊。」穆錦嘟囔著。

張青汗顏，還小時候。

「別扯了，快說什麼事情。」說完後，張青又在心裡淚流滿面，為什麼她對穆錦就溫柔不起來呢，這廝是她未來的丈夫啊！丈夫！

「我不是說要帶你去外面見見世面，認識認識京裡的朋友，對你以後做生意什麼的有幫助；再說在你們那，你還請我逛花樓了，到了京裡，我也得盡盡地主之誼不是？」

「怎麼，你也想請我逛花樓？」張青翻了個白眼反問。

「哎還別說，你們那的花樓比京城差遠了，要不請你去逛逛？」

「你去過？」張青不動聲色地反問。
「我是沒去過，我有幾個朋友去過，他們說那最著名、姑娘最漂亮的就是花滿樓了，花滿樓裡的花魁是個清歌姑娘，聽說是才藝雙全啊，不過是個清倌，賣藝不賣身。」
「可惜？」張青暗暗咬著後槽牙，皮笑肉不笑道。
「這倒沒有，我又沒見過這什麼清歌姑娘，都是聽那幾個小子說的。」穆錦總覺得背後有些涼森森的。
「你是不是忘了，我是你大舅子，我妹妹要嫁給你？」張青此時也不想坦白了，覺得還是兄弟的身分好用些。
「沒忘啊，除了大舅子，咱倆還是兄弟呢，我去肯定拉著你，你放心。」穆錦一臉為兄弟兩肋插刀，豪氣干雲的模樣。
張青一時無語，這傻子是聽不懂她的意思嗎？「你不怕我告訴我妹妹。」
「啊？不會吧，咱倆這麼多年的兄弟情義，再說，我們也不幹啥，有你看著我，咱就去看看。」
「好，看看。」張青深吸一口氣，然後裝作不在意地問：「你都是哪幾個兄弟去過呀，讓我聽聽。」
「哦，這個，李丞相家的老二、張閣老的小兒子、靖王爺的嫡孫。」
「喲，還都是權貴之家呢。」

「那當然了，平常姑娘的姿色哪能入得了他們的眼啊。」

等張青摸清了穆錦的一眾狐朋狗友後，才想起自己的本意，試探道：「哎，你沒想過我妹妹長什麼樣子嗎？」

「怎麼，很醜嗎？」穆錦看張青一副神秘兮兮的模樣，頓時覺得有些不太好。

「你才醜呢！說說到底想過沒想過。」

「這我想過了，你長得不差，你妹妹定然也差不到哪去。我問過你爹，想成親前見你妹妹，只是你家裡人不許，我爹也不讓，說不合規矩。咱倆這麼投緣，你妹妹定差不到哪去，不過我也挺好奇你妹妹啥模樣，畢竟是我未來媳婦，你給我形容形容。」

張青略微沈吟了一下道：「你看看我，其實和我長得差不多，是你喜歡的類型嗎？」

她這話一說完，穆錦果然細細地打量起來。

「長得像你還行，你本來就有點男生女相，你妹妹要像你爹，估計我父親打我，我也不娶，咱倆關係再好也不行。」

「你怎麼那麼膚淺。」

「什麼膚淺，哪個男人不希望自己媳婦漂亮啊，以後給你娶個母夜叉你願意啊。」

「你！」張青氣結。

「呀，你怎麼還會臉紅。」穆錦像發現了新大陸一般。

「去去，時間不早了，趕緊回家去。」

「我這才坐了一會兒啊，你就攆我，好歹請我吃頓飯啊。」

「吃什麼吃，回你家吃去。」張青說著邊將穆錦推出大門。「行了，明兒見啊。」

看著緊閉的大門，穆錦大張著嘴，他這是被推出來的，還是被同一個人推出來兩次，他是世子啊，最有權勢的長門侯的世子啊，青弟是眼瞎嗎？

將穆錦推出了大門，張青背靠著大門，嘿嘿直笑，笑得只是一個陰險。「穆錦，你完了。」

小翠躲在旁邊不敢出聲，小姐，哦不，少爺笑得好詭異，好嚇人啊。

張青既然已經答應了長門侯府的婚事，張家與李家便開始緊鑼密鼓的開始準備張青的嫁妝。

張青答應的第三天，穆家就送來了聘禮。

張青看了看，除了綾羅綢緞，剩下的就是些價值連城的奇珍異寶。

李雲和李孟氏正在商量著張青的嫁妝以及嫁衣，鑑於侯府的聘禮太過貴重，為了不讓張青嫁過去受委屈，張家一家子將積蓄幾乎全部拿了出來，至於遠在永明省的珍寶閣，當然也充作了張青的嫁妝，即使這樣，張家也總覺得不夠。

李孟氏知道李雲的脾性，也知現在她估計也不太能聽得進去，便轉移話題。「我們去天香閣看看青兒的嫁衣好了。」

天香閣是京城有名的成衣鋪子，名門閨秀的衣裳除了府裡自己的針線婆子，大部分便都是這天香閣做的了。

「哎，哪個姑娘的嫁衣不是自己做的，也就是青兒，樣樣都好，平常縫縫補補的也都可以，偏就是複雜些的繡樣，怎麼教都繡不好，原以為時間還長，我可以慢慢教，哪知道這麼一眨眼，她就要嫁了。」李雲說著便又唉聲嘆氣起來。

「好了，別想了，天香閣馬上就到了。」

剛進鋪子，就有兩個小廝走了過來。「兩位夫人，這是要做衣裳還是來取衣裳。」

「嗯，我們是樂陽巷張家的，來這裡看看我女兒的嫁衣。」

「好，兩位請跟我來。」

張青的嫁衣已經做得差不多，只差袖口和衣襟處的金線了，李雲仔細翻看了下，感覺十分滿意。

這幾天京中的特大消息也就是長門侯世子要娶親了。

那天整個京城的人都看到，長門侯府抬著大禮，送到城北一所不大也不氣派的宅子裡。進而打聽到，這世子娶的是長門侯部下一個副將之女。

頓時，眾人都覺得，那女子估計是撞大運了，都伸長脖子等著看那女子什麼模樣，難不成是國色天香。

於是張家最近發現，自家門外多了許多陌生的人。

張青對此並不是很在意，儘管婚期就在眼前，但是她滿心仍是籌劃著珍寶閣的事宜。圍觀的人多了，穆錦也不好意思總往張府晃，只是心中總想著，再怎麼著他和張青也是有過命的交情，而且兩人之後又是親戚，自己卻沒怎麼好好招待他，總有些過意不去。

「世子，李公子、張公子還有周公子來了，在大廳等著你呢。」

「啊，他們來了啊。」穆錦揮揮手，神色高興道。

還沒進大廳，就聽見幾個兄弟的聲音，穆錦越發的高興。「你們今兒個怎麼來了啊。」

「怎麼，不歡迎兄弟們啊？這麼多年不回來，回來也不多和兄弟聯絡，居然就要大婚了。」說話的是一位身著月白色錦衣，有著桃花眼，看起來十分清俊的青年，年紀與穆錦相仿，斜靠在椅子上，有些沒好氣的地看著穆錦，此人正是李丞相家的二公子，李清。

「就是、就是，哪裡來的新娘啊，也不說先讓哥幾個見見，好給你參謀參謀，聽說是你家副將的一個女兒，莫不是天香國色？」跟著附和的是張閣老的小兒子，為人最是放浪不羈，此時一身青白色的錦衣，衣襟處微微露出一大片肌膚。

穆錦有些為難，也有些不好意思地看著他這幾個兄弟們。這幾個都是他從小一起長大的玩伴，感情最是要好，甚至結拜成了兄弟，穆錦在其中排行老三，這次回京，他和這幾個兄弟見面確實比較少。

「三哥，你快說啊，還有上次你不是說，你認識一個可有意思的小夥子，要介紹給我們認識嗎？人呢。」周雲搖頭晃腦著，一張娃娃臉上滿是疑惑。

「那小夥子就是我爹給我說的媳婦的大哥，至於我那媳婦，其實我也沒見過。」穆錦摸了摸腦袋，有些不好意思。

「什麼，沒見過你就娶啊？那豈不什麼樣子也不知道？」幾個兄弟大驚。

「樣子嗎？我想應該不難看，她哥長成那樣，她應該也差不了。」

「我去，這也可以。不行不行，哥幾個一定要替你去看看你那新娘子。」周雲叫囂著。

「對對，要看、要看，究竟什麼樣的能讓你爹看中。」李清、張遠附和道。

「還是不要了吧。」穆錦想了想出聲道，這話剛出來，便看到幾個兄弟怒視著自己，穆錦訕訕的住了嘴。

「老三，帶路。」

幾個人說走便走，穆錦雖然感覺有些不太好，但是，既能把青弟介紹給自己的這些拜把兄弟，他還是很樂意的；而且，他確實也想見自己的新娘，哪個男人能不好奇自己新娘的長相啊？

京城的四公子，就這樣雄赳赳、氣昂昂的走向張家所在的那條巷子。

這巷子住的大多都是一些小官，說實話，在京城這種地方著實不算什麼。

張家的大事，現在這巷子裡，誰人不知，誰人不曉，看到幾個公子過來，一個個俱是大睜著眼睛，一副我明瞭的模樣。

李、張、周三人乃是京城炙手可熱的貴公子，這麼些年早已經習慣了走到哪都接受眾人或探究、或崇拜、或豔羨、或嫉妒、或愛慕的眼光，只是苦了穆錦，早早的就去了西北地方，對這種眼神委實有些不太習慣。

四人來到張家門前，敲了敲門，開門的小廝看到四個玉樹臨風各有姿色的公子們，傻了眼。不過好在這種怔愣也只是一瞬間，待看到四人中間，不同於其他三位公子白皙的穆錦時，便明白了。「公子來了。」

其餘三人俱都是促狹地看著穆錦，那目光的意思很明白。「原來你這小子不找我們，每天都往這裡跑啊。」

穆錦臉色有些微紅。「你家公子呢？」

「幾位先在此等候，我們公子馬上就來。」

小廝領了人上座，然後奉上了茶和點心，就退了出去。

「這什麼茶，真難喝。」周雲率先抿了一口，然後噴了出來，滿臉嫌惡地道。

「老四你的要求未免太高了，你以為人人都和你家一樣，就連那茶也是貢品。」李清漫不經心地說著。

「也對，是我要求太高了些。」周雲點點頭。

「是啊是啊，你的確要求太高，我青弟家不錯，挺舒服的。」穆錦笑著，面上與有榮焉。

「德行。」三人齊聲道著。

張青正閉門思考珍寶閣的事宜，聽到小翠的傳話，還愣了愣。「什麼，妳說世子來了。」

「不但自己來了，還帶了三位看起來關係十分要好的公子。」小翠笑吟吟道。

「去把我那套男裝拿過來。」

「小姐，您這樣會不會不太好。」

「放心，沒關係的，聽話，趕緊去。」張青拍拍小翠的胳膊，安慰道。

等張青打扮好，時間已經過去了一刻鐘左右。

「我說三哥，你好歹也是這張家的姑爺呀，都半天了，你那大舅子怎麼還不出來，怪讓人著急的。」

「不好意思，讓大家久等了。」張青剛到門口，就聽到這似抱怨的聲音，趕忙走了進去。

等看到三個訪客本人，她不由有些愣神兒。這模樣、這氣度，隨便一個放到小說裡，都是必須的男主角啊，穿越女嫁給這樣的，才應該是符合劇情的吧。

再看了看未來自家的那隻，雖然黑了點，但是好歹強壯，而且五官也不錯，家世也好，勉強看來，也算是男主角一隻吧。張青想了想頓時覺得有些好笑，這亂七八糟的，她在想什麼呢。

「張青見過幾位公子。」

穆錦看到張青很高興。「老大、老二、老四、這就是我常說的青弟。」

「青弟，這是我上次和你說的，李清、張遠、周雲。」穆錦一一做著介紹。

張青笑著答道：「記得，就是你說，要帶你去花樓的幾個好朋友。」

穆錦有些不好意思，其餘三人也對穆錦怒目而視，穆錦連忙告饒。「我隨便說說、隨便說說。」

眾人笑成一團，氣氛陡然熱鬧起來。只有張遠看著張青的目光若有所思，張青也發現了這目光，總覺得十分不自然，暗暗心道，難道這張遠發現了什麼。

此後說話的時候，張青都有意識的避免和張遠的目光碰撞。

將四人打發走後，張青已經是滿身虛汗。

小翠等那幾位公子走了，才走了進來，看到張青的模樣，不由有些擔心。「小姐，您沒事吧。」

「沒事，只是總覺得那個叫張遠的目光，讓人不太安寧。」張青慢慢思索著，難道他們其中一人，發現她是女兒身，這應該不可能吧，這麼些年扮做男子不也沒被人發現。

張青的心裡有些驚疑不定，暗叫頭疼，心裡連連咒罵穆錦，自己一個人來就算了，沒事帶人來幹麼。

臨近婚期，張家緊鑼密鼓的準備著張青的婚事，張青被她娘拘著非要練習她那丟了八百年的繡功。

「娘啊，嫁衣不是都做好了嗎？繡這些做什麼呢。」

「妳這孩子，哪家姑娘的嫁衣不是自己繡的，就妳不一樣。嫁衣不自己繡也罷了，出嫁給夫婿的荷包難道還不自己繡？趕緊練練，趕明兒也給我女婿送兩個荷包，增進感情。妳瞧妳爹身上的，都是娘繡的，就是在西北那麼多年，妳爹也沒把它丟了。」李雲教育著張青，頗有些恨鐵不成鋼，外帶秀恩愛的意思。

「好啦好啦，知道了。」張青邊答應著邊擁著她娘出去。「娘您去忙，我在屋子裡好好繡荷包，您放心好了。」

「哎，妳這孩子。」

等李雲走後，雙胞胎偷偷地溜了進來，張青正在繡著荷包，聽到響動，便看到兩張相似的臉。

隨著年齡的增長，雙胞胎除了長相，其餘的地方竟是沒有一丁點的相似。

「你們怎麼來了。」

「想姊姊了，姊姊真的要嫁人嗎？不嫁可好。」

看著兩張稚嫩的臉，張青的思緒不由得回到了當年，自己八歲的時候在做些什麼呢？哦對了，雙胞胎剛出生沒多久，她忙著照顧她娘，沒過幾年，自己便獨身去了西北。

「不嫁人，姊姊以後莫不是要成老姑子了，沒人疼、沒人愛，多可憐啊。」張青皺著鼻子道。

「不會的，我們養姊姊。」兩張相似的面容上滿是赤誠。

「那你們的媳婦呢？」

「媳婦！」兩個小傢伙一聽媳婦，臉色一片通紅。

張青啞然，果然古代的小孩早熟啊。

「不娶、不娶媳婦，不要她，要姊姊。」老大聳著鼻子，小小的臉皺成一團，滿是不情願。

張青哈哈大笑。「好了，姊姊知道啦，姊姊的兩個小寶貝不要媳婦，只要姊姊，最疼姊姊了。不過你們還太小，等長大了，我們再說是要姊姊還是要媳婦。」

瑾王府內，江雲陰沈著一張臉，聽著丫鬟的稟報。「看到那個丫頭了嗎？」

「回王妃，沒有，那姑娘沒出過門。」

「哼！挺耐得住性子的。」江雲冷哼一聲，手掐著立在她右側丫鬟的胳膊，臉上滿是狠戾。

江雲的眼中滿是悲哀，又滿是狠戾。穆錦啊穆錦，你果真不念當初的情意了嗎？

當年對穆錦，她還有些自慚形穢，只覺得與他家世不符，生怕他看不起她；現在她是瑾王妃了，沒人能看不起她，可是穆錦卻要娶一個副將之女，呵呵，真是可笑。

江雲陷入了自己的思緒中，卻忘了，當年是她選擇了別人，而不是穆錦主動放棄。

「備轎，去長門侯府。」

江雲不知道自己想去長門侯府做什麼，或者想去看看此時長門侯府迎娶新娘前的準備，或者是想問問，穆錦為什麼會選擇這個女子，又或者是，想見一見某個人。

離穆錦大婚的日子越來越近，長門侯府緊鑼密鼓的布置著新房，整個府裡一片喜慶之色。

江雲到的時候，正有幾個小廝，忙著在長門侯府的那塊門匾上，掛上大紅色的綢花，兩旁的燈籠也換成嶄新的大紅燈籠。

江雲看到這些，心底越發地苦澀。

「眼都瞎了嗎？沒看到瑾王妃來了。」見江雲緊繃著臉，身後的丫鬟連忙呵斥一聲。

江雲這次來長門侯府，自己也知道要有些避諱，所以乘坐的轎子是比較簡單的小轎，除了轎伕也只帶了隨身丫鬟海棠一人。

海棠是她嫁進瑾王府時，她娘從外面買來的丫鬟，頗得她的心意，便被放在了身邊，升了個一等丫鬟，去哪都隨行，這次也不例外。

江雲對此很滿意，這海棠越發看得懂自己心思了，做奴才都這樣，多好。

「見過瑾王妃。」門前的幾個小子正忙著，確實沒注意到來了人，連忙過來請罪。

「起來吧。」江雲昂著頭，一腳踏進了長門侯府。
季衫看到江雲還是很高興的，只是畢竟身分比江雲低了，見了她不免要行禮。
「見過瑾王妃。」
「姨母請起。」江雲臉上掛著柔柔的笑，越過季衫坐上主位，面上掛著親切柔美的笑容。「雲兒過來看看表哥的東西都準備好了嗎？可有什麼需要幫忙的。」
「都準備得差不多了，聘禮也早就送去了，八字也合過了，大師說，他們這八字很相配。」季衫樂呵呵地笑道，因為家裡的喜事，面色也顯得容光煥發起來。
江雲心裡咯噔一下，臉色便有些不好看了，只是還是強笑著。「不知姨母見過雲兒未來的表嫂嗎？」
季衫沈吟一下。「倒是沒見過，但是我相信侯爺的眼光，錦兒那孩子也沒有反對。」
「表哥很歡喜嗎？」江雲希冀地問道。
「那咱們可就不知道了，也不知道那孩子到底在想些什麼。」看著江雲，季衫嘆了一口氣。「還是雲兒好，要是當年……哎，不說了，人老了，總是喜歡胡思亂想。」
江雲知道季衫想說什麼，無非就是，當年她要嫁給穆錦多好。江雲只是低著頭不說話，心裡卻有些憤恨，當年穆錦將她扔在京城不管不問，一走就是幾年，她最後的一封信他也沒有回。
每每想到這些，江雲心上就忍不住的痛恨。

「姨母，有些話雲兒不知道是否該講。」江雲滿面的躊躇之色。

「咱們一家人，不必客氣。」季衫笑笑並不在意地道。

「雲兒是想，表哥好歹也是世子，侯爺又有軍功，深受聖上看重，這女子的地位是不是有些太低了。其實地位低一些也不太有關係，重要的是怕碰到那些不知禮數的，要是以後拖累了表哥，讓表哥出醜就不太好了。」江雲偷偷地瞟著季衫，語氣說不出來的憂心忡忡。

季衫還真想了想。「妳說的也有道理，只是既然是侯爺選定的人，我也不好多說什麼，畢竟這姑娘的爹爹救過侯爺的命。」

江雲聽到這裡，眼睛驀然一亮。「姨母的意思是，其實表哥也不太喜歡這女子，只是因為那家人救了侯爺，所以侯爺想報恩？」

「我也不太清楚，我問過侯爺，侯爺只說，那家人救過他的命，那家女兒又是好的，所以就想許配給錦兒。」

「原來是這樣啊。」江雲面色輕快了許多。「只是姨母，那女子畢竟身分低微，肯定也不知道什麼禮數，我想，姨母還是派幾個有規矩的嬤嬤去教教吧，俗話說的好，臨陣磨槍，不亮也光，萬不能讓她丟了表哥的人。」

「妳說的也有道理，其實我也有些擔心這姑娘的教養問題，只是也沒想好怎麼辦，而且這一時半刻的讓我去哪裡找好的教養嬤嬤啊。」

「姨母不必擔心，有雲兒呢，雲兒這就回家從家裡挑幾個好的嬤嬤，給那姑娘送去。」

季衫聽了覺得有道理，便點了點頭。「好，那就聽妳的，雖然時間緊迫，但是也別難為了那姑娘，面子上過得去就行。」

「還沒進門，姨母就心疼了啊。」

兩人笑著，氣氛一片其樂融融。

等小廝將幾個膀大腰圓的嬤嬤迎進張家的時候，張青徹底傻眼了。

「娘，這是什麼。」張青大睜著眼睛。

「小姐慎言，我們四個乃是瑾王府出身，專門調教女子的規矩，是長門侯夫人特意請我們過來的，從今天開始，我們就負責姑娘的規矩。」四個嬤嬤個頭相等，身材相等，連面部的表情都差不多，臉上還有一股說不出來的戾氣。

「那我們在這裡先謝過侯府夫人了，青兒還不快道謝。」

張青總覺得這事情不簡單，只是現在也由不得她說什麼，她慢慢走向前去。「謝謝夫人、謝謝嬤嬤。」

這話剛說完，眾人就聽見「啪」一聲，張青只感覺自己垂在身側的右手一陣刺痛。

「手不到位，要蘭花指，走路姿勢不夠窈窕、不夠端莊，太過散漫，頭不夠低，重來。」

第十八章

只是一個見禮問好，張青足足學了差不多有半個時辰，手更是被那嬤嬤的竹板打得腫了起來。

「頭不夠低，看起來不夠恭敬，身姿不夠嫵媚、不夠窈窕，走路的時候衣衫動靜太大，還有手，手的姿勢。」

一下一下，一句一句，張青逐漸憋了滿心的怒火。

李雲在旁邊看得也是心疼異常，只想快些拉張青退下，好仔細看看女兒的手，趕緊抹些藥。「嬤嬤，不如慢慢地教吧。」

「慢慢地教，哪裡有那麼多的時間？就妳們這規矩，進了長門侯府，估計就是給侯爺丟人了，這沒規矩怎麼成。」中間那個嬤嬤厲色道。

張青低垂著的頭閃過一抹冷笑。「剛才聽嬤嬤說，妳們是瑾王府的，卻是侯夫人請來的，意思也就是說，是侯夫人嫌棄張青嘍。」

那帶頭的嬤嬤一臉鄙視的看了一眼張青，心裡暗暗地嘲諷，只是這樣就受不住了嗎，後面她們的手段可多的是呢。也不知道為什麼王妃偏偏要整治這個丫頭，這丫頭聽說應該是王妃的表嫂，想想以後的世子夫人行事做派和個丫鬟一樣，不是惹人笑話嗎？她們雖然疑惑，但是王妃的命令不能不聽。

只是見了這本人，卻覺得王妃實在有些小題大做了，不用她們教，這姑娘的規矩就拿不出手。來之前她們也打聽過了，這家人家以前也就是個山村裡的，沒見過世面，更別提規矩了，往後還不是她們說什麼，他們便信什麼。

「我們只是奉命來教妳規矩的，妳只要好好地學便罷了，難道不懂做大家的夫人，要少聽少言，不該聽的不聽、不該說的不說、不該問的更不要問。」

張青這時也懶得和這幾個嬤嬤廢話了，她再傻也看得出這幾個嬤嬤並不是真心要教她什麼規矩，更多的是來者不善的意思。只是不知道究竟是瑾王妃要整她呢？還是她那未來婆婆要整她，她覺得兩人都有嫌疑。

她打聽過，穆錦家沒什麼難纏的親戚，侯爺她早見過了，她知道侯爺必不會與她為難，而婆婆在京城的口碑也極好，聽說最是和善溫柔的，只是真和善、假和善？她沒見過，不敢下判斷。至於這個瑾王妃，她卻是知道的，長門侯夫人的甥女嫁給了瑾王爺，成為了續王妃，這甥女不正是穆錦的表妹，表哥、表妹，呵呵。

她還記得當年在康河鎮，她是見過這個瑾王妃的，妖妖嬈嬈，也是個美人胚子。不得不說，記憶好還是有些用處的，而且她還記得，穆錦好像有一封信，頗為哀怨地寫了，他這個表妹要嫁人的事情。

張青嘴角微微向上勾起，眼眸中透露出一絲狡黠。「不知幾位嬤嬤貴姓啊？」

「趙、錢、孫、李。」

四個嬤嬤依次報出自己的名號，張青有些啞然，瑾王府果然夠氣派，一次就派來了百家姓的前四位啊。

「嬤嬤們好，張青不才，卻也想虛心受教，所以想請教一下幾位嬤嬤，什麼是該看的不能看、該聽的不能聽、該問的不能問？」

幾個嬤嬤一時語塞，相顧過後只能答道：「這些妳以後自然會知道，我們會慢慢地教妳，得要看妳的悟性。我們現在還是先學規矩，妳走路見禮的姿勢都還不對。」

「哦，規矩啊，張青愚笨，請問嬤嬤們可否給張青示範一下，這走路怎麼走，要怎麼衣襬才能不動，才能走得窈窕、走得風姿綽約。」

幾個嬤嬤再次相視一眼，那姓李的嬤嬤點點頭。「好，那我就給妳示範一遍，好生看著。」

「是的。」張青退到一邊，看著那李嬤嬤扭腰擺臀，低眉順耳，翹著蘭花指，見禮後還微微的呈四十五度角抬起頭，眨巴眨巴眼睛。這動作要是個妙齡少女做起來當然沒問題，只是這李嬤嬤滿臉橫肉，膀大腰圓的，張青忍笑忍得很辛苦，同時心裡更加清楚明白，要真的是個沒見過世面，沒出過門的小姑娘，說不定還真會被這幾個嬤嬤騙了。

那看人的姿態，明明就是不正經女人勾引人時用的招數，而且那低眉順耳的走路姿勢，她明明在一些大戶人家的丫鬟身上見過。

「嬤嬤，張青實在有些愚笨，而且這眼力也不太好，沒得看清，可否請嬤嬤再走一遍，張青不勝感激。」

「怎麼搞的，這都看不明白。」李嬤嬤斜眼不滿的看了一眼張青，便又將剛才的姿勢重複了一遍。

「嬤嬤，剛那個頭，是怎麼抬的，張青沒看到，還否重新來一遍，或者妳定住讓張青好好的觀察觀察。」

那姓李的嬤嬤一臉氣惱的模樣。「妳究竟是怎麼學的，怎麼連這個都不會。」

「是張青愚笨，只是難為嬤嬤們了，還請多多擔待，多看上幾遍，張青說不定就看懂了，如果嬤嬤不願意的話，那便罷了，張青自知沒有這方面的天賦。」張青滿面的黯然之色，神色間說不出的委屈以及無奈失望。

「算了、算了，多教上兩遍算了。」那位趙嬤嬤連忙開口，要是這姑娘真的不學了，她們回去怎麼和王妃交代啊。

「那謝過嬤嬤們了。」張青的語氣飽含激動，說完後，目光灼灼的看著李嬤嬤，面上滿是期盼。

李嬤嬤無法，便又做了一遍那動作。「走路的時候，頭要微微地向下垂，同時要不失機警的四處打量，到了人的跟前，頭要微微向上抬，眼睛眨兩下，向人問好。」

「停，嬤嬤妳保持剛才的動作，我仔細瞧瞧，這頭要抬多少。」張青滿臉的認真之色，嘴角繃得緊緊，好像十分好學的模樣。

這一停便是半刻鐘，李嬤嬤保持頭向上四十五度角，感覺脖子都快不是自己的了，只是每次頭一動，就被張青大叫一聲。「不要動，我還沒看清楚。」

「妳到底看清楚了沒有？」其餘三個嬤嬤出聲道。

「嗯，看清楚了。」張青若有所思的點了點頭。「謝過李嬤嬤了，只是、只是……」李嬤嬤聞言趕忙活動活動脖子，聽到張青那兩個只是，只感覺心裡突突直跳，總有種不好的預感。

「只是剛剛走路的姿勢，張青又忘了，張青就說自己太過愚笨。」秀雅的面容上一片自責之色。

「妳、妳明明就是在消遣我們！」

「消遣？消遣是什麼意思，張青不懂，是玩意兒嗎？嬤嬤們太妄自菲薄了，張青的規矩確實不足，但是張青也確實想好好學習，有這個機會，張青自當珍惜，想學得好一些；如果嬤嬤們嫌張青愚笨的話，張青自是不敢勞累嬤嬤們。」

換作往常她們幾個調教的丫鬟，要是敢這麼對自己說話，早就一耳光搧了過去，讓這些年輕的小妮子們知道什麼叫厲害；只是這個人卻不是她們想動就能動的，即使家境低微，但也是未來長門侯府的世子夫人。

想到這裡，那帶頭的姓趙的嬤嬤開了口。「姑娘說笑了，我們對姑娘自會傾囊相授。」

說完後轉而對李嬤嬤道：「李嬤嬤，辛苦妳了。」

李嬤嬤暗恨的看了一眼張青，只見張青滿面的愧疚之色，看起來確實一片純良，不像是消遣她們的模樣，李嬤嬤雖有懷疑，也只能重複地走了一遍又一遍。

「好了，嬤嬤先停一下。大家可都是餓了，我吩咐廚房弄些飯菜給大家吃好嗎？嬤嬤到現在一定還沒吃過飯對不對？」

幾個嬤嬤點點頭，她們在這裡已經站了一下午，確實饑餓難耐。聽到張青說吃飯，幾個嬤嬤雖然端著架子，但也急忙點頭，這一個下午下來可是餓壞她們這些老姊妹了。

張青心中只感覺暗自好笑，出了廳堂，叫過小翠，咬著耳朵小聲吩咐道。

小翠滿臉的錯愕。「小姐，這樣不好吧。」

「什麼好不好的，聽小姐的沒錯，快去。」

等飯準備好後，幾個嬤嬤已經是望眼欲穿了。

「也不知道嬤嬤們喜歡吃什麼，就隨便做了些，只是咱們家裡嬤嬤們也看到了，委實沒有什麼好東西，請嬤嬤們不要見怪。」

六道菜裡竟有四道都是素菜，幾個嬤嬤只是不可置信，好在還有一雞、一魚兩道葷菜，她們心裡暗自鄙夷，這伙食還不如她們平常在王府吃的呢。

「嬤嬤們慢用，張青先退下了。」

張青站在廳堂的外頭暗暗看著那幾個嬤嬤，一個丫鬟來報說是老爺回來了，請她過去用膳。張青點了點頭，踱步去了她爹娘處。

「聽說今天家裡來了嬤嬤，教妳規矩。」

「教規矩怕是假的，過來整治我倒是真的。」

「整治，什麼意思？」張闊大驚。

張青莞爾一笑。「也沒什麼，爹爹放心，待會兒我帶幾個嬤嬤出去一趟。」

「哦。」張闊點了點頭。對於閨女的行事作風，張闊還是瞭解的，知道她吃不了虧也就罷了。

吃過飯以後，張青心情頗好的去了四個嬤嬤那裡，桌上已經被收拾乾淨，幾個嬤嬤端著架子，緊繃著臉，看著十分嚴厲。

「嬤嬤，張青已經吩咐下人給妳們安排房間了，張青現在要出去一趟，那就……」

「出去？出去做什麼，大家閨秀，夜裡怎可隨便亂走。」錢嬤嬤率先出聲。

張青還沒回答，就看到旁邊一直很少說話的孫嬤嬤用胳膊捅了捅她。

錢嬤嬤一怔，才反應過來她們來的任務是什麼，想到這裡，錢嬤嬤咳了兩聲。「那好，我們跟著姑娘去吧，如果姑娘規矩有不合禮的地方，我們還能指點指點。」

張青只是滿臉的為難。「這樣不太好吧？」

「有什麼不好的，難道姑娘是去做什麼見不得人的事情。」

「不、不是，帶嬤嬤們也可以，只是四個一塊兒去，是不是有些太多人了？」

幾個嬤嬤互看了一眼，便圍成一圈商量起來。「那就讓孫嬤嬤和姑娘去吧。」

張青看了看孫嬤嬤，只能滿臉不情願。「那好，煩勞孫嬤嬤了。」

轉過身，張青嘴角不自覺地微微向上勾，就怕魚兒不上鈎啊，這樣真的是太好了。呵呵，規矩是嗎？待會兒就讓她們好好地看看她今天所學的新規矩。

太陽已經下山，整個京城籠罩在一片夜色之中，微涼如水，每家每戶的門外都高高掛起了燈籠，橘黃色的燭火為漆黑的夜晚帶來一絲暖意。

「既然孫嬤嬤一定要去，那張青在這裡也要感謝一聲了，如果待會兒有規矩不當的地方，還望嬤嬤及時提醒。」

「這自是當然，張家小姐就請放心吧。」孫嬤嬤有些不屑地看了一眼張青，果然是小門小戶出來的閨女，這都入夜了，居然還要出府，而且長輩們竟也不攔著。

張青吩咐了一聲，片刻後，便有兩頂青色的小轎出了張家大門。

「小姐，我們真的要去？」小翠在轎子外有些憂心忡忡。

「當然要去。」

孫嬤嬤坐在轎中閉著目，隨著轎子的節奏一晃一晃的。她有些不自在的摸了摸自己的肚子，餓了一天了，晚膳也沒怎麼吃，幾乎都進了那幾個的肚子裡了，這會兒肚子餓得好像有些不舒服。

她想撩開轎子的窗簾好看看張青這是準備去哪，這才發現，這轎子原來是沒有窗子的。

大約走了兩刻鐘，兩頂轎子停在一扇朱紅色的大門門口。

這扇門足有三米左右，氣派非凡，門口左右各是一尊透著威嚴的石獅子，門上還高高的掛著大紅色的燈籠，給這莊嚴肅穆的府門添了一絲喜意。

「小姐，到了。」

「面紗拿來。」

繫上面紗，張青在小翠的攙扶下，慢慢地下了轎子。「去請孫嬤嬤下轎。」

孫嬤嬤早已在轎子中等得不耐煩，隨著這轎子搖來搖去，她慢慢的感覺自己的肚子有些不舒服。剛剛明明沒有吃多少東西，但是這肚子卻脹得厲害，圓鼓鼓的，有些難受。

「孫嬤嬤，到了，可以下轎了。」小翠恭順的聲音，聽得孫嬤嬤十分的受用，她暗自點點頭，看來今天的教學成績還不錯，被人這麼恭敬著，感覺自己也有了一分老封君的派頭。

「嗯，扶著我。」孫嬤嬤慢慢地走出轎子，派頭十足。

小翠瞪著眼睛，一臉目瞪口呆的模樣，什麼時候一個嬤嬤下轎子都需要人扶了?!

「愣著幹什麼，不會扶嗎？」

小翠暗暗撇了撇嘴，笑道：「會，當然會。」說罷就攙著孫嬤嬤下了轎子。

孫嬤嬤一眼就看見前方穿著綠色紗裙的張青。「神神祕祕的，有什麼見不得人的，還戴個面紗。」

說完便在小翠的攙扶下，往張青的方向走了兩步，突然她臉色微微有些變了，連忙停下了腳步。

「嬤嬤，怎麼不走了？」小翠暗自好笑，卻故作不知地問。

孫嬤嬤只是緊繃著臉並不多話，額頭甚至有些青筋被逼了出來，突然「噗」的一聲，從孫嬤嬤的身上傳來。

「這什麼聲音？」小翠只做不知，趕忙捏住鼻子，四處扭頭看。「咦，好臭啊。」

剛才的聲音實在太大，也是孫嬤嬤憋得時間太長，幾個轎伕都是一臉詫異的看著她，臉上憋著笑，看著自家小姐也是一副笑盈盈的模樣，幾個轎伕再也忍不住哈哈大笑起來。

孫嬤嬤感覺這一輩子的面子都在此時丟了個精光。「笑什麼笑。」

「嬤嬤，我們快走吧。」張青笑著，催促道，也給小翠使了個眼色。

「嬤嬤，我們走吧。」小翠不由分說地架起孫嬤嬤。

「妳要做什麼，放開我，我自己會走。」孫嬤嬤不樂意道。

張青慢慢地走到朱紅色的大門前，孫嬤嬤站在身後。「小翠，敲門。」

「是，小姐。」

「這什麼地方，看起來倒像是個權貴的人家。」剛才只顧著憋著不要失禮，孫嬤嬤竟是沒有注意到，那扇朱紅色大門上方，四個金黃的大字「長門侯府」。

張青也是使了個心眼，轎子停的位置，不注意的話，很難抬頭看到那四個大字。她就不相信，瑾王府幾個內院嬤嬤會那麼熟悉長門侯府。

果然，憑孫嬤嬤的身分還是沒有資格隨著主子來長門侯府作客的，只是偶爾路過兩次，有些印象，卻又一時半刻想不起來。

小翠上前，輕叩了兩下，大紅色朱門吱呀一聲打開，露出一個有些警覺的面孔。「妳們找誰。」

「我們是樂陽巷張家的人，我家小姐有些事想求見侯爺夫人，麻煩小哥通融通融，給通傳一下。」小翠說著，還往那小廝的手裡塞了一錠銀子。

那小廝稚嫩的臉上還有些恍惚，樂陽巷的張家，怎麼聽著這麼耳熟？他突然一愣，他們未來的世子夫人不就住在那嗎？

「這位姊姊好生拿著，小子可不敢收，這便去通知夫人。」小廝說著，還抬了抬頭，趕忙看了一眼，發現張青居然戴了個面紗，不由得有些失望。

「這是誰家？」孫嬤嬤也知道這種地方肯定是某個權貴之家，只是不知道是哪戶人家，居然與張家相識。

「待會兒嬤嬤就知道。」張青只是柔聲說著。

孫嬤嬤不在意的哼了一聲，心裡卻想著，是個權貴人家更好，待會兒就讓這個張家小姐將面子、裡子全部丟得乾乾淨淨。

季衫正在忙著收拾著府裡穆錦大婚的事宜，聽到張青來訪，著實愣了一下。

「快快有請。」季衫連忙整理了一下儀容。

說實話，她也覺得丈夫給兒子尋的這個姑娘身分實在低了些，想到人家家裡對自家丈夫、自家兒子都有救命之恩，這才答應的，只是都入夜了，這張家小姐怎麼會來。

難道兒子的婚事有變？季衫腦子裡突了一下。

張青坐在梨花椅上，輕抿著丫鬟送上來的茶——味道比她家好得太多了。張青抿了一口後下了結論。

她只是端坐著，並不因為第一次來侯府，就四處打量。

孫嬤嬤湊到張青耳旁小聲道：「姑娘，切莫太呆板，您這年紀，要顯得活潑一些，夫人們才會喜歡。」

張青只是似笑非笑的瞥了一眼孫嬤嬤，那眼神有些凌厲，讓孫嬤嬤訕訕的閉了嘴，只是心中卻有些不忿，她怎麼會被這丫頭給嚇住了，待回過神想要再說，卻突然又緊繃著臉。

孫嬤嬤費了好大的勁，才抑制住自己那聲音不要太大，只是慢慢的，慢慢的放出氣體，不敢發出聲響。

小翠早在一旁摀著鼻子，而長門侯府的丫鬟們，也都緊繃著臉，聳了聳鼻子，一臉嫌惡的看著張青等人。

孫嬤嬤臉色已經不能用紅來形容了，就連小翠都有些不好意思，只有張青，依舊平淡著一張臉。

季衫進來的時候，也感覺到有些不對。「妳們這是沒熏香嗎？味道怎麼這麼難聞。」季衫低聲呵斥了自己身邊的得力丫鬟連秀。

張青看到季衫，趕忙站了起來。

季衫朝著她微微點頭。「這就是張家小姐吧，早就想見見妳了，只是一直不得空，來，上前些，讓我好好看看。」季衫面上一片慈愛。

張青低著頭，往前走了兩步。

「來家裡怎麼還戴著面紗呢，讓我好好瞧瞧這模樣。」

「是。」張青慢慢揭開面紗。

季衫仔細打量了一下，暗自點頭，不得不說，丈夫眼光還是有的。面紗下，雙眸如一汪秋水，沈靜安好，季衫十分滿意，看這雙眼睛便知這孩子差不了。

「是個好孩子。」季衫十分欣慰，從胳膊上褪下一個碧玉色的鐲子，遞給張青。「初次見面，也沒準備什麼東西，這個給妳戴著吧，別嫌棄。」

「謝謝夫人，張青不敢當。」張青恭敬的接過鐲子道了謝。

季衫看著張青，暗自點頭，禮數還是有的，而且看起來也是個規矩的孩子。

張青也在暗自思索著，看這季衫並不像她所想的那樣，對她並沒有敵意，如果不是她看錯了，那麼就是這未來婆婆的演技太深。張青寧願將人往好裡想，不管結果如何，這都是她以後的婆婆，是一家人，她並不希望她未來的婆婆是個奸詐之人。

「對了，妳今天來是？」季衫有些疑惑，這姑娘按說現在應該在家裡好好的備嫁，現在來長門侯府做什麼。

「張青是來謝謝夫人，謝謝您考慮得如此周到，專門請了嬤嬤來府上教張青規矩。」張青說完不待季衫反應，招呼小翠道：「小翠，還不扶著孫嬤嬤來見過夫人。」

孫嬤嬤剛剛還有些疑惑這裡是哪裡，可是聽著兩人的談話，便感覺越來越不對勁，等張青說完最後兩句話，孫嬤嬤已經大駭。就在小翠扶她的時候，一聲巨響「噗」的聲音，又從孫嬤嬤的身上傳了出來，另外還伴隨著一股臭味。

侯府的丫鬟們素質再高，此時也忍不住紛紛摀住了鼻口。

「老奴該死、老奴該死。」孫嬤嬤掙開小翠的手，連忙朝著季衫的方向爬了過去，連連叩首。

季衫只是有些嫌惡的看了一眼孫嬤嬤，心中暗怪江雲，挑選的這是什麼婆子？年輕人到底是年輕人，做事不太靠譜。

「夫人恕罪，孫嬤嬤她可能是吃壞了肚子，並不是有意的。」張青連忙請罪，為孫嬤嬤說話開脫。

「算了、算了，都起來吧。」到底是自家甥女的人，季衫也不好再說。

「夫人請來的四個嬤嬤對張青是傾囊相授，不嫌張青愚笨，教了一遍又一遍，絲毫沒有不耐煩，張青心裡實在是感激得緊。」張青說著充滿感激地看著季衫。

季衫雖然剛才被孫嬤嬤弄得有些不愉快，只是看著自己的未來兒媳婦如此懂事，受了自個兒的好，懂得感恩，心情不由得又好了起來。

「這些嬤嬤們本來就是去教妳一些禮儀的，先前是我疏忽了，也是那天聽起雲兒說，哦不，是瑾王妃，聽起王妃說，我才想起妳家可能剛到京城，有些東西還不太明白，準備找個嬤嬤過去給妳說說，剛好瑾王妃說她那有，我就交給她了。」

「謝過夫人，真的是煩勞夫人操心了，嬤嬤對張青十分用心，只是張青愚笨，一天也只學了個走路的姿勢，張青此次前來，一是想謝謝夫人，二是存著想讓夫人誇獎的心思，來給夫人看看，學得可好。」

「這小嘴，恁地會說話，走走就走走，也讓我看看，到底是個多愚笨的閨女。」季衫笑呵呵的。往常穆辛父子不在家，她一個人也孤單得厲害，她生性又不喜應酬，本來對夫君選的人還有些疑惑，但是現在卻覺得這姑娘確實不錯，憑著這一張小嘴，就讓自己樂了起來。

看到季衫並沒有不高興，張青暗暗的放下了心。「那張青就獻醜了。」

孫嬤嬤看季衫的反應，此時已經是煞白著一張臉。

張青緩緩地走到門前，學著那李嬤嬤教的模樣，走路間勾起蘭花指，低著頭，扭著屁股，一步一晃。

早在張青剛走了兩步時，季衫已經變了臉色，只見張青扭著、低著頭走到季衫面前，微微抬頭，眨巴眨巴眼睛，嘴角微微勾起，那神情似羞似媚。

「夫人，張青學得可還行？其實張青愚笨，學得不太好，只學了這些，夫人覺得怎麼樣。」

季衫神色複雜地看著張青，半晌才吐出一句話。「嬤嬤們是這樣教妳的？」

「是啊，應該是這樣沒錯，孫嬤嬤您說是嗎？李嬤嬤是這樣教的對吧，剛剛做的可還算好？您來的時候不是說，會提醒張青的嗎？怎麼不說話，是這樣抬頭嗎？姿勢可對？」

一句句看似天真無邪的話，嚇得孫嬤嬤冷汗直流，肚子裡的氣更是一個接一個的放了出來。

季衫緊皺著眉頭，怒視著孫嬤嬤。

「夫人、夫人恕罪。」孫嬤嬤一下一下的磕著頭，雖然自己是瑾王妃的奴才，可是不管主子是誰，總是個奴才，若長門侯夫人鐵了心要她的命，她也活不了啊。

季衫氣得深吸一口氣，只是聞到那股味道，心中更是氣憤。「到底誰給妳的膽子，這樣教姑娘。」

季衫雖然性情柔弱，但是從小也是官家的小姐，又做了多年的侯夫人，身上自然帶了股上位者的氣勢。

「沒有誰給的膽子，王妃說讓我們教姑娘規矩，也沒說是哪家的姑娘，我們以為是王爺新看中的小妾，所以教的都是些小妾平常取悅王爺的事情，委實不知道，張姑娘是未來的世子夫人啊，夫人饒命啊。」

張青心底暗暗冷笑，不愧是瑾王府出來的，多忠心啊，只是看季衫那神情鬆動的樣子，張青心裡明白，這個未來婆婆可能是已經相信了。

「這次就饒過妳。連秀，妳這幾天就暫且跟著青兒吧，給她講些該注意的事情，至於孫嬤嬤等人，就回瑾王府吧，完後我會親自見過妳們王妃。」

「謝夫人、謝夫人。」孫嬤嬤心中大石落下鬆了一口氣。

張青卻依舊一副莫名其妙的模樣，看得季衫連連搖頭。看來這個媳婦是個良善的，只是哎，罷了，她多教教便好了。

張青是以勝利者的姿態回到張家，一路上孫嬤嬤有些戰戰兢兢。

回到張府，幾個嬤嬤還在正廳好整以暇的等待著。

張青走進前廳，後頭跟著同樣昂首挺胸的小翠，以及面色蒼白的孫嬤嬤，還有季衫的貼身丫鬟，連秀。

張青滿面笑容。「幾個嬤嬤請吧。」

「請什麼？」

「當然是請妳們回瑾王府，張青愚笨，實在不敢煩勞幾位嬤嬤了。」

「妳什麼意思！」那姓趙的搶先起身，一臉厲色，完全沒有看到孫嬤嬤給她打的眼色。

「這和張姑娘沒有關係，是我們夫人吩咐的。我們夫人說，請王妃幫忙是她想差了，王府的規矩與侯府肯定不一樣，所以派了我來，就不煩勞幾位嬤嬤了。」連秀笑道。

連秀本就是季衫的陪嫁丫鬟，頗受季衫看重，她早已將頭髮自梳成髻，表示終身不嫁，只願好好地伺候主子。

「妳家夫人是，長門侯？」趙嬤嬤大張著眼，立即反應過來，她們的所作所為長門侯夫人應該是知道了。

「既然是夫人吩咐的，我們這就回王府。」幾個嬤嬤匆匆點了點頭，再也不像初來時那樣囂張。

「那就煩勞幾位嬤嬤了。」張青滿臉的恭敬之意。

等那幾個嬤嬤走後，連秀看著張青若有所思。她家小姐性子純善，遇事想得也比較簡單，但是她不一樣，她總覺得，今天這件事是這張姑娘有意為之。

「姑娘是個聰明的，奴婢也不多說了，就給姑娘說些在京裡的禁忌之事，遇到這些事避開就好。」

接下來，張青著人為連秀倒了茶，兩人坐在大廳裡，連秀細細為張青講來。

張青知道這是季衫的心腹，倒是頗為認真的聽著。

那四個嬤嬤回到瑾王府，江雲看到四人大驚。「這中午才去，下午怎麼就回來了？」

孫嬤嬤將剛剛發生的事情一五一十的給江雲說了一遍，江雲臉色鐵青，她沒想到，這小門小戶的女兒，倒是有些膽色。

「好了，這次也不怪妳們，行了，下去吧。」

待人下去，江雲卻感覺頗有些頭疼，看來明兒個少不了要去長門侯府轉上一圈。

「王妃、王妃。」一個身穿粉色丫鬟服的小丫鬟跌跌撞撞地跑了進來。

「做什麼呢，懂不懂規矩，進來先通報都不會嗎？」海棠大聲斥責道。

「是奴婢疏忽，只是、只是，香秀院的虞美人死了。」那丫鬟被海棠一斥責，滿臉驚恐地跪下，連忙回話。

江雲有些不耐煩。「不就是個美人嗎？死了也就死了，等會兒派幾個人尋個地方埋了吧。這兩日再讓人物色些美貌的女子，院子裡死了個美人，總得要補上來才好。」

「是，王妃，奴婢明白。」

「今兒個是什麼日子了？」江雲突然想起什麼，問身邊的海棠。

「回王妃，今兒個是十五了。」海棠說完欲言又止地看著江雲，而江雲此時臉色已經一片蒼白。

「十五了啊。」江雲喃喃地說著，身上一陣顫抖。「王爺夜裡要來啊。」

「妳們都下去吧。」江雲揮揮手，等人走後，她慢慢地將自己蜷縮成一團，貝齒狠咬著嘴唇，留下一排齒痕，鮮紅欲滴。

第十九章

婚期越來越近，張青除了每天跟著連秀學些規矩，便被她娘勒令著繡些荷包、帕子一類的東西。而開珍寶閣的事情完全被家裡人無視掉，一切都等大婚完成以後再說。

連秀這些天，也覺得這張家姑娘絕對是個聰明懂事的，雖說行事作風不像普遍大家閨秀一般規矩端莊，但是卻透露出爽利大方，是個知事的。

季衫聽了連秀的話，暗自點點頭，笑道：「連秀的意思是，我這兒媳還不錯？」

「夫人，我看人您還不放心嗎？」

「放心是放心，只是心裡有些吃醋，我的連秀這才去了幾天，心就偏得沒邊了。」

「什麼偏到沒邊了，咦，是連秀姑姑回來了。」穆錦看到連秀，眼睛一亮。

「連秀姑姑，快和我說說，我那未來的媳婦是怎麼樣的。」穆錦一臉期盼的模樣。

季衫搖搖頭，連秀笑道：「世子想知道還不簡單，再過七天，新娘子進門，世子不就知道了。」

「話是這麼說沒錯，但是這心裡總沒個底的。」

那日穆錦得知自家未來的媳婦居然來過自己家，直嘆遺憾，自己怎麼那個時候偏偏不在府裡呢。他變著法子，千方百計的追問著他娘還有看門的小廝，奈何他娘的形容他想像不出來，而小廝只見得人戴著面紗。

「放心吧，那姑娘是個好的，世子定會滿意的。」

「那姑姑有沒有見到我青弟？」

「青弟？」連秀有些疑惑，在張府她沒見過什麼青弟啊，她搖搖頭。「什麼青弟，我沒見過，倒是有一對雙生子挺可愛的，是張家姑娘的兩個弟弟。」

穆錦也沒往旁處想。「大概是不在吧，青弟是那家的大公子，以後母親和姑姑會見到的，周雲他們找我，我先出去了啊。」他招呼了一聲，便出了門。

獨留下連秀滿腹疑惑，張家有位大公子嗎？

直到大婚前夕，看著滿院的紅燈籠，張青才有了那麼一絲感觸，她真的是要嫁人了。明日就要出閣了，老張頭、張升和大、小高氏，因為路途遙遠，都沒能趕得過來，來的只有張大寶一人。

房外一片喧囂，張家眾僕和張闊夫婦還有李攀一家在忙碌著，只有張青被打發回房間。她就要出嫁了，離開了給她溫暖的爹娘，到一個陌生的家裡，將他父認作父、將他母認作母，感覺有些奇怪。在胡思亂想中，本無睡意的張青慢慢閉上了眼睛。

次日天未大亮，迷迷糊糊的張青被小翠叫起床洗漱梳妝，好一陣忙碌後等張青收拾好，看著鏡子裡，那面如白粉，唇如鮮血的人時，不禁怔了怔，有些好笑。

「這樣，他該是認不出了吧。」張青左右照了照喃喃自語，忽聽得喇叭吹，鑼鼓起，張青的雙眸暗了暗。正傷神時，就看到她娘左右探頭走了進來，頗有些鬼祟。

「青兒，這個，娘昨兒個晚上忘了給妳，妳看看吧。」李雲說罷塞給了張青，然後坐在茶几前，裝作看著頭上的屋樑。

張青詫異地翻了翻，也不禁紅了臉，這不就是傳說中的春宮圖嗎？剛開始還有些害羞，看了看，張青便有些好笑，這畫得也太不真實了，人怎麼能做出那種動作，腰豈不是要扭斷了！看到後來，張青甚至噗哧一聲笑了出來。

李雲要和女兒說這本就有些害羞，看到女兒這樣，更是惱羞。「青兒妳笑什麼？」

「沒什麼，好了，娘這個我看好了。」

「懂了便好，這個我也不知道要怎麼和妳說，我和妳舅母都是沒娘的，所以也沒人教過，娘還有事，妳再看看。」說罷，李雲紅著一張臉，出了女兒的閨房。

待吉時到，張青蓋著紅蓋頭，在鑼鼓聲中，被張大寶揹出門，耳邊是她娘那細碎的低泣聲。張青有些難過，不知不覺紅了眼眶，她甚至有些怯懦，連回頭看爹娘的勇氣都沒有。

穆錦身穿大紅色喜服，端的是一副意氣風發的模樣。那鳳眸因為歡喜，瞇成了縫，咧開著嘴，很是喜氣洋洋，看著張家男兒揹出了他的新娘子，心裡還有些納悶，揹著他媳婦兒的人是誰，他青弟呢？

張青蓋著大紅蓋頭，用帕子微微拭了下眼眶，深吸口氣，定了定心神，上了花轎。

轎子走了大約有小半個時辰，張青被顛得發暈的時候，轎子終於停了下來。

隨著一聲「下轎」，轎簾被掀起，映入張青眼簾的是一隻有些寬厚的棕色大手。

張青深吸一口氣，兩手相握。

她不是第一次與穆錦的手相握，卻從來沒有像這一刻，心跳如擂。那手上傳來的溫度是那麼的熾熱，掌心、指頭布滿因常年握刀劍而留下的繭，這讓張青無端的感到一股安心。

「一拜天地，二拜高堂，夫妻對拜。」

張青像個木偶一樣，隨著高喊做著動作，直到一句送入洞房，穆錦在眾人的歡呼聲下，牽著張青慢慢走去他們的新房。

這個時候，所有人的眼光都在一對新人的身上，沒有人發現，在高堂旁邊的貴位上，江雲滿眼憤恨。

穆錦牽著張青走進新房，扶著張青在床邊坐下，對於這個從未見過面的媳婦，穆錦卻不感到尷尬。「妳餓了嗎？我讓人給妳準備些吃的，等會兒我回來，咱們再喝交杯酒，外頭還有好多人呢，我先出去應酬，妳別拘著，怎麼舒服怎麼來吧。」穆錦大剌剌地說著，根本不曾發現，旁邊喜娘詫異的臉色。

「世子，這不妥。」

「什麼不妥？」穆錦詢問地看著旁邊的喜娘。

「新娘子的蓋頭要讓您來揭的，現在揭了不吉利。」

「哦，有這個說法？」

喜娘重重點了點頭，神色肯定。「世子，有的。」

穆錦想了想，招呼自己媳婦兒道：「那妳餓不？」

張青在紅蓋頭下無奈地翻了個白眼，緩緩地搖了搖頭，即便是餓，不用揭蓋頭也能吃東西好嗎？她又不傻。

穆錦看著自己的新媳婦兒搖了搖頭，放了心，實在有心想看看蓋頭下的模樣，只是奈何外面催得緊，現在也不能揭蓋頭。「那妳坐會兒，我先出去了，很快就回來的。」

看到張青點頭，穆錦便出去招呼客人了。

這一天下來，張青確實感覺有些吃不消，尤其是這頭冠，壓得她脖子疼，只盼望著穆錦早些回來。

確認穆錦走了，張青揮了揮手。「你們先下去歇息吧，等世子進來，妳們再進來。」

等眾人都下去了，張青偷偷地撩開蓋頭。「小翠給我。」

「小姐，這樣不好吧！」

「沒關係快給我。」

小翠無奈，拗不過自家小姐，忐忑的掏出一個小黃紙包，遞給張青。

張青這才安分下來，不知坐了多久，才聽到門前傳來聲音。

「小姐，姑爺好像來了。」小翠低沈著聲音。

就在小翠說話間，門吱呀一聲被打開，先是那兩個喜娘走了進來，然後便是穿著大紅色喜服，高壯偉岸的穆錦，還帶著滿身的酒味。

接過喜娘遞過來光滑細膩的玉如意，穆錦覺得自己的心跳越發得快了，而張青此時也同樣的心跳加速，她緊咬著嘴唇，無比的心虛。

終於看到那在自己眼簾下的玉如意，張青的蓋頭被掀開。

外面依舊喧囂，喜房裡卻一片寧靜。

穆錦大張著嘴在燈光下看著自己的媳婦兒，背在背後的手指微微的撓了撓手心，心想。

「這新娘子怎麼有些駭人啊。」

張青此時正心虛著，她偷偷的向上瞄了一眼穆錦，正撞上穆錦一臉嚴肅的表情，不由更加心虛，這莫不是認出來了？那是要今天坦白還是過些日子再說？張青猶疑著。

正咬著唇想著下一步該怎麼辦的時候，就看到穆錦沈著聲，揮了揮手。「喜娘，接著要做些什麼？」

「當然是喝交杯酒了。」喜娘滿是喜慶的笑著，走到桌邊倒了兩杯酒，一人遞給一杯，然後擺弄好兩個人的姿勢。

穆錦與張青對視了一眼，兩人心都是跳得飛快，將酒一飲而盡。

「我們就不打擾世子和少夫人，先退下了。」

說罷，幾個人便退出了屋子，偌大的房間便只剩了張青、穆錦兩人而已。

穆錦想試著在自己媳婦的層層濃妝以及昏暗的燈光下看清自己媳婦的真容，奈何看了半天卻也看不真切，只是覺得，這不愧是青弟的親妹子，整體上感覺還是很像的。

「那個，沒人了。」穆錦咳了一聲，扭過臉有些害羞道。

張青發現穆錦竟然沒有認出她來，心裡有些鬆了一口氣的同時，也有些緊張，聽見穆錦問話，也不敢多說，只是輕輕的嗯了一聲。

穆錦坐在床邊，低著頭慢慢地說：「妳是青弟的妹子，妳哥救過我，我以後會對妳好的。那個……我沒有通房也沒妾，那事也不懂。」穆錦說著聲音越來越小，十分羞愧的模樣。

張青卻對穆錦的坦白感到滿心歡喜，既然穆錦已經坦白，那她也應該回報坦白。

「嗯，穆……」張青深吸一口氣，正準備坦白，爭取寬大處理的時候，喜房的門突然被撞開。嚇了兩個正慢慢有些溫情的人一跳。

進來的是穆錦的三個好兄弟。

「三哥，洞房呢，會不會啊。」周雲擠眉弄眼的。

「老四別鬧。咳咳，老三，那個會嗎？」張遠一本正經的問了出來。

「你們太過分，怎麼能在新媳婦的面前這樣說咱們老三。」李清一臉不贊同的看著兩個兄弟。

穆錦也連連點頭，覺得還是自家老大純良，正要開口便聽到李清道：「那麼老三，你究竟會不會，我也很好奇。」

穆錦霎時無言。

「咦，你這個新娘子好生眼熟啊，好像在哪裡見過。」張遠看著張青皺著眉頭。

張青心裡一個咯噔，上次她就覺得張遠看自己的眼神怪怪的，怕是已經猜到些什麼，這次自己恢復女裝，也不知道能不能瞞得過穆錦這個好友。

「二哥這麼一說，我也覺得有一些。」周雲瞇著眼睛，打量著點著頭。

周雲這話一出，幾個人俱都盯著張青。張青不語，只是盡可能的將頭低垂，她自己坦白是一回事，被別人認出來又是另一回事了。

「你們不說廢話嗎？她是青弟的妹妹，當然和青弟像了，你們上次不也見過青弟嗎？」

「是這樣嗎？」周雲皺著眉頭。「三哥說得有道理。」

「好了好了，今兒個是我大喜的日子，沒事都趕緊出去。」穆錦常年在軍中，比三個人都魁梧不少，這麼擁著竟是一人將其他三個人都擁了出去。

「哎，我們還沒鬧洞房呢，有了媳婦忘了兄弟啊。」三人不依，大叫著。

穆錦只是不理，乾淨俐落的將房門落鎖。

「這是我三個好兄弟，他們比較鬧騰些，妳別介意。」穆錦站在張青面前，頗有些手足無措。

除了表妹，這是他第一個接觸的女子，以前和表妹他也沒這種感覺，也可能是以前年少，不懂事，可是這次，這是他八人大轎娶進來的娘子，他看著她卻有些緊張。
「我有事情想說，你聽了莫怪好嗎？」張青懦懦地說著，終於覺得還是先坦白的好，嫁都已經嫁了，穆錦也算是個良人，心性她還是信得過的。
穆錦早已經有些醉了，此時看著燈光下的張青，不知怎麼的，竟是從那煞白的臉上看出了一絲豔色。他逐漸感覺心跳加速，身體有些熱，他不自覺的嚥了口口水，有些緊張地看著張青。「何事，妳說吧，我大度著呢。」
張青躊躇片刻，深呼吸一口氣，終於嘴唇一抿下定了決心。「那個，我就是張青。」
「什麼？」穆錦睜大著眼睛，聽了張青的話，一時間有些懵，接著才來了趣味，想不到這世上還有兄妹名字是一樣的。「哦，妳和妳哥名字一樣嗎？哪個青？」
張青一陣黑線，看著穆錦具有求知慾的臉，再次深吸一口氣。「穆哥，我就是張青，沒有哥哥，我家就一個叫張青的。」
張青一口氣說完，就咬著嘴唇擠著眼睛，默默地看著穆錦，垂在身邊的手因為緊張緊握著喜服，喜服在她的手下皺成一團。
穆錦大張著嘴，瞪著眼睛，滿臉呆滯，不可置信的看著張青，看了好半晌。
就在張青心跳越來越快，越來越心虛的時候，穆錦終於回過神來。
「妳是青弟！讓我緩緩。」穆錦倒吸一口氣，直直打量著張青。
張青被他看得有些發毛，忐忑道：「怎麼，很難接受嗎？其實本來很早就想告訴你的，只是沒那個機會。」

「有些。」穆錦只是應了一聲，便不再言語，過了半晌才突然道：「妳能不能把臉洗了，我想好好看看。」穆錦點點頭朝門外喊了一聲。「來人，打水。」

過了一會兒，幾個丫鬟、小廝提著水桶，抬著木桶走了進來。

「不是只洗臉嗎？」張青懦弱地問。

「反正也是要洗的。」穆錦說完後才猛然發現自己說了什麼，那臉更是紅彤彤一片，看也不敢看張青。

張青這一天穿著厚重的喜服，此時也滿身是汗，看著那一大桶的水心裡也有些癢癢的。

「那我先去洗。」

穆錦默默的坐在床邊，看著屏風上搭的衣裳越來越多，先是大紅的嫁衣，然後裙子，裡衣，最後便是那小小一片的肚兜，那肚兜上好像還繡的是鴛鴦……穆錦看了一眼便不敢再看，同時心跳如鼓，並且渾身有些躁熱。

「莫不是剛才酒喝多了。」穆錦猛地搖了搖頭。

張青也有些不好意思，屏風外正坐了個男人，而她在這裡洗澡，每個動作都有些忐忑，她搗住自己的心口處信心喊話。「淡定、淡定，那個是妳相公、相公。」

只是她原以為，她要費好大的勁才能安撫了穆錦，哪知道，他的反應居然是這樣淡淡的。

洗完後張青才有些惱恨地發現，她居然沒有拿換洗的衣裳。「那個、那個穆哥啊，你可不可以幫我叫一下我的丫鬟。」

「哦。」穆錦悶悶地應了一聲，開了門。「少夫人的丫鬟呢？」守在門口的小廝和丫鬟，俱是搖了搖頭。

他關上房門。「門外沒有妳的丫鬟。」

張青一陣懊惱，也不知道小翠這丫頭跑哪去了。「那麻煩穆哥到我床邊的箱籠裡取件衣服給我。」話剛說完，張青便臉紅不已。

穆錦也是一愣，默默地拿了一件衣裳，走到屏風前。

「吶，給妳。」

從屏風後頭伸出一隻纖細白嫩的胳膊，胳膊上熱氣仍在蒸騰，還有些水珠，要落不落，穆錦腦中突然閃過四個字，膚如凝脂。只是那胳膊也只伸出來一剎那，便縮了回去，穆錦突然感覺有些悵然，心裡好像空落落的。

不一會兒，披著濕髮，滿臉潮紅的張青走了出來。沐浴過的她，身上還帶有一絲淡淡的香氣，濕漉漉的頭髮披在腦後，皮膚如上好的凝脂，還透著嫣紅，如汪泉般的雙眸欲語還休的看著穆錦，櫻桃小口翕動了兩下，最後化作無聲。

穆錦看著這樣的張青竟是愣了。

他原先就覺得，張青長得有些秀氣，只是兩人認識時她還小，那時候還沒有女兒家太多的特徵；再次相見，他也只是覺得張青長相女氣，京城裡長相女氣的人不少，包括張遠都長得有些陰柔，所以他從未覺得張青是個女兒家。

可是此時這個有些嬌羞的美貌女子就俏生生的站在他面前，由不得他不信。

張青看了穆錦半晌，發現他沒有反應，甚至看了自己一眼後便不再看。想了想，她慢慢的朝著穆錦走去，坐在他的旁邊。「你可是有些惱我？」

穆錦點了點頭，然後又急忙地搖了搖頭，抬起頭看了一眼張青，又急忙垂下了腦袋，只是滿心懊惱的想著。「心跳得好快，怎麼辦？好熱。」

「到底是惱還是不惱？」

「惱是有一些，但是，妳現在也是我的媳婦了不是。」

張青聽到這話，才放下了心中的大石。「你剛剛說的要對我好，可還記得。」

穆錦點了點頭。

「你說我對你有救命之恩。」張青說完這話，眼裡閃過一絲狡黠。

「有，我也記得，我會對妳好，也會負責的。」

穆錦又抬頭看了一眼張青，眼睛在張青那嬌嫩的唇瓣上停留了一會兒，然後覺得口乾舌燥起來，心裡一陣驚訝。「怎麼、怎麼，好想咬一口啊。」

張青對於穆錦的話深感滿意，心裡想，看來那東西是用不上了。

「那相公我們休息吧。」張青說完有些不好意思的趕緊上了床。

了。

穆錦被這一聲相公嚇了一跳，整個人有些暈乎乎，等他反應過來，張青已經躺在床上了。

張青在內，穆錦在外，兩人都是睜大著雙眼，直直地看著頭頂上的床幔。

也不知道是誰的手先握住了誰的手，就這樣，兩個人擁抱在一起，一隻略顯粗壯的手拉下了床幔。

桌上的紅燭還在亮著，帳後的床榻也在搖晃著。

「痛，輕點，別動。」張青有些不滿。

她身上的穆錦也是滿頭大汗，一臉猙獰，十分抱歉地看了一眼張青。「好好，我不動，不過我也好痛啊。」

「好了，可以了。」

「可以什麼了？」

「笨啊你，動啊。」

直到張青沈沈睡著，穆錦滿臉笑容癡癡地看著張青笑了好半晌，然後起身，輕輕叫過丫鬟，打了水，為她擦拭好，才又抱著張青睡去。

張青這一夜只覺得睡得很不舒服，一覺醒來，睡眼惺忪，過了好一會兒才反應過來，這裡已經不是她家，她已經嫁人了，這裡是長門侯府。

只是她一動，便感覺渾身一陣痠疼。

「來人啊，現在是什麼時刻？」

「回少夫人，辰時了。」

張青抬頭看向說話的丫鬟，一身粉色的丫鬟服，中規中矩的，長相只算清秀而已，看上去是個本分的。

「妳叫什麼名字。」

「奴婢小雀，是專門派來伺候夫人的。」

「我那個丫鬟呢，就是小翠。」

「回少夫人，小翠去打熱水了。」

穆錦進來的時候看到的就是正在梳妝的張青，只是看到換回女裝的張青還是有些不好意思，只看了一眼，他就趕忙的移開了眼睛。

「妳起了，那我們去父親、母親那裡吧。」

「嗯。」

張青看著穆錦的背影，有些納悶，這穆錦的反應怎麼淡淡的，難道是對自己有怨氣？她打死也想不到穆錦是害羞了。

長門侯府的人口簡單，張青見到的也只有穆辛和季衫兩人，磕了頭、敬了茶，季衫一臉慈愛的又送了一個玉鐲子給張青。這個鐲子比起前些日子季衫給張青的成色更加好，呈現出一種略有些透明的奶白色。

「這是母親花了好久，特地給妳挑的，以後啊，妳也傳給我的孫媳婦。」

一句話說得張青、穆錦都紅了臉。

「謝過母親。」

「好了，餓了吧，我們吃飯去。」

張青原以為，吃飯還要規矩什麼的，她已經做好為婆婆布菜的準備了，誰知道季衫徑直拉著她坐到了位置上。

「坐吧，一起吃，咱家人口簡單，也沒那些虛的規矩。」

張青再次含笑道謝。

這一頓飯吃得其樂融融，張青也放下了一直忐忑的心，暗自嗤笑道，自己這難道就是一步登天，嫁入豪門。

吃過飯，穆辛便叫走了穆錦，直到這時候，穆錦都沒有看張青一眼。張青心想，估計這廝還是有些接受不了吧。

張青便留下陪著婆婆說話，直到看到季衫有些倦怠的模樣，才十分識趣的退下了。

回到房中，穆錦還沒有回來，張青叫過小翠，細細的點了點自己的嫁妝，把可以用的拿出來，其餘的全部封了箱。

這個時代，女人最大的依仗便是自己的嫁妝了，看了一遍嫁妝，張青估算了一下價值，不由十分感動，估計爹娘是將整個家都掏空，為她置辦了這麼隆重的一份嫁妝吧。

爹現在大小也是個官，但是這官在這偌大的京城裡，就好像一粒沙塵那麼不起眼，除非再打仗，否則靠爹的那些俸祿，連養活一家老小都是個問題；更何況，她也不想讓她娘過那種提心吊膽的日子了，如果可以的話，她想讓爹就留在京城，哪怕辭了官也行。

弟弟們還小，爹娘又不是特別會賺錢，這麼一琢磨，張青便有些躍躍欲試，那賺錢的念頭怎麼也停不下來。張青緊皺著眉頭，半躺在床上翹著二郎腿，晃悠著，面色一片凝重的看著床上的床幔。

小雀進來的時候，看到張青這個模樣，見多了閨秀的她不禁被嚇了一跳。

小雀的表情小翠看得分明，不由有些頭疼，她家小姐這還有形象嗎？小翠有些哀傷的想，趕忙戳了張青一下。

張青被打斷思路，怒視小翠，小翠有些訕訕的指指剛進門的小雀。

主僕倆的互動，小雀看得十分清楚，此時已經是目瞪口呆。

張青有些訕訕的趕緊放下高蹺的二郎腿，坐起身，姿態優雅，一副端莊的模樣。

「什麼事情？」

「少夫人，夫人讓您過去一趟。」小雀有些懦弱地說。

「好的，知道夫人找我什麼事嗎？」

「奴婢不知，剛才是夫人房中的丫鬟過來傳話的，傳完話就走了，奴婢也沒問。」

張青點了點頭，表示明白，然後趕忙讓小翠幫忙整理了下儀容，就隨著小雀去了。路上還一直在想，明明剛剛才和婆母說完話，怎麼突然又要過去呢。

進了房門，張青的眼光一下落到主位上的那兩人。

一個穿著紫色錦緞，頭戴金冠，體型稍有些肥碩的男人；還有坐在一旁，一身桃紅色錦衣正裝的女人，腰間束著金色的錦緞，頭上綰了一個朝天髻，戴著一支大大的蝶戀花簪子，看起來雍容華貴。

只一眼張青便知道堂上坐的那兩人是誰。

雖然只是小時候見過一面，但是張青還是認出來，那個身著桃紅色錦衣的女人正是江雲，她相公的表妹兼青梅竹馬。

而旁邊那人也不用想也知道，便是瑾王爺。

「侯爺，這就是你選的那兒媳婦。」瑾王漫不經心的開口。

「回王爺，正是。」穆辛回答得十分簡練。

「依本王看，也只是中人之姿，看起來也不怎麼樣，還只是個副將的女兒。」瑾王爺說完不等他人開口，又將目光放在了穆錦身上。「穆世子啊，我看你這媳婦兒也不怎麼樣，讓本王作主幫你換一個怎麼樣，本王可是知道許多美貌的小娘子。」

瑾王這一番話說完，廳裡一片安靜，瑾王爺這話無疑給了張青一記響亮的耳光，只是張青卻不以為意。她本來就身分低微，也接受這個現實，可是她的第一反應卻是偷偷看了一眼江雲，發現江雲的臉色更加蒼白，滿臉的羞憤之色。

張青心中暗自咋舌，想當年江雲嫁給瑾王爺的時候，穆錦好像還挺傷心的，還曾寫過信給她訴苦，現在也不知道江雲這瑾王妃當得可舒心；不過依她看來，估計可能不是那麼的順心，也不知道江雲有沒有後悔啊，放著大好的小鮮肉不要，非得吃老牛肉，牙不疼嗎？

張青依舊站在大廳中間，沒有人讓她下去，她也不能動，就直直的站在中間，低著頭，胡思亂想著，想著想著還朝著穆錦瞥了一眼。

穆錦卻有些忍不住，只是剛要說話，便被父親給攔住了。

「王爺說笑了，吾兒昨日才大婚，而且親家於我有大恩，兒媳也是個好的，身分低不要緊，能持家就好，我們家也不太看重那些。」穆辛含笑說道。

「青兒，妳坐下吧。」

「是，父親。」

張青看得十分明白，瑾王爺和瑾王妃今日就是要給長門侯府下馬威，她人微言輕，估計是要用她來找碴，她還以為她得站好半晌呢，沒想到，才站了小一會兒就可以落坐了。

張青施施然的朝著穆錦的方向，坐在他的旁邊，穆錦朝張青遞了一個憐惜的眼神。

「哎，那倒是可惜了那些美貌的小娘子啊。」瑾王爺說著，還咂吧咂吧兩下，一臉可惜之色。

穆家一家人被氣得夠嗆，卻都不作聲。

「少夫人，上前來，讓本王妃好好看看可好，說起來，我們也是親戚呢。」江雲含笑的看著張青，只是那笑在張青眼中顯得分外勉強。

張青有些無奈的起身，走到江雲的下首處。原以為自己可以坐著休息了，現在看來是她想多了。

江雲有些記恨的看了一眼張青，便趕忙收回了那眼光。她十分討厭這個女人坐在穆錦的旁邊，如果穆錦今日娶的是高門大戶家的，她可能還不這麼難受，可是他卻偏偏娶了這個農村來的，沒有半點家世的女子。「我一看少夫人就覺得合眼緣，少夫人就坐在我旁邊好了。」

張青笑道：「謝王妃，妾身也覺得王妃十分合眼緣，可能我們曾經在哪裡見過吧。」

張青這話一出來，江雲便愣了一愣，皺了皺眉頭；即便不是瑾王妃的時候，她也是堂堂知府家的小姐，怎麼可能和一個農婦見過面。「應該不曾吧。」

張青只是笑笑。「可是妾身卻越看王妃越覺得眼熟……呀，妾身想起來了，妾身的娘親當時開了一個點心鋪子，在康河鎮，王妃是不是去過呀？」

不僅是江雲，便是穆錦都有些驚訝的看著張青。

江雲更是怔了一會兒，她記得，她當時聽聞有家點心鋪子有種叫蛋糕的點心特別好吃，表哥便陪著她去買，那是他們最後一次在一起。

江雲的眼前浮現出當時的情景。「妳是？」

「哦，家裡人手不夠，我會出去幫娘親。」
江雲大張著嘴，她實在有些不敢相信，這世間小到了如此的地步。
「哦，看來王妃真的見過少夫人了，不知道康河鎮在什麼地方，當時王妃和誰去的呢？」
瑾王爺這話一出，江雲更是面色慌亂。
「康河鎮是妾身從小長大的地方，隸屬永明省，至於王妃當時和誰一起，妾身就不知道了。」張青緩緩地答道。
江雲鬆了一口氣，她只知道，她不能讓瑾王爺知道，當時她是和穆錦在一塊兒的。瑾王爺為人暴戾多疑，要是他知道了，她不能想像自己的下場。最後江雲幾乎是白著臉出長門侯府的，瑾王一向不太喜形於色，她也看不出來他現在的心情，但是她本能的感覺不太好。
穆錦看著張青的目光越發複雜。
兩人一前一後走在長廊上。
「我記得那個點心鋪。」
「我還以為你不記得呢。」
「蛋糕很好吃。」穆錦本來有許多話想說、想問的，比如為什麼要扮作男子，為什麼從來沒說過他們很早就見過了，可是卻不知道為什麼說出來的是這一句話。
「謝謝，喜歡吃的話晚上做給你吃。」張青微微一笑。

「好。」

果不其然，晚飯的時候，張青真的端著一塊蛋糕出來，她心裡還在想著好久沒做，打了一會兒蛋胳膊就乏得厲害。

季衫從未吃過這種東西，一時只感覺美味極了，越發喜歡張青。

晚上的時候，張青梳洗過後，便靜靜的躺在床上，手裡捧著一本書。

而穆錦則是在房間外轉來轉去，小翠端著從廚房端來的夜宵，走到房門前，就看到一臉焦躁走來走去的穆錦。

「姑爺，您這是？」

小翠是張青的貼身丫鬟，穆錦看到她難免有些不好意思。

「欸，沒什麼，賞月賞月。」

「賞月？」小翠抬頭往天上望去，的確有一輪圓月高高的掛在天空中。

「妳這是？」

「這是少夫人要的，少夫人睡前喜歡喝些羊乳或者牛乳。」

「哦。」穆錦答了一聲，看著那盅牛乳半晌沒有說話。

穆錦不說話，小翠也不敢亂動。

片刻後，穆錦道：「這東西我拿進去吧。」

說罷在小翠有些詫異的眼神下，接過盅，推門而入。走到內室，映入眼簾的是穿著粉色綢衣，露出大片潔白的脖頸的張青，那秀髮就好像瀑布一樣披在身後，穆錦只看了一眼就趕忙收回了眼光。「妳的牛乳。」

張青放下書，走到桌前。

衣裳晃動間，穆錦低垂的眼一不小心就瞥到了張青那雙細嫩的腿，穆錦有些無措的趕忙抬起頭，卻又不小心看到了纖細的脖頸和半片白花花的胸脯。

這衣裳是張青仿造現代的睡袍做的，沒有扣子，只用一條帶子繫上便好。

「妳這衣裳、妳這衣裳……」穆錦想了半天也沒有想出合適的詞來表達他現在的想法。

張青瞅瞅自己的睡衣，端著牛乳，看著頭昂得高高的，滿臉通紅的穆錦，不由感到好笑。她覺得穆錦現在黑裡透紅的臉，就好像被燒紅的炭，不知怎的，顯出那麼一絲可愛來。

「我這衣裳怎麼了？」張青好整以暇，聲音中透出一絲狡黠。

「那個、那個……」穆錦說不出個所以然。

張青卻噗哧一聲笑了出來，穆錦低頭怔怔的看著她，見她粉色的嘴唇上還沾了一絲乳白色的牛乳，穆錦突然渾身一緊。

「怎麼，太露了？這也就是在房間裡穿，再說更露的你昨晚不也是看到了。」張青說完便哈哈笑著，但說完就有那麼一絲後悔，暗自也有些懊惱，怎麼說話都不經大腦思考，隨便就說出來了。

穆錦滿臉的不可置信，他不敢相信那些話是從他媳婦兒嘴裡說出來的，臉紅脖子粗地看著張青。「妳下流！」

「得了，你還逛花樓呢。」張青立馬反唇相稽。

穆錦再次愣了，他不知道要說些什麼，有一種淚奔的感覺。

邀請媳婦一起逛花樓，天底下也只有他這麼傻吧，導致現在他根本沒有絲毫的底氣。

不知為什麼，張青看到穆錦吃癟就很高興，打從心底的高興，簡直樂不可支。

「相公，你不睡嗎？」張青軟軟糯糯的聲音傳了過來。

穆錦心頭一震，耳旁還縈繞著那兩個字，「相公、相公」，不自覺的他的嘴就咧了開。

「我待會兒，可是以後妳能不能不要提那件事。」

「哪個？」

「就是那個……逛花樓的事情。」

「哦，明白明白。」張青暗笑，看著穆錦有些尷尬的臉，知道也不能逼得太緊。

穆錦一靠近女裝的張青，就心跳加速，尤其是現在她沐浴過後穿著薄薄的衣裳，就躺在他的旁邊，他還能聞到她身上傳來若有還無的香氣，不像是熏香，是一種似曾相識的味道，他想不起來，但是奇異地覺得這種味道讓人安心。

兩人的呼吸交纏在一處。

張青用手指撓了撓穆錦的掌心，穆錦臉一紅，趕忙移開。

張青卻來了興趣，追著不放。穆錦氣急，等張青的手再伸過來的時候一把將其握住，緊接著他感覺自己的心跳得更快了。

就這樣靜靜的不知過了多長時間。

張青翻身而上，那粉色的櫻桃小口，貼上了穆錦的。

穆錦因為驚訝大睜著眼睛，讓張青不甚滿意。「閉眼。」

穆錦反射性的乖乖閉上了眼睛，張青此時感覺自己好像色狼一樣，誰知剛這麼想，一陣恍惚，她就被壓在了他身下。

穆錦紅著眼睛，心口不斷起伏的看著張青，讓張青突然感覺自己的處境有些不太妙，那一處地方還有些疼著。

昨夜裡是喝了酒的，具體細節其實穆錦已經記不太清楚了，但是那一種從來沒有過的，深入骨髓的快活，他還是記得一些的。

張青粉色的櫻唇在微弱的燭光下散發著一種清甜的感覺，像上好的佳釀，讓人忍不住去品嚐；而她滑膩白皙的肌膚像上好細膩的脂玉，穆錦心癢癢的撫摩，光滑的感覺讓他愛不釋手。

在張青睡去的那一刻，心裡迷迷糊糊的自我反省，男人果然不能這樣挑逗，否則死得很慘的絕對是自己啊。

第二十章

總體來說，張青覺得嫁人的日子也沒有什麼太大的不同，唯一讓她好笑的是，已經做了兩夜夫妻的穆錦白天依舊彆扭的臉。

第三天便是回門的時候。

季衫前一天晚上便吩咐下人們準備好今日張青回門要用的東西，看著整整一個馬車的東西，張青驚訝得睜大了眼睛。

「看看這些東西，可還合心意。」

張青看看馬車，看看季衫。「母親，您對兒媳真好。」

季衫聽了這話也感覺十分受用，拍了怕張青的手，滿面的笑容。「傻孩子，我就妳這麼一個兒媳，不對妳好對誰好呢。趕緊去吧，別讓親家等得著急了。」

季衫轉過頭又對穆錦道：「對你媳婦兒好一點，知道嗎？」

穆錦紅著臉看了一眼張青，連連點頭。

李雲一大早就在家裡準備吃食，嘴裡念叨著，青兒最喜歡吃什麼，看得李孟氏連連搖頭。「這才嫁出去幾天啊，看妳激動的。」

「哎，總歸是嫁出去了，長門侯府再好，也不是咱自己家啊，她性子又倔，總是怕她受委屈。」李雲嘆了一口氣。

等張青到家，李雲趕忙拉了她過來，細細打量，從左到右，從上到下，一寸一寸細細看著，生怕女兒受到一丁點的委屈，看了半晌發現，女兒看起來好像沒什麼區別，才放下了緊繃的那顆心。

娘倆一進房間，李雲就趕緊問道：「世子對妳好嗎？」

張青點了點頭。「挺好的。」

可是李雲對這個答案卻不太滿意，還是憂心忡忡的看著張青，這孩子臉上怎麼沒有一點嬌羞之色。

而穆錦則是和張闊、李攀一起進了書房，三人雖然年紀相差頗大，但都是一起在西北待過的，也沒那麼多隔閡。只是穆錦畢竟成了張闊的女婿，而據說每個爹看女婿的時候，都會有一種，自家辛辛苦苦種的水靈靈大白菜，被野豬給拱了的感覺。

張闊看穆錦難免就有些不太氣順。

回府的路上，穆錦只有一種想法，那想法就是，果然，老丈人是世界上最不可愛的一種生物。想當年在西北，張副將和李副將是多麼可愛的人啊，對他是春天般的關懷，他們還一塊兒喝酒呢，現在倒好，那張闊看他的眼神跟看敵軍一模一樣。

大婚七天過去了，除了晚上兩人好些以外，白天的穆錦依舊是彆彆扭扭的，讓張青不免也有些生氣，生米都煮成熟飯了，他還彆扭個什麼勁啊。

「青兒、青兒，妳怎麼了？」

「啊？」張青回過神有些木然的看著季衫。

季衫嘆息地搖了搖頭，滿臉無奈的笑了笑。「妳這孩子在想什麼呢，叫了妳半天。」

「沒什麼，母親您說。」張青臉有些泛紅，連忙抬頭，送給季衫一個明媚的笑容。

「也沒什麼，母親就是說，這幾天，妳跟著母親，好好學一些府裡的事情，以後這府裡的事情都交給妳了。」

張青愣怔過後連忙推辭。「母親做得不是好好的嗎？而且兒媳沒有接觸過這些。」

「母親年紀大了，想好好歇一歇，況且妳以前沒有接觸過，所以現在才要好好學啊。」

季衫看著張青的眼裡滿是笑意。

張青有些鬱悶，比起管什麼長門侯府，她其實更想去開珍寶閣。

管家的事情雖小卻細，今天哪家送的禮，該收還是不該收，收了的話要回什麼禮；今天哪家的兒子要大婚了，哪家的老太爺大壽，哪家的大人升了官，要送什麼禮，怎麼送？

這些都只是其中一部分，還有什麼家裡哪些房子應該翻修了，哪裡的牆圍不好了之類雜務。只半個月，張青覺得自己就被磨掉了一層皮，同時心裡也有些了然，怪不得公公那麼拚命，這府裡的花銷實在太大了，不拚命不行啊。

這些日子，張青白天跟著婆婆處理府裡的事情，晚上回了房間，便是拿府裡舊的帳本以及禮品單來看。

所以張青沒有發現，穆世子看她的眼神充滿了幽怨還有委屈，尤其是她睡著後，穆世子看著她的眼睛，透著一股陰森森的氣息，這是一頭剛開了葷又陷入餓肚子境況之下的狼啊。

穆錦委屈地戳了戳張青的臉蛋，換來張青一陣皺眉。

等張青學得差不多後，新婚的日子已經過去了三個月。

穆錦這次回來，由著他爹給他在京城裡安排了一份活，便是做禁衛軍。說辛苦也不至於，要說不辛苦，卻也稱不上。

等著穆錦收隊回來發現，以往回來還能看到的媳婦兒不見了。

「少夫人呢？」穆錦背著手，昂著頭，臉上的表情看不清喜怒，好似漫不經心的問。

「少夫人說今天要親自下廚。」

「哦？」穆錦有些意外，最近張青的忙碌他是看在眼中的，沒想到她今天居然有心情自己親手下廚。

快到晚飯時間，廚房裡正是忙碌的時間，穆錦靠在門欄上，一眼便看到了她。

張青穿著青色的衣裳，頭上只是簡單地插著玉簪，耳朵上也是兩顆小小的、紅色的寶石，沒有其他華麗的飾物，身姿修長的她即便是做飯，也有一種行雲流水般的美感。

張青側臉對著穆錦，從穆錦的方向，剛好看到一粒晶瑩的汗珠，從張青的額頭緩緩滑落到耳根，然後是那因熱氣而顯得微紅的潔白脖頸，最後流入衣衫內，再無蹤跡可循。

穆錦突然感到滿身的躁熱，喃喃地說著。「一定是這裡太熱了，一定是！」

穆錦壓下心底的那抹躁動，看著張青。其實張青一點都不像男子，可是他怎麼就沒發現呢，還有他怎麼就娶了她呢？娶了她，自己心中快活嗎？

穆錦捫心自問，而後露出一個大大的笑臉，雖然開始是有些不太能接受，但是後來想想，還好是她。

廚房陡然安靜了下來，張青好半晌才反應過來，看到穆錦還有些驚訝。「你怎麼來了。」

穆錦昂著頭，語氣說不出的淡定。「隨便走走。」

張青微微一笑。「好了，等一會兒就可以吃飯了。」

「侯府這麼大，還用妳親自下廚。」穆錦踱步走到張青旁邊。

「在外面辛苦工作的丈夫回家了，所以妻子要給他做晚飯啊。」張青低聲慢慢地說著。

穆錦一愣，一個字一個字的在心底重複了兩遍，突然覺得這些字單個看不覺得什麼，但是合起來，怎麼這麼好聽啊。

「你去陪陪母親吧，飯一會兒就做好了。」

直到出了廚房，穆錦的耳根子還有些燙得慌，心想。「一點都不像大家閨秀，這話，這話，怎麼就在廚房這種地方說出來了。」

張青早問過丫鬟，做的菜道道都是家裡人喜歡吃的。

一頓飯下來，季衫十分高興。「真是有心了。」

「兒媳為父親、母親做些簡單的吃食而已，合胃口就好。」
穆錦在一旁暗自撇嘴，心裡默默的想，剛才還說是給我做的，現在就變成了給爹娘做的，心口不一的女人，哼！
待將府中的事情弄順手以後，張青再次琢磨著開珍寶閣的想法。
此時已入秋，讓人忍不住感覺有些荒涼蕭條，張青撩起車簾，看到那漫天的黃色葉子從樹上落下，晃晃悠悠，一片又一片。
「秋天這麼快就來了。」張青嘆息一聲，卻又不知道自己在嘆息個什麼勁，回過神直罵自己神經。
「少夫人，我們往哪裡去？」趕車的老羅很早以前也是西北的一個兵卒，在戰場上斷了一條腿。斷了一條腿，還沒有家人的人，回來的日子是多麼的淒慘，穆辛看他可憐，便把他留在了府裡。
「羅叔，我們就在這街上隨便轉轉，您就帶我去那比較繁華的地方。」
「好咧。」
城中的禁衛軍正在巡邏，穆錦正領著一個小隊四處的晃蕩，哦不，是執行公務中。
這工作，只要不是遇上什麼窮凶極惡的，或者有人作亂什麼的，他們的日子那是相當的好過。

「嘿，老大，那輛不是你家裡的馬車嗎？」

十來個禁衛軍一身鎧甲，圍著窗前的兩張桌子，正坐在街上酒樓的二樓吃著茶，往樓下看著。

穆錦聞言，往樓前擠了擠。「讓開、讓開，讓我瞅瞅。」

這一看，還真是他家的，馬車前趕車的是老羅，馬車上還印了一個大大的穆字。

「老大，你家馬車這裡頭坐的是誰啊。」

「廢話，不是我娘就是我媳婦，難道能是我爹啊。」穆錦橫了說話的那人一眼。

「是大嫂的話，讓我們也瞧瞧啊。」

「瞧什麼瞧，走、走、走，吃飽喝足，趕緊幹活啊。」穆錦拿起配刀，吆喝了兩聲。

其實他已經知道，這裡面坐的肯定是他媳婦，他娘平常是不會坐這輛馬車的。

張青這一轉，就是日落西山。

「羅叔，天晚了，我們歸家吧。」

「好咧，聽少夫人的。」

踏著夕陽，馬蹄在大街上發出噠噠的響聲，張青想著事情，不知不覺，就回到了長門侯府。

張青下了車，在進門的時候，眼角一掃，在不遠的巷子口好像突然看到一個熟悉的影子，只是再一看，那裡卻又空空如也。

張青揉了揉自己的眼睛，拍了拍臉頰，喃喃自語道：「這是今天在馬車中憋久了，有幻覺？」

「少夫人，您在說什麼？」老羅拄著枴杖，疑惑地看著張青。

「哦，沒什麼，我們進去吧。」

張青回來先是將買的東西送進了季衫房中，才回到自己房裡，準備先做梳洗。

穆錦進來的時候，張青剛拭過面，坐在梳妝檯前，小翠正往她頭上插著簪子。他本來想問她今天出去幹什麼了，可是見到本人，這話也不知道怎麼就問不出來。

坐下來，站起來，坐下去，再站起來，然後轉過來，轉過去，轉過來，轉過去。

張青從鏡子裡就看到這樣的穆錦，臉上一片肅穆，眉頭緊鎖，嘴角綳得緊緊的。看了好一會兒，張青忍不住嘆息一口氣，揮揮手示意小翠下去，揉揉額頭，無奈地看著穆錦。「你這是幹麼呢，有什麼煩心事嗎？」

「也沒什麼，就是想問下，妳今天是不是出去了。」

張青哭笑不得的看著穆錦。「就為這事啊？怎麼了？」

「沒什麼，我以為我看錯了。」穆錦連忙說，說完後又感覺自己的語速好像有些太著急了。

「你沒看錯，我是出去了。」張青說完，就等著穆錦再次說話，只是這次時間有些長。見他半晌無語，張青只好先開口。「你沒問題問了？」

「有，妳出去幹麼了？」穆錦懦弱地問。

張青終於忍不住大笑出聲，這樣的穆錦真的很像一隻彆扭又傲嬌的大狗。

「妳笑什麼？」穆錦瞪著張青，面色十分惱怒。

「沒什麼，就突然想笑。我出去是想看看哪裡有合適的鋪子。」

「看鋪子？」

「嗯，最近家裡的事情順手了許多，我想在京城再開個鋪子，珍寶閣在永明省就很好，我覺得，在京城開肯定會更好，畢竟這裡權貴更多不是嗎？」

穆錦覺得張青說的有理，點了點頭道：「是不錯，那鋪子妳看得怎麼樣？」

「這京城裡寸土寸金的，好的鋪子哪裡那麼容易找得到。」張青聳聳肩。「好了，快到吃飯的時間了，我們去吃飯吧。」

兩人一前一後，張青卻沒有發現，走在前方的穆錦緊皺著眉頭，一臉若有所思的模樣。

看到張青和穆錦要好，不管是穆辛還是季衫都十分高興。

吃過飯後，張青就躊躇地提出了想開鋪子的想法。

穆辛知道張青在永明省開珍寶閣的事情，所以聞言並不太驚訝，只是季衫有些想不通。

「開鋪子？好好的為什麼要開鋪子，是不夠花銷嗎？」

張青搖搖頭，不知道要怎麼說，她總不能當著全家人的面說，我是怕妳兒子以後會納妾，喜新厭舊，我沒個倚仗。

這話張青是萬萬不敢說出口的，思索一會兒，她眼睛一亮，便道：「其實青兒想開鋪子，也是為了邊關的士兵能過上好日子。」

「哦，怎麼說。」季衫來了興致，丈夫常年在外打仗，她也時時派人瞭解著邊關的情況。

張青看到季衫有興趣，便把當年的想法對季衫說了一遍。

穆錦和穆辛早已知道張青這幾年是怎麼做的，季衫頭一次聽，雖然覺得很有道理，但是張青畢竟是她的媳婦兒，也是堂堂長門侯府的世子夫人，出去拋頭露面，她總覺得有些不能接受。

看得出季衫的顧慮，張青卻不知道要怎麼樣繼續說下去，婆婆畢竟不是娘，婆婆的顧慮也是有道理的，她便默默地坐在那裡，低著頭，堂內一片安靜。

穆錦左右看了看，看到張青低垂著頭，也不知道心裡怎麼就一緊，這樣落寞表情的她，他不太喜歡。

「母親，孩兒覺得青兒說的挺有道理的，開店也不是非要青兒自己出去拋頭露面，咱們可以找個好掌櫃，家裡其他的鋪子不都是這樣嗎？」

季衫點點頭，然後看著穆辛，眼裡滿是詢問。

穆辛沒有意見的點點頭。

「那好，既然都這麼說了，就隨妳去吧。」

「謝過母親。」

等張青心滿意足的離去後，季衫卻是滿面憂愁。

「怎麼了，還在為青兒擔心？」穆辛為自己斟了一杯茶，抿了一口，抬頭看季衫。

「是有點，但是，看著錦兒為青兒想，我突然就感覺心裡有些不舒服，好像酸溜溜的。」季衫嘆了一口氣。

穆辛噗哧一笑。「怎麼，吃兒媳婦的醋了？」

「有點。」季衫十分誠實。

穆辛更加樂不可支。「我就喜歡妳的誠實。」

話一說完，季衫就紅了臉，叱道：「老夫老妻的，說什麼喜歡不喜歡的。」

張青和穆錦走在長廊上，躊躇一會兒才輕聲道：「剛才謝謝了。」

穆錦一愣，然後才反應過來張青說的什麼事情。「說這些幹什麼，誰讓我是妳相公呢。」穆錦仰望著天空，一副高深莫測的模樣。

張青忍不住一下就笑了出來，她摀著嘴，眉眼彎彎的看著穆錦。「那謝過相公了。」說罷還見了個禮。

穆錦越發將頭抬得高高的，不是沒聽到張青的笑聲，只是看了一眼，就感覺被她的眉眼所融化，自己的眼睛好像也和她一樣，變得彎彎的，尤其是那一聲相公，脆生生的，自己的嘴角好像也上翹起來。

得到公婆的允許，張青這幾天幾乎是早出晚歸，而比她更加晚歸的則是穆錦。開始幾天，張青為了尋找鋪子的事情，還沒怎麼注意，這種情況持續了七、八天之久後，張青終於有些後知後覺的疑惑了。

「小翠，世子最近是不是回來得越來越晚了？」張青拆著頭飾，問站在身後的小翠。

小翠一副「妳終於發現了」的表情看著張青，剛想說話，就被張青給止住。「行了，別說，我知道了。」

「少夫人知道就好。」

夜裡穆錦回房的時候，看到張青沒有躺在床上，而是靜靜的坐在桌前。「還沒睡嗎？」

「沒有，等你。」

「等我？」

「嗯，最近你回家是越來越晚了，我有些擔心，是不是出了什麼事情。」張青昧著良心，忽視心中那一點淡淡的心虛，直接隱去了她其實是後知後覺，並且不太關心穆世子的事實。

穆錦聽了這話卻感覺分外的受用，他慢慢地走到張青背後，從後頭擁著她，將頭埋進她的脖頸中，聞著她身上淡淡的香氣，感覺一天的疲憊就這樣輕易的化解了。

「嗯，最近事情比較多。對了，妳鋪子找得怎麼樣了，我也打聽了些，有幾個鋪子都是想轉賣的，地段我也去看了，適合不適合我也不知道，倒是所處的位置挺繁華的，明天我告訴妳，妳自己去看看。」

儘管兩人大婚已經有一段時間了，平常更多的都是張青主動接近穆錦，而穆錦總是有些彆扭，今天這是穆錦第一次主動接近張青。張青身子先是一僵，而後卻有些不自然，同時感覺自己的心胡亂地蹦躂，身後是男子濃厚的氣息，讓張青不自然的紅了臉，就是穆錦的話，她也只聽了個大概。

「相公累了，那我們就休息吧。」

穆錦在她身後，用臉蹭了蹭張青的臉，點了點頭。

幾乎是一上床，穆錦便瞇著眼睛睡了過去，甚至連衣裳都還來不及換。

「看來最近真的是太忙了，可是最近有什麼大事嗎？禁衛軍都開始忙了。」張青自言自語了兩句，認命的為穆錦脫了衣裳，蓋上被子。

京城的日子比西北好上太多，穆錦那有些粗糙的皮膚也慢慢的好了起來，古銅色肌膚也漸漸的變成健康的小麥色，挺拔的鼻粱，睡著後緊緊抿上的唇，那讓她羨慕的長長睫毛，在臉上投射出一抹剪影，而眼下卻有些青紫。

「哎，從沒這麼仔細看過他，這樣仔細一看，他還是很好看的。」張青看了會兒才熄了燈。

第二天等她起床時，穆錦早已經不在。

「少夫人，這是世子早上走的時候，吩咐給您的。」

張青拿過一看，上面是幾間鋪子所在的位置，看來穆錦是對她的事情上了心。

「好，知道了。」

吃過飯，張青和季衫說了聲，就出了門去穆錦所說的幾個店鋪。

一座酒樓、一個衣裳鋪子、一個綢緞鋪子，都是在京城最繁華的地段上。

「奇怪，生意看起來不錯啊，怎麼會要轉讓？」張青有些疑惑地問。

「少夫人，您還不明白嗎？這是有人想討好咱們長門侯府，所以故意放出的風聲。」

張青點點頭。「原來如此，我還奇怪，我怎麼就找不到鋪子，咱們世子一出馬，居然找了這麼多的鋪子。」

只是這鋪子能要不能要，她還不能確定，回去得問問。

回家後，張青先是派人問清那幾家要賣鋪子的都是什麼人，然後便去找了穆辛。

京城這種地方，繁華地段的鋪子可遇不可求，即使她掏了相應的價錢，但是免不了還是要占些便宜，只是，這京城中，最不能的便是占便宜了。

穆辛聽了張青的話，看了下人遞上的調查結果，斟酌一會兒抬頭問張青。「哪家鋪子的地段最合妳心意？」

張青心中一喜，看來這鋪子還是有希望的。「城中那個酒樓。」

「那就這個吧。」穆辛笑了笑。

張青點點頭，只是鋪子的事情解決了，張青還有事情想和穆辛商議。「兒媳有一個想法，不知道可行不可行。」

「妳說。」

「兒媳想，組織一個自己的商隊。」

「商隊？」穆辛疑惑地看著張青。

「對，商隊，想要吸引頂級的權貴，東西便一定要是這京城所沒有的，但是又有什麼東西是連京城都沒有的，那就不太好找了；而我們珍寶閣的三樓，賣的便是這樣一些東西。」張青說完，緊盯著穆辛，看著他的反應。

穆辛深思熟慮一番，覺得張青說的深有道理，但仍犀利反問道：「那妳怎麼知道什麼是我們這京城裡所沒有的？」

張青不可能把後世的東西數給穆辛聽，想了想，便回答。「鴿子蛋大的寶石，可以看到百里之外的鏡筒，血一樣的巨型珊瑚，只有想不到的，沒有不存在的。」張青的語氣斬釘截鐵。

「那這些東西，妳可曾見過？」

張青搖搖頭，她的生活軌跡，在大婚前公爹肯定已經調查得很清楚，那些東西，她確實不可能看見。

「妳的意思是，妳需要一個商隊，去找尋妳所說的那些東西。但是妳怎麼知道妳說的東西，在這世間就一定會有。」

「一定有，兒媳相信。」張青語氣堅定。「比如西北再往北，東南以外海的另一頭，西南那荒漠的另一邊，那裡有的東西，一定是我們京城所沒有的。」

穆辛想了好長的時間，張青便等了好長的時間。

「好。」

「父親答應了！」張青滿面的欣喜。

「妳需要什麼？」

「現在希望父親幫忙找一些從戰場上退下來的老兵，必要膽大心細、圓滑的，尋寶本就是艱險的路，除了這些上過戰場的人，我不知道還可以找誰。」

穆辛點點頭。「人選七天後給妳，妳先去弄妳的店鋪吧。」

等張青退出去，穆辛嘴角勾起一抹極淺的笑容，他這個媳婦看來真的沒有選錯。

又是深夜，穆錦拖著疲憊的身子，遠遠的看到那房間裡微弱的光亮，心中一陣欣喜。

「回來了？」張青皺皺眉，看著穆錦。

穆錦依舊是滿臉的疲憊，眼下一片青影，鬍子拉雜。「怎麼還沒睡。」

「等你啊，餓了嗎？」

「回來的時候吃了些，不餓。」

「那洗洗睡吧。」

張青早就吩咐丫鬟燒好了熱水，穆錦泡在熱氣騰騰的浴桶裡，舒了一口氣，只是感覺泡在這水裡，越發地昏昏欲睡，而他也真的那麼睡了過去。

張青在屏風外，細想著今日和公爹所說的事情，等她回過神才發現，屏風那邊已經半晌沒有動靜了。

繞過屏風一看，穆錦歪頭靠在浴桶邊，緊閉著眼睛，已然是睡了過去。

張青走過去，摸了摸感覺水還熱，才放下心，嘆了一口氣，無奈撈起水中的帕子，開始為穆錦擦拭著。雖說是夫妻，但是也從沒這麼大剌剌的看著這個男人的身體，張青不由自主的就紅了臉頰。

穆錦感覺有些癢癢的，慢慢的睜開了迷濛的雙眼，然後就看到他的媳婦兒紅著臉，挽著袖子、拿著帕子，慢慢的在自己身上移動。

而帕子所過之處，一片顫慄。

他低頭看了看隱藏在水下的物體，有些無語，又有些亢奮。

穆錦一把拉住張青肆意點火的手，張青嚇了一跳，抬頭，正對上雙眸放著幽幽綠光的穆錦，那瞳孔裡映的正是自己有些失措的倒影。

「我只是給你擦一下身子。」張青悶悶地說，在穆錦的眼光下，感覺自己滿面灼熱。

「嗯。」穆錦的聲音有些低沈的沙啞。說罷，不管自己還全身濕漉漉，一下站了起來，那雄赳赳、氣昂昂的某物正對著張青。

張青趕忙閉上了雙眼。

「為夫洗好了，娘子，我們就寢吧。」

「啊，這水。」

「水，明日再收拾吧。」說罷將張青橫抱起來，慢慢地走向床榻。

珍寶閣開業諸事井井有條的進行著，穆錦閒來無事也會去張青那三層小樓轉轉。為了方便，張青又換上了男裝，外頭的人只以為是長門侯府的掌櫃或者是管家一類的角色，壓根兒沒有人將她與長門侯世子夫人聯想在一塊兒。此時她正與工匠、師傅談論著珍寶閣的裝修，穆錦滿臉疲憊的帶著幾個人走了進來。

「穆哥你來了。」張青低頭對工匠、師傅囑咐了幾句，滿臉欣喜的朝著穆錦走過去。在外張青叫穆錦穆哥，穆錦也繼續叫她青弟。

張青一襲白色錦衣，頭戴玉冠，面白如玉，粉色唇瓣大大的咧開，那笑容太過燦爛，讓穆錦一時有些怔然，疲憊好像一掃而光。

穆錦帶著幾個兄弟剛好巡邏到這條街上，抬頭一看正是珍寶閣，便進來看上一看。

「大哥，你們府上還有這等人物。」幾個紈袴雖然也是滿面的疲憊，但是看到張青，便開始擠眉弄眼起來。

「胡說什麼呢？這是我兄弟。」穆錦滿臉的不高興，怒瞪著幾個手下，他這臉一拉，還真有些嚇人，幾個紈袴頓時老實了不少，只是嘴角微微勾起，怎麼看怎麼不正經。

張青無語望天，這種素質，做禁衛軍真的好嗎？

因為有人在，穆錦也不好多做停留，待得時間長些，他的這些手下，腦子裡還不知道能想出多少齷齪的事。

「妳自己小心一些。」

看到張青躊躇著點點頭，穆錦深感滿意的昂著頭出了珍寶閣。

中午用過飯後，她隨著穆辛去見了為她所找的商隊隊員。

這支商隊正如她要的那樣，成員個個身材魁梧，眼神中、骨子裡散發著一股嗜血的光芒，腰杆挺得筆直，看到穆辛，一聲「見過侯爺」聲如洪鐘，嚇了張青一跳。

愣過之後，張青滿滿的激動，她要的就是這樣的人啊，只有這樣的人才能不怕艱險，找到她所要的珍寶。

「今日把你們召集過來，大家也都明白是什麼事情，你們不是為國家效力，只是為長門侯府，即便這樣，你們還願意嗎？」穆辛音色低沈，但是在場的每一個人都聽得清清楚楚。

「願為侯爺效犬馬之勞。」漢子的臉色也滿是激動。

他們都是軍隊上淘汰下來的人，或是年齡大了，或是受過傷，只是在戰場上待過的人被迫退下，讓他們回家種地，每個人心裡可能都透著些許的不甘心，回歸於田間平淡的生活，好像已經不適合他們了。

張青清了清嗓子，儘量讓聲音大一些，好讓在場每個人聽清她所說的話。「雖然這並不是上戰場，但是，其中的凶險一點也不比戰場上少，你們可願意？」

「願意。」

整齊洪亮的聲音，讓張青感覺熱血沸騰。

小隊共有三十人，都是穆辛精挑細選的，她總共給了萬兩銀子用做出京的費用，他們要做的便是在各地蒐羅那些奇珍異寶，送往珍寶閣，當然臨走還拉著京城特產的錦布、茶葉和瓷器。

直到太陽下山，張青與穆辛才回到家。

張青因為心裡有事睡不著，準備等穆錦回來再一塊兒就寢，誰知這一等便是凌晨。

穆錦本來準備直接回書房，不想打擾張青睡眠，只是看到房間的燈火還亮著，便走了進來。「怎麼還沒睡。」

「想些事情，順便等著你。怎麼回來這麼晚，京城可是不太平？」

「有一些。」穆錦回答一聲，並沒有準備繼續說下去。

「和我說說好嗎？」張青頭埋在穆錦懷裡，低聲道。

穆錦半晌不語，張青抬頭看去，才發現穆錦已經閉上了眼睛，呼吸也低沈起來。

她無奈失笑一聲。「竟是睡著了。」

將穆錦的外衣脫掉，為他蓋上被子，抱著他，張青也緩緩的進入了夢鄉。

第二日張青醒來的時候，穆錦早已不在，摸著略有些冰冷的床鋪，張青有些微微失神。

「少夫人，您起了。」

張青點點頭，梳洗過後，便看到桌上壓著一張紙，張青好奇地拿過一看，原來是穆錦早上走的時候寫的。

最近京城出現了採花賊，風聲傳了已經一個多月，但此賊武功甚高，眼看受害人越來越多，可是他們現在卻連這採花賊長什麼樣子都不太清楚。

而且這個採花賊與旁的不一樣，不採年輕貌美的閨女，專門採的是高門大戶的夫人，所以穆錦要她特別小心。

張青翻來覆去地將紙上的內容看了好幾遍，只覺得晴天霹靂，這也太奇葩，只針對那些個夫人們，這什麼嗜好？張青眉頭皺得緊緊的。

一陣冷風吹來，張青打了個哆嗦，才發現是剛才丫鬟將窗打開透風，只是她全身上下，總覺得冷森森的。

「少夫人，您沒事吧？」

「沒，咱們去夫人那吧。」

從季衫那回來，張青又換作一身男裝去珍寶閣，無人察覺，街角旁，一雙黝黑的眸子，看著眼前的馬車，快速的消失不見。

採花賊一案，隨著受害人越來越多，京城眾大戶人家不由得有些憂心忡忡，果然如穆錦所說，出事的大多是大戶人家的婦人。

而平民百姓只是覺得最近京城氛圍無端的有些緊張，雖然不知道什麼原因，卻都收斂了不少，往日的繁華，在這本來就有些蕭條的季節，越發地沈默。

為了保險起見，張青也被勒令留在家，四周的守衛也增加了許多，珍寶閣更是不能去，誰也不知道那採花賊接下來的目標是誰。

張青有些無聊，府裡的事情她是越來越順手，通常很快的就會處理完畢，府裡的下人，也從開始漫不經心的輕視，變成完全的信服。

又是天快亮的時候，穆錦才步履蹣跚的回了家，張青發覺這些時日，她等穆錦似乎已經成了習慣，沒有穆錦的情況下，她好像睡得都不太踏實。

穆錦看到那在月光下透著些許暖意的燈光，嘴角勾起，步履快了許多。

「你回來了。」張青揉了揉有些澀的眼睛，嘟囔道。

「嗯，回來了。」穆錦隨手脫了衣裳，放在一旁，抱著張青，一會兒不滿道：「怎麼又瘦了。」

張青滿頭的黑線，你是秤砣啊，抱一下就知道。

「案子怎麼樣了？」她服侍穆錦躺下，邊問道。

「有些進展了，有個被害夫人的丫鬟，說她好像看到那人了。」

「是嗎？」張青來了興致。「看清楚了嗎？長什麼樣，多高，年紀大嗎？」

「嗯，這個就保密了，不能和妳說。」穆錦嚴肅道。

張青不屑的撇撇嘴。「不說拉倒，我還不想知道呢。」

「想知道也行，告訴妳個方法。」穆錦賊兮兮地湊了過來。

張青一臉鄙視地看著穆錦。「你說？」

穆錦食指指指自個兒的臉，遞給張青一個妳懂的眼神。

張青一剎那紅了臉，湊了過去，嘴唇印上去，在穆錦左側的酒窩上輕輕的親了一口。

「好了。」

「這麼輕啊。」穆錦有些遺憾道。

「到底說不說啊，天都快亮了。」張青急了。

「我說我說，那丫鬟說，她那天晚上估計是水喝多了，一晚上一直上茅房，為了不打擾到同屋的，她沒有打燈，就在三更左右，她剛剛開門，就看到一個人影鬼鬼祟祟的從她們夫人的房間裡溜了出來，她一時愣住了，就在她愣怔的時候，那人影就不見了，她趕緊大喊，但是，除了驚醒和她住在一屋的丫鬟，夫人還有夫人房裡的人竟是一點動靜都沒有。」

「那人估計是用了迷藥？」張青凝思道。

「嗯，大家都是這麼認為的。」穆錦點點頭。

「那人個子不高，比較瘦弱，速度很快，由於天太黑，那丫鬟沒有看清楚那人面容。」

「就這些，沒有了？」張青問。

「沒了，不過我們都已經做好準備了，絕對不給他再次犯案的機會。」

「哦，這樣就好。」張青放下心來，待她還想再問，耳邊卻傳來有些沈重的均勻呼吸聲。

只是穆錦沒有告訴她，其實他們已經有了那採花賊的畫像，只等著將他抓補歸案。依照那採花賊的想法，估計遲早會找上他們長門侯府，穆錦相信自己有能力保護得了張青，說出來只是讓她擔心而已。

又是夜，一輪明月如銀盤一般掛在夜幕之上，散發著清冷的光輝，張青打了個呵欠，看著手中的話本子，等著穆錦。

只是也不知道怎麼回事，她的眼皮總是上下打架，好像格外累。昨晚雖然睡得比較晚，但是她下午也補過眠了，怎麼這麼睏。

「小翠、小翠。」張青撐著喊了兩句，發現小翠並沒有回答，不由得更加疑惑。「人去哪了？」她使勁搖了搖腦袋，搖搖晃晃地朝著門口走過去。

開門的那一剎那，一陣冷風吹過，張青感覺被風一吹，好像不是那麼睏了，可是低頭一看，卻大驚失色，小翠緊閉著眼睛，倚靠著門，不省人事。

「小翠醒醒，醒醒，來人啊、來人啊。」張青著急地拍著小翠的臉頰，並高聲喊著，只是偌大的庭院，卻沒有人回答。

突然張青聞到一股淡淡的花香味，身形一晃，慢慢的倒在了地上。

於此同時，一個一身黑衣的男子，翩然的落在張青的背後。他面罩下的嘴角微微勾起，透出一股邪魅，彎腰將張青抱了起來跨進寢房，慢慢的將她放在床上。

「寶貝，我來了。」說著慢慢的將頭靠近張青。

張青的睫毛輕輕地抖動著，想掙扎卻睜不開眼。

那男子抿著嘴笑道：「別掙扎了，妳是醒不過來的，今夜就讓我來好好疼愛妳吧。」

眼看著男子越來越靠近張青，張青甚至感覺到那男子的嘴裡呼出的熱氣噴在了她的脖頸之上，同時自己的心撲通撲通的直跳。

「呵呵，長門侯的世子夫人雖然不是美若天仙，但也算是個佳人，等我疼過妳以後，就去侯爺夫人那，雖然她年紀比較大了，但卻是徐娘半老，風韻猶存，想想妳們婆媳兩個一起伺候我，真是讓人感到舒爽啊。」男子眼罩後的雙眸發出一陣淫邪的光芒，舔了舔嘴唇，嚥了口唾沫，喉結上下動了一動，在張青的脖頸旁，深深的吸了一口氣。「好香啊。」他伸出手，慢慢的朝著張青的衣襟伸過去。

突然他手一頓，映在他眼前的是一柄銀色的，泛著冷光的劍。

他不可置信的緩緩回頭，入眼的，是穆錦那張滿臉怒氣的臉。

他眼神黝黑，暴怒而又譏諷地看著那採花賊。「我娘有我爹疼、我媳婦有我疼，就不煩勞你了。我覺得，現在你比較需要我們禁衛軍來疼倒是真的，更舒爽的是，我已經吩咐下去，專門給你找了一間超級豪華的牢房，你應該會住得很愉快。」

其實比起牢房，他更想先砍下這採花賊剛才抱他媳婦的手，還有削掉他的鼻子和嘴。

穆錦剛說完話，就進來一群禁衛軍的人，將採花賊團團圍住。

張青也慢慢地睜開眼睛，微微笑著看向眾人。

「妳沒事吧？」穆錦上下打量著張青，關心道。

「沒事，早就有防備怎麼會著了道，而且你不是在嗎？」

穆錦聽了張青的話，分外受用。「沒事就好，我們先押這採花賊走了。」

張青點點頭。

「走吧。」穆錦用劍挑挑那採花賊的下巴。

那採花賊卻看著張青，嘴角勾起，微微一笑，帶著惡劣與諷刺。

張青一愣，等再看時，那採花賊已經收回了目光，被眾禁衛軍推搡的出了門。

「我晚上估計不會回來了，這傢伙得連夜審，妳別等我了，早點睡吧。」

「嗯，知道了。」張青柔順的點點頭，看著眾人離去。

禁衛軍走的時候熱熱鬧鬧的，長門侯府的人大部分都被吵了起來。「大哥，嫂子不錯啊，挺柔順的，看得出來，大哥的家教不錯啊。」

「什麼柔順啊，沒看嫂子，面對採花賊都那麼淡定，多勇敢的女人，敢自己以身誘敵，真是巾幗不讓鬚眉啊。大哥，嫂子有沒有姊姊、妹妹什麼的，改明兒個給弟兄也牽個線。」

夜色中，穆錦的臉上卻透露出自豪。「不好意思，只此一家，別無分號。」

張青坐在床邊，聽著禁衛軍離去的腳步聲，那言論也斷斷續續的飄進耳朵裡，張青笑著搖搖頭，心想，今晚終於可以安心睡了。

因為這計劃制定得有些倉促，也不知道是否能成功，所以更加不能走漏一點風聲，因此小翠是不知情的，此時是真的暈了。

讓人將小翠抬回房間，張青脫了外衣，便鑽進被子裡。

燭光已經熄滅，屋子裡卻不顯得漆黑，月光的銀灰淡淡的透過窗子灑在屋裡的地面上，一片安詳，屋外還傳來一、兩隻蛐蛐兒此起彼伏的叫聲，讓這蕭索的夜裡，有了那麼一絲歡快。

張青躺在床上翻來覆去，腦子裡卻一直回想著剛才那採花賊走的時候的表情，總覺得有些怪異，讓人瘮得慌。按說被逮了，總要有些詫異慌亂，只是這採花賊從頭到尾都很淡定，淡定得讓人心慌，尤其是走的時候那眼神，還有那嘴角的笑，怎麼看怎麼透著股詭異，有些嘲諷的意思。

胡思亂想著，張青緩緩的閉上了雙眼。

第二十一章

第二日等張青緩緩醒來的時候，看著陌生的環境有些大驚。

「這是哪裡，我不是在長門侯府嗎？」張青心裡迅速的閃過這兩個疑問。

她搖搖頭，這才發現，自己身著昨日的裡衣，手腳卻被人綁住，嘴也被堵住，好像是在一輛快速奔馳的顛簸馬車上。

張青按下心中的慌亂，細細的打量著馬車，馬車內裝樸素，她自己的身下也只鋪了一層被褥，看起來還是她昨夜蓋的，馬車並沒有窗子，她被綁著雙手，也無法看清外面的情況。

應該是昨夜睡著後被綁來的，難道採花賊其實有兩個人？張青腦子裡飛快的轉著，她此時應該做什麼，想了一會兒，張青決定還是閉上眼睛，繼續假寐，她要先看看這人抓她做什麼，到底是不是那採花賊的同夥。

穆錦摘下那採花賊的面罩，有些驚訝，這男子雖然個子不高，但是卻也算是個美男子，只是讓他想不通的是，憑這男子的長相、武功，應該不會缺女人啊，怎麼非得做採花賊呢。

採花賊的嘴實在太牢，穆錦和他的下屬們，幾乎用盡了所有的方法，那採花賊都緊閉著嘴，一言不發，天亮之時，穆錦甚至不知道那採花賊的名字。

「頭，外頭有人找，說是侯爺派來的。」

穆錦揉揉有些發疼的額角，狠狠地灌了兩大口茶。「嗯，讓他進來。」

聽完彙報穆錦站了起來，滿臉不可置信的看著來人。「什麼，你說少夫人不見了。」

然而不可置信後，更多的卻是一股從未有過的慌亂，驀然間，他想起了那年他還年少的時候，西北傳來戰報，說父親失蹤，生死未卜，這兩件毫無關聯的事情，給他的感覺卻是如此的相像。

急急回到府中，看著熟悉的房間，穆錦緊皺著眉頭，眼如獵鷹般，寸寸掃過，不放過一絲一毫異狀，又細細問過院裡的丫鬟、小廝，得知等他們半夜走了沒多久，夫人就熄滅了房中的燭火，他們也都去睡了。

穆錦聽完，若有所思。「父親，我覺得是那採花賊幹的。」

穆辛坐在上首，面色陰沈，讓整個房間的空氣都冷了不少。「何以見得？」

「我覺得採花賊可能有兩個，另一個可能藏在暗處，表面上採花賊被我們抓住了，可是當大家都放鬆警惕的時候，青兒卻被抓走了。」

說到這裡，穆錦定了一定。

「繼續說。」

「看這採花賊的行事作風，目的好像不是那些女子，更多的好像是發洩對權貴的怨憤或者不滿，只是我們也沒料到，他這麼快就找到我們家頭上。」

「那接下來你要怎麼做？」穆辛沈聲問。
「繼續審犯人。」穆錦咬牙道。
「好，我的人給你用，盡快將你媳婦找回來，切莫聲張，有問題記得來找我。」
「謝過父親。」
穆辛點點頭，起身朝門外走去。
走到無人處，一個身著黑衣，面戴黑鐵面具的人從上面飄然落下。「侯爺。」
「少夫人那裡有派人跟著嗎？」
「是，小乙跟著少夫人，並在暗處保護。」
穆辛沈思半晌。「嗯，暗中保護好少夫人，如果賊人對少夫人不軌，便殺了，記住，千萬不要暴露行蹤。」
暗衛雖不明白侯爺的意思，但是身為暗衛的責任便是主子說什麼，自己聽什麼，沒有異議。「是，侯爺。」
穆辛在花園中慢慢踱步，心想，孩子長大了，該自己飛了。
穆錦再次回到牢房中，看著掛在那裡滿身傷痕的採花賊，面上看不出喜怒，那模樣卻已經隱隱有了穆辛的樣子，眼神陰冷，只是看一眼，便讓人冷到了骨子裡。
「名字。」
那人斜著眼睛看著穆錦，嘴角微微勾起，看起來有些邪氣，眼神中說不出的嘲弄。

穆錦面色不變，嗤笑一聲。「不說，那叫小花好了。」

那人面色有些驚愕的看著穆錦。

穆錦只是直直的看著那人，一副閒適的模樣。「就叫你小花，挺適合你的，另一個叫小草怎麼樣？說吧，另一株草呢。」

那被起名叫小花的採花賊，一臉嫌惡的看著穆錦，終於，好像忍不住那土氣加傻氣的名字，輕輕吐出兩個字。「厲誠。」

「什麼，小花你說什麼，我聽不到。」穆錦伸長耳朵。

「我說我叫厲誠。」

面對著酷刑，厲誠可以眼都不眨一下，可是面對著小花這兩個字，他覺得自己忍不了，而且眼前這個他原以為有些忠厚的青年將軍，原來並不像他所想的那樣，他隱隱覺得，這個人目前只是塊未經過雕琢的玉，而自己好像就做了雕琢璞玉的一把刀。

「哦，原來不叫小花啊。」穆錦語氣是說不出的可惜，說完這句話後便站了起來，邊說邊搖著頭，落寞的出了牢房，只留下一臉不可思議的厲誠。

出了牢房的穆錦卻突然變了一張臉，眼神陰沈，面色肅穆。「去，好好查查這厲誠，這人從小到大，發生的每件事情我都要知道。」

看著穆錦陡然嚴肅起來，部下也不由得認真起來。「是，頭兒。」

等人走後，只留穆錦一人的時候，穆錦卻緩緩地按住自己的胸口處，只覺得那裡堵得慌，疼得厲害。

張青被人綁著，顛簸了一路，不知過了多久，馬車才晃悠悠的停了下來。

張青昏沈著頭，心裡估算了下時間，覺得應該已經下午了，只是也不知道現在在哪裡，此時她餓腸轆轆，而且她覺得，如果這馬車再不停的話，她估計就要失禁了。

馬車停了的第一時間，張青卯足勁朝著馬車四壁一陣亂踢。

果然來了一個人，面色不善的看著張青，他背著光，張青打量清楚後愣了一下，這人長得十分的清秀，仔細一看居然像是一個文弱的書生，這樣子的人，讓她隱隱的想起了記憶中的一個人，兩個人有著同樣的風姿。

張青被綁著嘴，只能嗚嗚地叫著。

那人就好像看白癡一樣看著張青，看得張青心裡一股鬱悶，這樣喊著過了大概有一盞茶左右，那人好像終於忍受不了張青的噪音，鬆開了她的嘴。

「快鬆開，快。」

那人震驚地看著張青，好似從來沒有想過，自己的人質第一句話居然是這樣的要求，她是白癡嗎？還是覺得自己是白癡？

張青脹得面色通紅。「我要去茅房，茅房知道嗎？快點，憋不住了。」

那人面色陡然一片緋紅，有些恍然大悟，卻好像有些不好意思。只是張青現在沒有心情分析這個人此時的心理活動，她滿心滿腦的只有一個想法，她要上茅房。作為一個成年人，還是活了兩輩子的成年人，寧願憋死，她也不能當著一個陌生男人的面失禁。

一陣窸窸窣窣過後，張青終於神清氣爽的圓滿起身了。

綁在腰間的繩子又拉了拉，張青扯了兩下，示意自己沒跑，只是看著那繩子有些無奈，無語望天了一會兒，總覺得自己此時的樣子和牲口沒多大的區別。跑估計是沒法跑了，雖說她也沒打算跑，目前看來，自己應該不會有生命危險，並且她想知道，綁自己的人到底是誰，她心裡隱隱有個想法，她覺得，這人應該和那被抓的採花賊有關係。

等她磨磨蹭蹭的出了林子，只見那書生模樣的人並不看她，而是一副高深莫測的樣子，眼神淡淡的。「上車吧。」

「這裡是哪裡？」張青左右瞧了瞧問道。

「妳猜。」

張青無語哽噎了半晌，這地方她還真不認識，便順從的上了車。

那書生模樣的人看張青的模樣，倒有些意外。「妳不怕？」

「怕啊。」說完這話，張青就蜷縮在馬車的一角，閉目養神。

那人打量張青一會兒，實在看不出什麼來，但看張青老實，也只是象徵性將張青的手腳縛住。

馬車噠噠地走遠，樹林裡只留下一塊黃色的紗布掛在樹枝上搖曳，像極了翩翩飛舞的蝴蝶。

張青被蒙著眼睛，帶到一處屋子裡，等摘下眼罩，張青環顧四周，發現這是一間十分簡陋的小院，小院裡有兩間茅草屋，其中一間就是張青待的屋子。

張青發現這地方像極了她剛穿到張家時候的屋子，她好整以暇的看了看自己身為人質的房間，便一個跨步，走到牆角的炕邊，躺了上去。

這下那人又開始詫異了。「妳真的是長門侯世子夫人？」

「我說不是，你信嗎？」張青閉著眼睛，似是十分的疲憊，有些不耐煩道。

過了半晌，張青聽到輕輕的腳步聲，慢慢走遠，便睜開了雙眸，那雙眸間哪裡有半點疲憊，反倒是熠熠生輝。

她手指無意識的輕輕叩著炕邊，回想著這一切。馬車好似走了一天，但是她總覺得，這裡可能離京城不大遠，那人好像在帶她兜圈子。

而這人，雖看起來是採花賊的同夥，但是，他的氣質更像是書生，或者郎中那一類的。說是書生，是因為這人的氣質看上去和吳文敏有些相像：說是郎中，是因為這人的身上隱隱有股藥味，當然，也可能這人是個常年久病服藥的病人，但是張青看他並不像。

她只願，穆錦能盡快的找到她。

另一邊監牢中，厲誠有些納悶，整個用刑室裡只剩他一個孤零零的掛在架子上，四肢被鐵鏈鎖著，而牢頭和用刑的人卻不見了，一個時辰過去，兩個時辰過去，直到第三個時辰，厲誠覺得有些詭異。

抓了犯人，只是象徵地審了一下，便不聞不問，怎麼看都有些不太正常。

就在他迷迷糊糊的要睡去的時候，他卻聽到吱呀一聲。

「哎，吃飯了。」

厲誠一看，樂了，這牢裡的伙食竟還不差。

兩個牢頭將厲誠解了下來，便不再理他。

「聽說了嗎？世子好像又抓到一個犯人。」

「是嗎？」

「怎麼你沒聽說嗎？聽說還是個看起來有些瘦弱的書生，也不知道犯了什麼事，勞世子大人親自審，那用刑的老胡你知道吧。」

「知道、知道，當然知道。不就是那個上次用鐵梳將一個犯人下身血肉全梳掉只留白骨的那個老胡嗎？別說，老胡的技術真夠好的，那犯人都那樣了，卻還吊著一口氣，死不了，真慘。」

「可不是，聽說那書生就落在老胡手裡了。」

「那可真夠倒楣的，招了還好，不招的話，豈不是……」說著那名老頭一臉的不忍之色。

兩個牢頭，旁若無人的閒聊著，而厲誠雖埋頭吃飯，心中卻是一片驚濤駭浪，那端著碗的手甚至在微微發抖。

他心裡雖然知道，這兩個牢頭可能是詐他，可是心裡卻仍忍不住害怕，他不怕死，但是那個人他不能死啊。

「兩位牢頭，請問你們見到那個犯人了嗎？」

「關你什麼事，趕緊吃你的飯。」牢頭不耐煩道。

厲誠心裡暗自告訴自己，不會的、不會的，他們不可能抓到他，可是心裡卻還是害怕。

「我要見你們頭頭。」

另一邊的穆錦，坐在桌前，眼神暗沈，桌上是下屬送來查到的東西，他一張張看著，聽著下屬的彙報，手指無意識的在桌子上輕叩著，那動作與張青如此的相似一致。

「頭兒，果然，那厲誠要見你。」

「厲誠、厲風！兄弟倆，好，很好。」穆錦抬起頭，看不出喜悲。「告訴他不見。」

直到第二天的下午，穆錦才去見了厲誠，一夜無眠的他卻絲毫看不出憔悴，只是那雙眼眸越發的深邃。

「你們抓到他了？」同樣一夜無眠的厲誠滿眼希冀。

「他？你說小草，還是厲風？」穆錦輕輕的吐出語句。

厲誠如遭雷擊。「放了他，跟他沒關係，真的，放了他。」

「你說沒關係便沒關係嗎？本世子覺得，很有關係。」

「我們沒有對那些女人做什麼，真的，我只是嚇嚇她們，我沒有做，真的。」

厲誠這句話，大大出乎了穆錦的意料，只是他面色依舊不動。「說說吧，怎麼回事。」

接下來，厲誠講了一個不算長卻很老套的故事。厲家兩兄弟，厲誠為大哥，厲風是弟弟。小的時候，家裡也算是富足大戶，厲誠從小就訂了一門娃娃親，只是在他年滿十五歲的時候，家裡慘遭大禍，就此落敗，父親一氣之下吐血身亡，母親不堪勞累也因病過世，天大地大就剩兩兄弟相依為命。

厲風書讀得比較好，只是身子不太好，所謂久病成醫，便在一個醫館裡做學徒，最後更是青出於藍而勝於藍，學得一身治病的本領。

而厲誠則是為了要重振門楣而四處奔走，可是多方打聽之下，才知道，自家的禍事竟然有未婚妻家的手筆；而原因更是可笑之至，他的青梅竹馬、視若珍寶的女人，居然要嫁到一個朝廷權貴之家，而自家擋了他們的路。

他恨，恨那女人，更恨那些一樣的女人，於是他便策劃了這一切；而他弟弟，則是不忍心看他痛苦，做了從犯，但是他真的沒有碰過那些女人。

「你說，你沒動過那些夫人，可是她們的證詞不是這樣的。」昏暗的燈光下，穆錦的雙眸黝黑，隱隱的散發著一種危險的信號。

「沒有、沒有動過，我還嫌她們不夠乾淨呢。」厲誠的面上一片嫌棄之色。「那是因為藥，我弟弟弄出來一種藥粉，聞了使人產生幻想而已。」
穆錦面色沈沈，心裡既驚又喜，喜的是，他終於放下了心，相信張青不會出什麼問題。
「你說的是真的？」
「我厲誠願發毒誓，如有不實，願天打雷劈，永世不可超生。」
穆錦滿意地點了點頭，便帶著一臉愜意的表情，站了起來。
厲誠愣了，他沒想到穆錦聽完後第一反應居然是要走。「世子？」
「哦，還有事？」
「我已經招了，此事跟我弟弟沒有太大的關係，只願世子可以饒過他。」
「你弟弟？我沒見過啊！」穆錦狀若無辜的樣子，讓厲誠一噎，臉色一白。
「你詐我？」厲誠雙眼死死盯著穆錦。
昏暗的牢房中，穆錦的眼眸彎彎，輕輕吐出兩個字。「是啊。」
得知張青不是落在了真的採花賊手裡，穆錦的心情好了許多。「放出風聲，說是厲誠於五日後斬首，這消息最好敲鑼打鼓，本世子要全城百姓都知道。」
「是。」
解決心裡最大的隱患，穆錦稍稍的放下心，只是剛下了馬，進了家門，就見他娘迎面走來，面色滿是緊張。
「錦兒，聽說青兒被採花賊抓走了，是不是？」

「母親慎言。」穆錦一聲厲喝，拉著季衫踉蹌著走進屋子裡。

「錦兒，她們說的是不是真的，青兒真的被採花賊抓走了？」

穆錦深吸一口氣。「不是，青兒回娘家了。」

「真的？」季衫面色輕鬆了一些，好似鬆了一口氣。

「母親請放心，沒事的。」

「沒事就好、沒事就好。」

送走了母親，穆錦揉揉額頭，叫過人，吩咐將院子裡的人都敲打一番，有人問起少夫人便說回了娘家，若有人亂嚼舌根子，直接亂棍伺候。

不到一天，捉到採花賊，並且要在五日後斬首的消息傳遍整個京城。

張青在這個茅草屋裡已經待了兩天，這兩天，她只要不出院子，那書生模樣的人並不限制她的自由，只是她觀察了下，這個茅草屋應該是在某個敗落的村子裡，兩天了，她也沒見有人路過這裡。

那書生一般只是坐在樹下，手裡捧著書，兩人並不多說話。只是這天她等書生買吃食回來，見他臉色黑了許多，張青隱隱覺得有什麼事發生了。

吃過晚飯，那書生臉色陰沈的看著張青。「給我一樣可以證明妳身分的東西。」

張青躊躇一下，問道：「為什麼？」

「我要找妳夫君做個交易。」

張青一聽便明白了，這人和那採花賊果然有些關係。「什麼交易？」
「這個妳不需要知道，妳只要給我一樣東西，讓妳夫君相信妳在我手裡，他答應了我的條件，我便會放妳回去。」
「你憑什麼認為，我夫君就會放了你那同夥？」
厲風一臉凝重的模樣。「我們並沒有做什麼壞事，我哥哥只是嚇唬嚇唬她們而已。」這個回答大大的出乎了張青的意料。
「真的？」
「真的，我只是讓那些女人聞了藥而已，被人……『那個』，其實是她們的幻想。」厲風說起「那個」的時候，臉色微微有些發紅。
張青看著厲風的樣子，不知不覺的就相信了他的話，她解下身上的玉珮，遞給厲風。
「我相信你。」
「謝謝。」厲風那白皙的臉龐上，透出一抹緋紅，道了聲謝，便轉身出去了。
穆錦看到樹上那熟悉的黃色，眼中迸出欣喜。
「大家四處找找，看四處哪裡還有這樣的黃色布條。」穆錦舉起自己從樹上拿下的布條吩咐道。
隨著眾人齊心協力，更多的布條被找到，穆錦的神色也越來越輕鬆。

終於，看著前方那所略顯破敗的小院，穆錦甚至有些隱隱的激動，他吩咐眾人先藏好等著，此時，前方出現了一抹白色。

「小心，這人會用藥，大家上。」

眾人一擁而上，而厲風好似從沒想過要反抗一般，當穆錦從厲風身上搜出那枚熟悉的玉珮，更是難掩驚喜。「人呢？」

厲風朝著不遠處的院子看去。

「帶回去。」穆錦交代屬下後，獨自朝著那院子走去，心裡竟有些忐忑。

這些天，她害怕嗎？都是自己的疏忽，才讓她被抓走。短短三天的分別，讓穆錦覺得好似過了很久很久一般，再見有些迫不及待，卻也有些擔憂。

都說小別勝新婚，更何況是在這種險要失去彼此的狀態之下。

張青就這樣回了穆家，至於厲家兄弟，張青並不再問；雖說都是可憐之人，但是國有國法，家有家規，其餘的事情便是穆錦要操心的了，怎麼判，判多重都與自己沒什麼關係。

夜裡張青和穆錦兩人相對而坐，張青卻不知怎麼的有了一絲尷尬，也有一絲害羞。

她低著頭，偷偷摸摸的朝著穆錦瞥去一眼，誰知剛好撞上穆錦那雙閃閃的眼睛。

穆錦的臉唰的一下紅了起來，他沒想到，自己偷看自家媳婦也會被抓到，只是自己媳婦的眼神怎麼也有些躲閃呢？

兩人靜坐半晌後，張青壓著劇烈的心跳。「睡吧。」

最後不知道是誰的手先撫上了誰的手，這一夜穆錦只感覺是痛快淋漓。

連著兩天，兩人都是悄悄地看著對方，當視線碰觸的時候，就迅速的轉開目光，紅著臉。

這一種彆扭的心情，讓張青奇怪中又帶了絲隱隱的羞澀，所以她並沒有發現季衫看她是用那種欲語還休的眼神。

「吃過飯，青兒留下陪娘說說話吧。」季衫放下筷子，拭了拭嘴角，語氣溫柔卻面帶複雜之色。

張青一愣。「是，娘。」

穆錦一臉疑問的看著他娘，眼眸中透出一絲警惕，季衫看著她兒子的模樣，突然一陣傷心，俗話說得好，果然有了媳婦忘了娘啊。

「看我做什麼，我和你媳婦說說話也不行？」季衫沒好氣的瞪了穆錦一眼。

「兒子不是這個意思。」

「不是這個意思最好，還愣著做什麼，吃完就先下去吧，我和你媳婦兒說說話。」

穆錦摸摸鼻子。「好，那兒子就先下去了。」

看了穆錦的模樣，季衫的面色稍微好了一些，也不看穆辛，轉身進了內室。

張青心裡有些不太好的預感，只是也不敢猶疑，便跟著季衫進了內室。

「母親。」張青坐在季衫下首，看著季衫面色陰晴不定，試探的叫了一聲。

「青兒，我有事要問妳，妳老實回答。妳這幾天是回娘家了？」

張青驀然睜大雙眼，沈吟半晌，點頭道：「是的，母親。」

「胡說。」隨著砰的一聲，是季衫將手中的茶盞狠狠的扔在地上。

看著四分五裂的茶盞，張青的瞳孔緊鎖，心裡苦笑一聲。「母親。」

「別叫我母親，說，妳究竟是不是回娘家了。」季衫瞪著眼睛。

「不是。」張青直視著季衫的眼睛，安然道。

季衫聽了張青的話，手竟有些隱隱的發抖。「那妳去哪了。」

張青沈吟半晌，緩緩答。「被人劫走了。」

季衫聽了，好似突然被人抽走了大量的體力，一下子癱坐在椅子上。「竟是真的、竟然是真的。」季衫喃喃自語著，臉色一瞬間慘白。

「兒媳是清白的。」張青回答得斬釘截鐵，也明白自家婆婆的態度為何如此了。

聽了張青的話，季衫還是猶疑，心裡也有些疙瘩。「這事情妳公公和錦兒都是知道的嗎？」

「是。」

「你們全部知道，就只瞞著我一個人。」季衫的胸脯上下起伏著，一副氣極了的模樣。

張青低著頭不說話，這話她也不知道要怎麼說。

季衫一直覺得這兒媳婦是個好的，現在心裡卻不舒服了，全家都向著她，瞞著自己。

「妳回去吧。」

「是，兒媳先退下了。」

長廊邊，穆錦正等著張青，看到張青出來，雙眼驀然一亮。「怎麼了，娘找妳什麼事情？」

「娘知道了。」張青聳聳肩。「是你告訴娘說我回娘家了？」

「這不是怕她擔心嗎？」

「我說，如果，我真的被，你……」張青看著穆錦，這話不知道怎麼就問了出來。

「什麼？」穆錦有些狐疑，而後恍然大悟，反應過來，臉色極其難看。「胡說什麼呢，不管怎麼樣，我都要妳。」

「是嗎？」

「我堂堂侯府世子，頂天立地，什麼時候說話不算話了。」

「好，我信你。」聽著穆錦的承諾，張青的心撲通撲通直跳。

只是，三天後的傍晚時分，張青看著眼前站的人，臉色十分難看。

眼前的人她還算熟悉，一身粉色的綢衣，頭上插著一支蝴蝶簪子，臉似明月，說不出的嬌俏可愛。

「妳說，是夫人讓妳來的。」張青的聲音聽不出喜怒，但是熟識她的人都知道，現在她肯定已經生氣了。

「是。」粉衣低著頭，羞澀地懦弱道，間或偷偷的看一眼張青，姿態十分惹人憐愛。

「夫人說、夫人說，讓奴婢伺候世子，為少夫人分憂。」

張青面色不顯，心底卻冷笑一聲，和藹道：「妳來伺候世子，那夫人那邊怎麼辦。」

「沒、沒關係的，夫人說，只要，只要奴婢伺候好世子，為少夫人分憂就好了。」

那欲語還休的羞澀面龐，讓張青若有所思，這小模樣，說不出的惹人憐愛，如果她是個男的，說不定就生出了憐愛之心，只可惜她是女的。

「好，以後妳就去書房伺候，先下去吧。」

粉衣大喜過望，雙眼迸發出亮晶晶的光彩。「奴婢謝過少夫人。」

「少夫人，這樣不好吧，那小賤蹄子肯定不安好心，您還把她往姑爺書房塞。」等粉衣走後，小翠滿臉氣憤，義憤填膺道。

「貓要偷腥的話，誰能攔得住啊。」張青長嘆一聲。

穆錦回來後，張青也並未做聲，反倒是他進了書房後被嚇了一跳。

「世子回來了。」粉衣殷切而又嬌羞的款款上前。

穆錦皺眉。「妳不是夫人身邊的丫鬟嗎？怎麼會在這裡。」

粉衣聽到這話，心裡更是一陣嬌羞，覺得世子肯定對她有意思，否則，偌大的侯府裡丫鬟也不知有多少，偏偏世子就記得自己，還知道自己是夫人身邊的丫鬟，她突然有了一種志在必得的感覺。

的嬌羞。

「奴婢、奴婢是夫人派來伺候世子的。」粉衣抬頭飛快地看了一眼穆錦，那模樣說不出

「告訴少夫人了嗎？」穆錦想起什麼突然問道。

粉衣臉色一僵，而後點點頭。「嗯，是少夫人讓奴婢來書房伺候世子的。」

穆錦這才點點頭，只是心裡卻在嘀咕。「他的書房弄個丫頭片子來幹什麼。」

夜裡夫妻兩人剛經歷了一場有益身心健康的運動過後，張青一身薄汗的躺在穆錦懷裡，穆錦突地就想起了下午書房裡的粉衣。

「青兒，那書房的粉衣是怎麼回事？」

「你說那丫鬟啊，那是母親賜下來點名要伺候你的。」張青的語氣並不在意。

「可是那丫鬟哪裡是伺候人的料子啊，一下午在書房，我想靜靜的看個書也不行；研墨不會，就連斟茶、倒水也是笨手笨腳，倒我一身。」穆錦滿臉嫌惡的數落著。

張青噗哧一笑，原來心裡還有股不安定感也消失殆盡了，她橫了穆錦一眼，那一眼在穆錦看來卻有一種媚態橫生的感覺。

「你這不是開玩笑嗎？那丫鬟哪裡是讓你做書僮用的，那是母親送來讓你收入房中的。」

穆錦猛然一僵，只感覺心裡一股涼氣逐漸上升，再單純他也知道收入房中是什麼意思，摟著張青的胳膊緊了緊，還有一股尷尬的感覺，心裡有些埋怨他母親，他和媳婦兒好好的，

感情最近也漸入佳境，他娘怎麼來扯後腿啊。「娘這是做什麼，好好的弄個丫鬟做什麼，妳也真是的，隨便打發了就是，怎麼還送我書房了。」

張青不樂意了，推了穆錦一把。「母親派來的人，我能隨便打發？你就別害我了，更何況，那麼個水靈靈的丫鬟送你書房，紅袖添香的，你還不樂意。」

穆錦怎麼聽怎麼感覺張青的話裡透出一股酸味，想起哥兒們的話，突然福至心靈，了然道：「妳這是吃醋了。」

「醋什麼醋，趕緊睡吧，有什麼事明兒再說。」說罷不再理穆錦，翻身背對著他。

穆錦也不在意，從後頭將張青擁在懷裡，心裡卻在想，明兒個一定要問清母親是怎麼回事。

第二天吃過飯後，季衫心情很好的看著站在眼前的兒子。

「母親，我書房的那個丫鬟，聽說是您送過來的。」

季衫抿了一口玫瑰花茶，淡淡的馨香，讓她的心情愉悅了不少。「你說粉衣啊，那丫鬟我看著怪伶俐的，思及你身旁伺候的人也太少了，便送你房裡了。怎麼了，有什麼問題？」

「就只是當丫鬟使嗎？沒有其他意思？」

季衫噗哧一笑。「看你急的，若是你願意，當然也可以收進房裡的。」

「母親！」穆錦不認同的看著他娘。

季衫皺了皺眉眉頭。「怎麼了，你不樂意？」

「孩兒有青兒便夠了，不打算在房中收人了。」

「是你媳婦兒不樂意，說了什麼？」季衫說著，常年溫柔慈祥的面上閃現出一股凌厲之色。

「沒有，青兒沒說什麼，是兒子自己的主意。」穆錦急忙說道。

季衫聞言臉色好了許多，雖然兒子承認了，但是她知道，肯定是張青在背後說了什麼，所以雖然臉色好了許多，但是心裡卻對張青更加不待見。「行了，你也別瞞我了，青兒她，她到底已經不清白了啊。」好像難以啟齒般，季衫滿臉的隱忍。

「母親，您在說什麼？」穆錦厲喝一聲。

季衫被穆錦嚇了一跳，拍著胸口，滿臉氣惱。「你這是做什麼，要嚇死母親不成。」

穆錦也知自己剛才的行為不對，只是一時情急，只是此時臉色還有些難看。「母親您可知道您在說什麼，青兒她怎麼，怎麼就不清白了？」

「你別想瞞我了，我都問過她了，她承認那幾日不在家是被歹徒給擄走了，而不是你們所說的回娘家。」

「那又如何，她是清白的。」

「可是清白不清白的，空口無憑的，我們又怎麼能知道，只是想起她被那歹人擄走了，我這心裡啊就膈應得慌。」

「母親！」穆錦的聲音充滿了無奈。「我說沒有就沒有，那丫鬟我待會兒使人給您送回來。」說罷他甩了甩袖子，轉身離去。

留下季衫只覺得氣得心口疼，果然有了媳婦忘了娘，季衫有些心酸，更多的卻是氣惱；再看著被送回的粉衣，那一臉楚楚可憐的模樣，更是煩心至極。

「好了，下去吧。」

「夫人。」粉衣大驚失色，她怎麼也想不到，明明昨天還好好的，世子對她態度也好，就連她故意將茶水倒世子身上，世子也沒生氣，還想著說不定她以後能當個姨娘呢。

「妳自己沒用，哭什麼哭，還不下去。」季衫看著粉衣，滿心的不耐煩。

穆錦都走了半晌，季衫還是心裡不舒服，只是看著兒子的意思，也不好再往他房裡添人了，最後想想，還是算了，眼不見為淨。

天氣越來越涼，張青也越來越懶起來，吃多睡多，總覺得這種天氣就應該躺在被窩裡哪也不去。

自從上次粉衣的事情後，季衫對張青的態度就越來越冷，張青一開始還有些想緩和婆媳之間的關係，但是努力許久也不見成效，也就作罷。自古婆媳就是天敵，她只要做好自己該做的便好了。

一早起來，渾身有些痠軟，還伴隨著一些噁心，張青也只當著了涼，不太在意。

早膳的白粥小菜雖不是很豐盛，但是看上去也十分可口，只是不知道怎麼回事，稍稍吃了兩口，張青就感覺吃不下去了，總感覺那些東西並沒有嚥下去，都還在喉嚨眼裡，有些難受。

「怎麼才吃了這麼點。」穆錦十分關切地看著正在擦拭著嘴角的張青。

「也不知道怎麼的，吃不下了，還有點噁心。」張青皺著眉頭道。

「是不是病了，前幾天不是還好好的，一早上都能喝兩碗白粥呢，今兒個吃得也太少了，半碗都沒喝完。」穆錦一臉關切，看了那剩的半碗白粥，又有些憂心忡忡。

張青半晌無語，然後滿含怨念的捏了捏自己的肚子，心想，這些天吃得是挺多的。

「沒事，前幾天吃得太多了，肚子上都長了一圈肉，可能是積食了，消消食就沒事了。」

「真的不需要請大夫看看嗎？」

「不用了，應該沒什麼問題。」

張青吃過飯一會兒，就感覺睏得厲害，回房準備補個睡眠，而穆錦則被季衫叫了過去。

「母親早安。」穆錦進門先行了一禮。

看到穆錦，季衫露出一個笑容，臉上一片慈愛。「來來，快坐下。最近可是辛苦，我兒瘦了些。」

「有嗎？兒子怎麼感覺不到。」

「怎麼沒有，看這臉，都快凹下去了，可是青兒沒將你伺候好？」

穆錦鬱悶，這話題總是說著說著就說到對青兒的不滿。「娘，兒子很好，沒有瘦。今兒個找兒子來有什麼事啊？」

「怎地，沒事就不能叫你來，你是我兒子，做母親的見兒子還非要有事？」

「兒子沒有那個意思，只是隨口一問。」

「其實今兒個叫你來，還真有點事，你看你身邊只有你媳婦一個人，母親總怕她一個人難免有疏忽或照顧不周的時候。前幾天，母親想著給你身邊安排個人，你看怎麼樣，我跟前這有個丫鬟，雖然是個丫鬟，但是模樣、性情都不差，撥你房裡，幫你媳婦兒怎麼樣？」

穆錦聽完長長時間的無語，心裡突然有股不耐煩，這想法讓他一驚，趕緊按捺下心中的想法。「母親，不用了。」

「怎麼，怕你媳婦兒生氣？」

「母親，兒子中午還有差事，就先走了。」穆錦說完匆匆告辭，留下季衫滿臉不痛快。出了門，剛好碰上要進門的穆辛。

「父親安好。」

「這是怎麼了，臉色不太好。」

穆錦走後，穆辛進了花廳，看著自己的髮妻。「這是怎麼了？一個、兩個，臉色都這麼差。」

季衫也是氣不打一處來，就和穆辛說了她剛和穆錦說的事情。

穆辛卻不在意地笑了笑。「兒孫自有兒孫福，他們小倆口的事情我們就不要摻和了。」

「可是、可是，那張青，被……」

季衫剛說到這裡，就見穆辛變了臉色。「夫人，慎言，青兒那孩子是清白的，妳可是不相信為夫？」

「真的？」季衫仍是狐疑。

「為夫何曾騙過妳。」

季衫久久的沈默。「嗯，妾身知道了。」

看著妻子臉上有些委屈的神色，穆辛嘆了一口氣，朝著她坐過去。

「我知道妳心裡不舒服，可是妳試想一下，如果妳是青兒，遭遇了那些，該有多難過。她是咱們的兒媳婦，家裡條件雖然不是頂好，但從小也是她父母的掌上明珠，她嫁到咱家，就是咱家的人，而且她家對咱家有大恩，我們更要對她好上一些，妳說是嗎？」

穆辛長長的一番話下來，季衫的臉色又好了許多。

「妾身知道了，侯爺放心吧，是妾身、妾身想岔了。」季衫的臉色有些羞紅，像塗抹了上好的胭脂，看得穆辛心中一動。

他對妻子的態度也十分滿意。「妳能明白是最好的，晚上為夫忙完早點回來。」

「好。」

第二十二章

在院子裡的張青還不知道公婆兩人為了她而談的對話，吃過飯她就感覺睏得不行，一覺居然睡到了中午，還是被小翠叫醒的。

「少夫人，醒醒，快中午了，要吃飯了。」

張青揉揉睡眼惺忪的雙眸，伸了個懶腰，感覺還是睏得不行。

「中午什麼飯。」問完自己反倒笑了。「妳家少夫人我可真成了豬。」

穆錦走的時候專門吩咐丫鬟，中午給她熬了魚湯，那本來鮮美得讓人垂涎欲滴的味道，張青硬是聞到一股腥味，還沒喝呢，她便摀著嘴乾嘔。

「這魚好大的腥味，趕緊端走。」張青摀著鼻子，眉頭皺成一團。

「沒有啊，很鮮美，是小姐平常愛喝的味道呀。」小翠端著魚湯，聞了聞，一臉不解。

「嘔，趕緊端走。」張青連忙揮揮手。

過了好一會兒，張青才緩過神，臉色已經有些慘白，頭上冒著虛汗。

「少夫人，還是讓大夫來看看吧，您這樣讓奴婢挺擔心的。」小翠將魚湯拿走，看著張青有些憂心忡忡。

張青點了點頭，這裡畢竟是古代，醫療各方面確實有些落後，所以有什麼問題可千萬不能拖。

片刻之後，老大夫便匆匆趕來，給張青診了脈。

「恭喜少夫人，賀喜少夫人，少夫人這是有喜了啊，只是喜脈稍淺，須好好休息。」

大夫這話一出眾人俱是驚喜，緊跟著便是喜氣洋洋地道賀。「恭喜少夫人。」

「賞。」好半晌張青才蹦出這麼一個字。

「謝謝少夫人。」

送走大夫，張青吩咐小翠。「去找個伶俐的將這消息告訴世子，然後妳親自去一趟夫人那裡告訴夫人。」

「是的，少夫人。」

「哦，待會兒讓廚房熬點白粥過來，配上些小菜，清爽一些的，先不要那些肥膩的肉。」自己肚子裡好歹有了一個，就算不為自己，也得為那個小生命吃一點。

小翠領了命疾步而去，等人走了，張青摸著自己的肚子，心情一片複雜，這有些肉肉的肚子裡，正在孕育著一個新的生命，感覺有些神奇。

自己年紀還小這麼早懷孕好嗎？只是想到有一個孩子，長得像自己和穆錦，心裡就軟軟的。

就這樣胡思亂想著，直到門外傳來疾走的腳步聲，緊接著門便被打開，映入眼簾的是季衫那有些焦急卻又遮不住喜氣的臉。

張青趕忙起身。

「別動、別動，小心些。」季衫趕忙走過來，攔住不讓張青起身。「可有哪裡不舒服？」

張青已經有許久沒看到季衫關心的表情了，雖然知道是因為肚子裡的孩子，但是她也放了心。「母親放心，暫且無事，兒媳的身子一向強壯。」

「我知道、我知道，可是再強壯的身子也要小心。」說罷拉著小翠好一通的吩咐。

等小翠下去，季衫便又拉著張青說了半晌，彷彿想將自己的經驗一次全告訴張青。

張青彎著眼眸，含著笑看著季衫，季衫反倒被看得不好意思。「怎麼了，為娘臉上可是有什麼東西。」

「沒有什麼，只是媳婦兒今天很高興。」

季衫有些臉熱，躊躇半晌才說道：「以前是母親魔怔了，苦了青兒妳了，母親給妳道個歉。」說完臉還有些紅的模樣，十分的羞愧。

張青心裡一鬆，笑道：「母親，是青兒不好。」

「不，是母親不好。」

兩人互相謙讓半晌，而後相視噗哧一聲笑了出來。

「好了，過去就讓它過去吧，娘知道妳是個好的。」

婆媳解開心結，氣氛又融洽了許多，兩人說了半晌養胎的經驗，等穆錦歸來，季衫才離去。

穆錦收到消息的時候，正在當差，先是有些呆滯，而後激動得抓著那小廝，滿面的不可置信。「你說什麼，少夫人，少夫人有喜了？」

「少夫人有喜了，讓奴才來通知您，恭喜世子。」那小廝十分機靈道。

「恭喜恭喜啊，大哥可不能忘了要請兄弟們吃酒啊。」

「好好，沒問題，今兒去珍饈樓，吃喝全算我帳上，只是兄弟我就不陪大家了，先回家了啊。」說罷穆錦滿面笑容，翻身上馬，留下眾兄弟還有被遺忘的小廝。

小廝幽怨，世子，您看看我啊。

這裡離長門侯府還有段距離，穆錦硬是把一匹馬趕出了千里馬的效果，不過片刻，便到了府門口，翻身下馬的動作瀟灑至極，剛好落入正下轎子的江雲眼中。

江雲剛想呼喊穆錦，便看到穆錦步履匆忙，看也不看她一眼地進了府門。

江雲一瞬間黑了臉。「本王妃看起來是透明的嗎？」

穆錦進門的時候，張青正喝著白粥，雖然一直有些反胃，但是白粥總是能喝下去，只是喝得比較慢、比較少，每喝一口，就要緩半天，這麼一會兒也堪堪喝了半碗。

穆錦奔至張青床前，滿臉激動，卻又不知所措的看著張青。「臉色怎麼不好，是不是累了，還是肚子裡的孩子鬧妳了？」

那小心翼翼的模樣，看得張青噗哧一笑。「沒有，只是有些噁心反胃。」

「怎麼會這樣，很難受嗎？大夫看過了嗎？」

「看過了，沒關係，大部分婦人都是這樣，前三個月總是噁心嘔吐的。」

張青解釋了一下，只是穆錦還是不太放心。「真的沒事嗎？」

張青雙眼含笑的搖搖頭。「沒事。」

「怎麼就有了呢！」穆錦小聲自語著看著張青的肚子滿臉好奇探究之色。

「你說怎麼就有了？」張青反問一句，促狹地看著穆錦。

穆錦諂笑道：「嘿嘿，這是咱們的寶貝，妳說這孩子長什麼樣啊，像妳還是像我？算了還是像妳好了，秀氣，等長大了，我就帶他騎馬、射箭、蹴鞠。」穆錦絮絮叨叨地說著。

兩人又窩在一塊兒說了半天的悄悄話，間或新奇得看著張青的肚子。

另一邊的江雲徑直進了廳內，一眼就看見了眉開眼笑的季衫，江雲的臉色又更難看些，看著別人一臉喜意，只感覺分外的刺眼，她努力地擠出一個笑臉迎上前去。「姨母今兒得了什麼喜事，這麼高興啊，剛剛雲兒看到表哥，表哥匆匆就進門了，連招呼也沒和雲兒打呢，他這是有什麼著急事啊？」

「哦，錦兒回來了？速度倒挺快的，他媳婦兒剛懷孕，他可能有些緊張，所以沒有看到妳，雲兒別介意啊。」季衫說完，又扭頭和身邊的嬤嬤討論著張青孕期的菜色。

江雲的臉一瞬間沈了下，那臉色在滿頭的金飾華服之下，有些陰森，眼眸中更是滿滿的狠毒之色。

季衫只是滿心喜悅的和嬤嬤說著話，沒有發現江雲的異樣。

江雲好一會兒才緩過神，碎步搖曳著走到季衫旁邊坐下來，聽著季衫和嬤嬤的對話，越聽心中就越發怨毒，直等季衫說完話才道：「表嫂懷孕了，雲兒理應去探望才對，只是雲兒現在才知道，也是空著手沒帶什麼禮物，只怕怠慢了表嫂，讓表哥生氣。」

江雲說著露出一個可憐兮兮的表情，原先她還寄宿在長門侯府的時候，這表情當然讓人無限的憐愛，只是現在，她滿身的富貴，整個人給人一種金光燦燦的感覺，卻做出十分可憐的模樣，只讓人覺得反差太大，有股怪異之感。

季衫雖也感覺怪怪的，只是她也沒多想。「雲兒貴為王妃，還能想著我那媳婦兒，她高興還來不及，怎麼會是怠慢。」

「真的嗎，姨母。」

「當然。」

兩人走在去張青屋子的路上，季衫卻看著江雲的肚子有些憂愁，她一輩子沒女兒，對這甥女也當個女兒看待。「妳嫁到王府也有些年了，這肚子還沒有消息嗎？」

江雲臉色更是怨毒。這什麼意思，炫耀她兒媳有了孩子，自己的肚子卻不見鼓起來嗎？

瑾王爺雖然荒唐，但是在子嗣這方面很看重，府裡除了第一任王妃生的兩個嫡子之外，包括她在內和那些個侍妾都沒有孩子，每次歡好過後，都會有奴才端來避子藥，這也是她恨的一個原因。

她會有孩子的，只是還沒有找到機會。每次看到那兩個孩子，她心中都會有個惡毒的想法，她想要他們死；只要他們死了，她就能生個孩子，這個惡毒的想法，在她心中扎根發芽，夜深人靜的時候，她會默默地想，怎麼就會這個樣子呢，她怎麼會變成這個樣子呢？

瑾王對她還算好，只是這好和對府裡的姬妾沒什麼區別，也只是一般玩物和比較貴的玩物的差別，她不會受到虐待，但是也不會有尊重。

以前她不懂尊重是什麼意思，她只覺得她嫁給了瑾王，她就是瑾王妃了，她高高在上，她報復了穆錦，她有了富貴人生。可是後來她發現，穆錦好像並不在意，她是成了瑾王妃，但即便是王妃，也只是個玩物罷了。

這種怨恨在時間的流逝中越加強烈。

季衫帶著江雲去了張青房中，穆錦和張青兩人正在討論著肚子裡的小孩，房中的氣氛一片其樂融融，更帶著絲絲甜蜜。

季衫看到這小倆口，就眉開眼笑，而江雲則是黑了臉，帕子在手裡已經被揉成了一團。

「恭喜表嫂，聽說表嫂懷孕了。」

張青看到江雲，連忙起身見禮。「見過王妃娘娘，謝王妃娘娘記掛，這也是今天剛知道。」

看到張青見禮，江雲的心中才舒坦許多。看，無論怎樣，這個占了自己幸福的女人依舊低著頭，給自己見禮，便是此時她讓張青跪著，這女人也只能跪著。

這種變態的快感讓江雲露出一抹笑容。

「表哥好久不見。」江雲看著穆錦，神態說不出的嬌柔，帶著一股楚楚可憐的味道。

張青臉一僵，心想，這王妃表妹是赤裸裸的想挖自己牆角啊。都已經嫁人了，怎麼對她表哥還念念不忘，雖說她貴為王妃，但是還是要遵守婦德的好嗎？

「嘔。」

江雲還想再說，就看見張青用帕子摀著嘴，一副嘔吐的模樣。

穆錦也顧不上回答江雲，趕忙關切地問道：「剛剛不是還好好的，怎麼說吐就要吐。」

嘔了好一會兒，張青才抬起蒼白的臉對著江雲歉意地笑了笑。「妾身失禮了。」

「無妨。」

看著氣氛有些不對，季衫連忙打圓場，加上她突然想起，江雲的身上熏了好濃的香，孕婦最是忌諱這些。「雲兒，我們先出去吧，青兒她不舒服，待會兒要是吐了恐怕不太好。」

江雲想了想這個畫面，點了點頭。

江雲前腳走，張青後腳就伸了個懶腰，慵懶地上了床。

「好些沒？」穆錦的雙眸中依舊掛滿了濃濃的擔心。

「嗯，好多了，你去把窗戶打開。」

「今兒個天氣不太好，窗戶打開著了涼怎麼辦？」穆錦擔憂道。

「可是這屋子的香味太濃了，我噁心得厲害。」

穆錦嗅了嗅，是有一股香味經久不散，他立刻打開窗，然後吩咐下去，以後伺候少夫人的人不准用香。

對於穆錦上心的態度，張青十分滿意。

張青就這樣開始了幸福的養胎生活，店鋪的事情，她全權交給李二虎負責，府裡的事情，季衫又重拾了起來。

得知她懷孕的消息，張青一家人還有她舅舅一家人俱是高興壞了。

尤其是她娘和她舅娘，隔幾天時間便來府中看看她；季衫也很高興，雖然地位不同，但是好歹有了共同話題，說起這話題，三個人也樂此不疲。

雙胞胎鬧了好幾次要一起來侯府，李雲帶來了兩次，最後嫌兩個小子實在太鬧騰了，便不帶了，張青卻笑笑不在意，那兩個孩子也是她的寶貝疙瘩。

整整兩個多月，張青簡直受足了罪，吃什麼吐什麼，不吃也會乾嘔，吐出些酸水，原本還有些圓潤的臉，徹底的消瘦下來，眼睛也顯得越發得大了，看得穆錦是心疼不已。

穆錦每天也不出去見他那些朋友了，無事的話就會在家陪著張青，兩人的感情倒是急遽升溫了許多。

直到李雲拿來許多醃製好的梅子，張青才舒服許多，就著梅子，也能吃下些飯了，忍不住想吐的時候，嘴裡含兩顆也會好上許多。

穆錦看得新奇，也嚐了一口，皺著眉頭趕緊吐了出來，心裡只是納悶，孕婦的口味還真奇怪。

過了一陣子，張青的孕吐終於好了許多，轉而開始有了各種各樣想吃的東西。前一刻想吃桂花糕，端到跟前可能就不想吃了；半夜好夢正酣會突然醒來，想喝鯉魚湯，穆錦便睡眼惺忪地起床，安排廚房去做，看著張青吃飽喝足再去睡。

幾乎夜夜如此，張青自己也發現了穆錦眼下的烏黑，心裡既是欣喜又是心疼，還有股歉意，夜裡又突然想吃東西時便生生忍著。

這樣兩天過去，穆錦便感覺出不對了，夜裡細細聽著，果然聽到張青嚥口水的聲音，還有肚子咕嚕叫的聲音。

「想吃便說好了，怎麼要忍著呢。」穆錦一片憐愛。

張青淡淡羞紅了臉，心裡卻十分的甜蜜。「沒事，也不是很餓。」

穆錦不理她，仍是問道：「想吃什麼？」

張青嚥了口口水，不好意思道：「就隨便下碗麵，加個荷包蛋好了。」

穆錦笑了笑，起聲吩咐廚房。

廚房是夜裡專門等候著吩咐，也都知道少夫人懷孕了，晚上容易餓。

等張青吃過後，兩人重新躺回去。

「餓了或者怎麼了就叫我。」

「我是怕你累著了。」

穆錦笑著吻了一下張青的嘴。「怎麼會累呢，放心不會的。我很開心，真的很開心。我有了妳，還有了我們的寶貝。」穆錦摸著張青的肚子，難免有些情動。

只是思及大夫說前三個月不能行房事，便強忍著，這對他這個血氣方剛、正直青年的人是多大的考驗啊。

「還有多久？」穆錦吻著張青含糊問道。

「什麼？」

「離三個月還有多久？」

「快了。」張青也有些情動，只是有些小心翼翼。

兩人吻了半晌，穆錦連忙起了身，奔去院中。

過了一會兒張青便聽到打水的聲音，她心裡卻在想著，這個天氣沖涼水澡好嗎？

三個月的時間一晃而過，張青因為孕吐消瘦的臉也逐漸的圓潤起來。

穆錦高興的是，他終於可以不用再洗涼水澡，可以吃肉了，雖然每次都小心翼翼，總不能痛快淋漓，但是總是比沒有強上許多。

其間江雲還派人送來了禮物，張青只是讓人鎖入庫房，交代所有的東西都不准動，她覺得，丈夫的這個表妹對自己充滿了濃濃的惡意，而且她相信自己的想法是沒有錯的。

年末，李玉娶妻，娶的自然是他那夫子的女兒，李家一早便開始忙活。

李玉現在也算是有個功名的，雖然不是多好，但是謀個職位還是可以的。

張青坐著轎子，看著陪在身側的穆錦有些嗔怒。「你還是出去騎馬吧，沒得被人笑話，說你堂堂的世子怎麼陪著我一個孕婦坐在轎子裡。」

穆錦看著張青的眼眸裡一片柔和。「無事，我陪自己媳婦，又不是其他人，他們笑話什麼。」

「隨你好了。」張青無奈答道，只是滿眼的甜蜜快要溢了出來。

張青的肚子已經有些明顯，老大夫說這一胎懷的很可能是個男孩，張青雖然不置可否，但是季衫卻很相信，吩咐下人給孩子做衣裳時，做的也是男孩子的衣裳。

剛開始張青還很有興致的準備給肚子裡的孩子做些衣裳，只是看看桌上放的兩件衣裳，徹底的歇了那個心思。兩件衣裳，一件張青自己出品的，一件府裡針線房出品，張青默默的把自己的那件收起來。扔吧也捨不得，於是準備壓在箱底，讓它再不見天日；而且上到婆婆、娘親，下到丫鬟小翠，皆不讓自己動針線了，說是對眼睛不好。

這幾個月，她出門的次數用一隻手都可以數得過來，她真的快要被憋死了。

這次表哥大婚，她終於可以出來放放風了，男賓和女賓本來是分開來坐的，只是穆錦不願意，他看著自家媳婦的肚子，總是憂心忡忡，總怕有人不小心碰到她的肚子，簡直已經到了草木皆兵的地步。

看著大家打趣的眼神，張青不免有些害羞。「去吧，這裡有舅娘和我娘呢，沒事，我保證就乖乖坐在我娘的身邊，哪裡也不去，尤其是人多的地方。」

穆錦的臉上還是有些遲疑，看得李雲好笑又是欣喜。「去吧，難道還不相信丈母娘不成。」

「那就煩勞娘了，我去那邊，待會兒我就過來接青兒。」

「去吧。」李雲笑笑。

穆錦一步三回頭的走了，看得女眷都是竊笑不已，但是又不能否認，她們心裡更多的是羨慕，看著張青的眼睛裡隱隱都有些嫉妒。

張青默默的忍受著各個方向好奇、羨慕、嫉妒、不屑的目光，一邊啃著點心，只是各種各樣的目光中，張青總覺得有一道好像格外不同。

她說不上來是什麼感覺，只是下意識的朝著那個方向看過去，卻什麼也沒有。

前廳裡穆錦的地位算是眾人裡面最高的，剛開始眾人還有些拘謹，但是穆錦是個沒有架子的，又都是一群年輕人，不一會兒就鬧開了。

鬧了好一會兒，廳外走進來一個青衣青年，很是俊秀，滿身的書卷氣，還有一股淡淡的哀愁。

走進來的人正是吳文敏，吳文敏看著滿臉喜悅的穆錦，心中百感交集，看到張青過得好，穆錦對她也很好，他心裡有些放心，卻更加失落。

這次他來京城是為了參加一年後的殿試，夫子說，他如果好好努力的話，說不定能夠中頭三甲；他雖然覺得有些困難，但是總是抱了些希望，他想如果中了頭三甲，說不定就能留在京城。張青的家世並不是很好，如果那家人欺負她了怎麼辦，他努力些，留在京城離她近一些，如果有一天，她需要他的時候，他還是能立刻出現在她面前。

那家人已經找了過來，他也見過那所謂的未婚妻，不是不好，只是不是她而已。

穆錦眼尖的看見了吳文敏，覺得很是眼熟，想了想，便想起來不正是當時自家媳婦店鋪裡的人嗎？好像對自己還隱隱的有些敵意。

他以前可能不明白是為什麼，但是現在明白了，他看看吳文敏，然後抬起手看了看自己的手，心想，他媳婦會不會也希望自己白上一些，就好像那小白臉一樣。

吳文敏只是越想越難受，忍不住狠狠的灌了兩口酒，借酒澆愁愁更愁，尤其是看到踱步站在自己旁邊的人，吳文敏就更愁了。

穆錦拍了拍吳文敏的肩膀，滿臉的笑意在吳文敏眼中分外的欠揍。

「見過世子。」吳文敏臉色平靜看不出喜怒。

「咱不講究這些虛禮。」穆錦揮揮手，笑咪咪道。

「禮不可廢。」吳文敏俊秀的臉依舊繃得緊緊的。

「哎，我記得那年在我家青兒的鋪子裡見過閣下。」穆錦晃悠悠的講，吳文敏剛想回答，便聽到穆錦繼續道：「閣下可曾娶妻？」
吳文敏噎了一下，眼中一片冰冷。「未曾。」
「看你老大不小了，怎麼也還未娶妻，可是沒有合適的人家？信得過本世子的話，本世子幫你介紹可好。」穆錦湊到吳文敏跟前。
吳文敏喝了點酒，他一向很少喝酒，酒量也比較淺，這會兒看著穆錦只覺得穆錦的眼神不懷好意，吳文敏趕緊閉上眼睛，深吸一口氣，努力壓下心中的暴躁。「不勞世子費心，在下已經有了未婚妻。」
「你已訂親？」穆錦滿臉的失望，直道可惜，可是心裡卻樂開了花，他總覺得這小子肯定惦記他家媳婦兒，有了最好，沒有也要讓他盡快有。他知道，他家青兒對這小子肯定有些不一樣，雖然不知道為什麼，但是他討厭這種感覺。
「嗯，訂了。」吳文敏內心越是苦澀，這幾個字簡直是咬牙切齒說出來的，他心裡還在想。「若不是訂了，青兒怎會嫁給你。」
這時新娘子準備進門，鑼鼓喧天，鞭炮齊鳴，吳文敏垂著頭，只感覺他與周遭的喧囂格格不入，扭頭對旁邊的穆錦低語。「一定要好好對她。」
話還未說完，這時候一個震天響預示著新婦要進門了。
穆錦有些疑惑地看著吳文敏。「你剛才說什麼，那炮仗聲太響，耳朵都被震聾了。」
「沒什麼，小人還有事，先走一步。」吳文敏拱手告辭，只是走的時候步履蹣跚。

看到吳文敏走了，穆錦滿心滿眼的又是他媳婦了，看到新婦進門要拜天地，看到張青，他趕忙擠了過去，就怕有人不小心擠到他媳婦。他一個大男人，非要往女眷那裡擠，惹得眾人怨聲載道，再一看竟是長門侯世子，便俱都噤了口。

穆錦擠到張青跟前很是高興。「青兒，這裡人多，我站在妳後頭，妳在我懷裡，我護著妳。」他一副我是英雄，我保護妳的姿態，惹得周遭眾人也不看新娘子了，只是打趣地看著張青，看得張青雙頰粉紅，狠狠的擰了一把穆錦，穆錦依舊一副樂呵呵的模樣。

張青本來還想去洞房看看，只是看著身邊亦步亦趨的穆錦，想想還是算了。

穆錦終於放了心，媳婦兒終於願意和他回家，那麼多人，他真怕有人一不小心撞到他媳婦兒的肚子。

天氣越來越冷，眼看著就要過年，外頭早已經是白雪皚皚，銀妝素裹，就連空氣都好像被冷凍了一樣，屋子裡燒著地龍，炭火更是不斷，張青也不出去了，每天都睡到晌午，然後看看書，試圖給肚子裡的孩子進行胎教。

外面冰天雪地，張青是能不出門就不出門，但是為了保證生產時的健康，張青每天就在自己屋子裡轉圈圈。

今年府裡多了一人，多的一人肚子裡還揣了一個，府裡的年味分外熱鬧，季衫一個高興，府裡每人除了額外的獎勵，還多發了一個月的月錢，眾人可是樂壞了，拜年的好聽話更是連珠砲似的，聽得人喜笑連連。

除夕守歲，季衫特意請了京城有名的戲班子，張青看得是目不轉睛，雖然臺上的人咿咿呦呦在唱些什麼她聽不懂，那劇情更比不上後代的電視劇、電影，但是這並不妨礙她欣賞臺上戲班精彩的身段。

隨著炮竹聲此起彼伏，一年就這麼過去了，張青強撐著精神在守歲，聽著炮竹聲，她閉上雙眼靠在穆錦肩上沈沈睡去。

穆錦憐愛地看了張青一眼，輕聲和雙親打過招呼，便抱著張青回房，細細的為她擦洗過後，才抱著她心滿意足的睡著。

年後不久，京城裡發生了一件大事，瑾王妃欲毒害瑾王的兩個世子未遂，瑾王一怒之下將其關押至地牢，待查清便送往大理寺。

長門侯府收到消息後，頓時陷入一片愁雲慘霧中，主要的問題是季衫，季衫自從聽了這個消息，便一病不起，張青懷著身孕，也不得不接過管家的責任。

穆錦曾奉季衫之命想去瑾王府探望，卻也被告知，不可入內。

「你可憐的表妹，定是被人栽贓陷害的，這可怎麼辦啊。」季衫滿臉的蒼白之色，只是看著穆錦重複著這話。

「母親放心，表妹如果真是被冤枉的，咱們一定會救她的。」穆錦的回答斬釘截鐵。

都說關心則亂，穆錦和婆婆看不清楚，但是張青卻很清楚明白，即便江雲真的是被冤枉的，她身上也肯定不乾淨。但媳婦兒畢竟是外人，張青並不打算在這件事情上發言。
往常穆錦辦完差事便會早早歸家，現如今卻常常到半夜才會回來，第二天一早便會出去，臉上的笑容也是越來越少，取而代之的是滿臉的疲憊。
季衫依舊躺在病床上，大夫來看，總說心病還須心藥醫。
「罷了、罷了，還是我親自去一趟瑾王府吧。」穆辛坐在床頭，看著自己的結髮妻子滿臉的病容，於心不忍。
季衫眼睛一亮。「老爺，真的嗎？」
穆辛點點頭。「妳好好休息便是。」
穆辛出了房門站在長廊上，眼望藍天，看不出喜怒，穆錦走上前去，低聲喚了一聲。
「父親。」
「說說你所知道的事情吧。」
穆錦想起自己查到的那些，有些難以啟齒，正在躊躇間，便聽穆辛繼續道：「你那王妃表妹不是被冤枉的吧。」
穆錦臉色一怔。「父親怎知？」
穆辛並不回答，繼續道：「說吧。」
穆錦低著頭，便將自己查到的一一道來，只是越說聲音越低沈，他始終無法相信，記憶中甜美的表妹居然變成了這個樣子，那些擺在面前所謂的證據，一樁樁、一件件是如此的觸目驚心，讓人膽寒。那樣一個柔弱的女子，怎麼會如此的狠毒，不說王府裡的那些妾，就只說那兩個嫡子，那也只是孩子啊，她怎麼能狠得下心？他快要為人父了，明白為人父母的心情，如此，他就更覺得不可理解。

穆辛聽著只是沈默，直至最後。「我去瑾王府一趟。」

穆辛這一去，便是三個時辰。

張青對於江雲的事情毫不關心，只是看著婆婆與丈夫的樣子，又不好表現得太漠不關心，他們都在等著消息，張青便也只好陪著。

不過，相同的是，他們都相信，穆辛一定會將江雲帶回來。

「青兒，妳懷著孩子，別陪我們了，先去睡吧。」季衫看著張青，看著她的肚子，滿眼的柔和。

「青兒無事，還是陪著母親、夫君一起等吧，反正回去也是擔心、睡不著。」

「苦了我的青兒了。」

「母親說的什麼話，青兒最大的心願就是娘好起來。」

季衫拍了拍張青的手，滿眼的欣慰之色。

三人足足等了三個時辰，果真，江雲被帶回來了，只是她此時已經幾乎不成人形，瘦如惡鬼，透過破損的衣裳可以看見渾身是傷痕，觸目驚心，整個人也看著渾渾噩噩的。

張青本不在意，也被嚇了一跳，身上抖了三抖。

季衫卻再也忍不住，抱著江雲放聲大哭起來。

「母親，表妹已經回來了，您應該高興啊，莫哭了，千萬不要傷了身子，讓我們擔心。表妹這一身傷還需要大夫來診治，我們稍後再來看望表妹好了。」

季衫點了點頭，看著江雲的眼眸充滿愛憐。「嗯，母親曉得，咱們先請了大夫來看。」

由於江雲身分特殊，所以斷不能請太醫上門，只能從城裡請了有名的大夫。

大夫看了江雲的傷，只是搖頭。「侯爺，這傷太重了，老朽也沒甚把握，只能看天命了。」

季衫哆嗦著，語氣有些顫顫巍巍。「大夫，這可怎麼辦？您一定得救救她啊。」

「老夫必盡全力，只是這還要看這位姑娘能熬得過這三天嗎？」

大夫的話，讓季衫又是淚水盈眶。

「等會兒老夫會為姑娘施針，施針過後，按照老夫開的藥方給這位姑娘抓藥，無論如何也得讓這姑娘喝下去。」

等大夫走後，季衫還是有些不放心，便對穆辛道：「這大夫雖是京裡有名的，可真的不能請個御醫嗎？」

穆辛聽完，雙眸厲色一閃而過。對他而言，救江雲只是看在髮妻的面子上，憑著這女人的所作所為，根本死不足惜；只是即便救人救到底，他也並不打算為其請御醫，是死是活，端看她的造化了。

想到這裡，穆辛溫和地看著季衫。「御醫哪裡是那麼容易請的，更何況，這次的事情，是謀害皇族子嗣，要株連九族的；我也是賣了瑾王一個人情，答應了他一個條件，瑾王才願意放過她，別的端看她的命。」

季衫怔了怔。「雲兒不是冤枉的嗎？」

「冤枉不冤枉，只有她自己知道。」穆辛到底沒有把話說死，可能他更怕老妻禁受不了這個打擊吧。

「夫君剛才說謀害皇嗣，株連九族，那會不會連累我們家？」季衫驚慌地看著穆辛。

穆辛有些欣慰地想，他的髮妻沒有為她這個甥女失去理智，心裡想的念的還是他們這個家。「放心，妳好好養好身體便好，其餘的一切有我。」

施針前，江雲形如呆傻，施針過後卻陷入昏迷，餵藥更是難如登天，一碗藥估計也只餵進四分之一，不得已，又多煎了碗。讓江雲喝了藥，大家回去休息，只留個丫鬟在那照看。

季衫也累了一天，本來身子就不好，經過大喜大悲更是受不住，穆辛便吩咐丫鬟送她回房。

張青挺著個肚子，硬生生的陪著待了一天，身子也受不住，穆錦看著她有些蒼白的臉，滿心的憐惜，扶著她便回房休息。他也累了許久，如今總算解了他心頭的一件事，兩人洗漱過後，便相擁而眠，一夜好睡。

終於到了第三天，大夫十分慎重的為江雲把脈。

「大夫，我甥女怎麼樣？」

「藥也剩今兒個最後一副了，醒還是不醒，等喝了藥，晚上便知，目前看來能醒來的機會還是要大一些。」

這一天長門侯府氣氛凝重，下人們也不自覺的收了聲音，放輕了腳。

等到晚間，眾人更是屏氣凝神。

「動了、動了，表小姐動了。」

季衫聽到這話，雙眼立馬亮了起來，飛奔到裡間，果然見江雲慢慢的睜開雙眼。

「我可憐的雲兒，終於醒了啊。」季衫淚眼矇矓，滿是擔憂的看著江雲。

江雲的雙眸失去了往日的光彩，顯得黯淡無光，毫無血色的嘴唇輕輕吐出兩個字。「姨母。」

「醒了就好、醒了就好。」

江雲畢竟剛剛醒過來，不一會兒又閉上了眼睛。

「夫人請跟老夫來，老夫有話要說。」

季衫憐愛的看了一眼江雲，隨著大夫走出了內室，張青和穆錦對視一眼，悄聲無息的出了房門。

「大夫有何事，但說無妨。」季衫看著大夫的模樣，心裡有種不好的預感。

「這位姑娘受了這麼重的傷，即便是好了後，也會落下體虛之症，加上可能常年服用避子湯，寒氣入體，已經不能再懷有子嗣了，怕是身體以後都會十分虛弱。」

這話落在季衫的耳邊猶如晴天霹靂。「可有辦法醫治？」

「老夫醫術不精，暫時沒有辦法。」

季衫僵著一張臉，卻又不知該怎麼辦，之後又請了許多大夫，皆是同樣的診斷，季衫便死了心，只吩咐丫鬟們好好伺候江雲。

江雲遭此一劫好似變了一個人，原本亮麗的模樣，已經消瘦得不成樣子，眼神更如老嫗一般死氣沈沈，面上還透露出一股陰沈，只有看到穆錦的時候，眼睛裡才會迸出一絲光彩。

穆錦雖然覺得江雲的做法匪夷所思，但畢竟是從小一起長大的表妹，看到她這樣，他心裡也還是有些難過的。

季衫也看出來了，所以，在穆錦無事的時候，常喚穆錦過去陪江雲說說話。

江雲身體虛弱，只是躺在床上，穆錦也不知道要說什麼，便只能坐在那裡，隨便找些話題。

半月過後，季憐長途跋涉來到長門侯府，一進門便淚眼婆娑，嘴裡喊著，「我苦命的兒啊」，一邊在丫鬟的帶領下朝著江雲的房間走去。

江雲經過半個多月的休養，雖然身體依舊十分虛弱，但是也能靠坐起來，季憐進來的時候，江雲正面色蒼白的喝著藥。

季憐看到這樣的江雲，嚎了一聲便朝著江雲撲了過去。

江雲揮揮手，示意丫鬟們下去，關上房門，這才一臉不耐煩的看著趴在自己身上，眼淚橫流的母親。

「哭什麼，我還沒死呢。」淡漠的語氣裡，夾雜著一絲隱隱的厭惡。

季憐正在哭的身子一僵。「妳說什麼？」

「我說我還沒死呢，哭什麼哭，要哭等我死了再哭。」江雲重複了一遍，只是滿臉的不耐煩。

「妳這個死丫頭，沒良心的，我可是妳娘啊，我千里迢迢的來看妳，妳怎麼這樣對娘啊。」季憐只是不可置信，搖晃著江雲，將她搖得一陣眩暈。

「放手。」江雲好歹也曾經是瑾王妃，身上自有一股上位者的氣勢，這麼一聲厲喝，季憐果然訕訕的放了手。

江雲身體現在還正是虛弱時，這麼一聲過後，好半晌才緩過氣，卻已經是面色慘白，帶著一股隱隱的青灰色。「我娘？妳還知道妳是我娘，如果不是妳，我又怎會落到如今的下場。」

江雲好恨，張青現在的一切原本是屬於她的，可是現在那女人坐上了她原本要當的侯府世子妃位置，而她卻成了如今這個樣子，她怎麼能不恨。

「當年妳不是也答應了嗎？」季憐有些不服氣。「再說，這一切還不是妳的錯，妳好好的瑾王妃不當，卻要下毒去毒害那兩個孩子，還被抓了個正著，妳有今天能怨得了我嗎？又不是我讓妳去下毒的。」

季憐想到這裡胸口就一陣氣悶，瑾王雖說沒有什麼實權，但好歹也是一位王爺，她女兒成了王妃，就連她的腰桿也挺直了許多，有個王爺女婿，她可謂出夠了風頭，掙足了臉面，她終於能比得過自己的妹妹，這怎麼不讓她高興。

可是這才短短幾年，就落個如此下場。

江雲聽了季憐的話，氣得一口氣差點上不來，緩了好半晌才緩過勁，只是眼睛死死的看著季憐。

季憐被看得有些不舒服。「別用那種眼神看我，妳說妳好好的王妃不當，作什麼作，終於把自己作死了。」

江雲只是不可置信的看著她娘，心裡有些悲苦，這就是她娘，一心只想著榮華富貴，根本不顧她這個親生女兒的死活。

「反正我現在已經成了這個樣子，妳的榮華富貴也就沒了，妳隨意吧。」

江雲的眼眸已經冷了下來，看著季憐的目光毫無感情。

季憐身形一滯，臉色一僵，而後像是沒有發生過什麼的一樣笑著看著江雲。「女兒妳說什麼呢，我怎麼也是妳娘，妳是我身上掉下的一塊肉，我怎麼可能眼睜睜的看著妳……」季憐說到這裡，又哭得不能自已。

江雲只是冷眼看著，一開始雖然對她娘有些恨意，但是畢竟多年的骨肉親情，她看到她有抱怨，但更多的是委屈；只是她娘那些話出來，好似一把劍，直直的插在她的心口處，讓她心涼、心死。「如果還當我是妳女兒，就替我辦成這件事，往後有了榮華富貴，妳還是我娘，我不會忘了妳。」

季憐雙眼驀然一亮。「妳說。」

「附耳過來。」

江雲悄悄低語兩聲，只見季憐的雙眼越來越亮。

另一邊穆家卻在為江雲的問題爭執不下。

「雲兒她身體還很嬌弱，這樣長途跋涉，對身體不好。」季衫只是滿面的憂心忡忡。

「她謀害皇嗣，這是誅九族的大罪，將她弄出來，免了一死，已經犯了大忌，被人知道，咱們家也是要獲罪的；更何況，我們已經得罪了瑾王。」穆辛臉色陰沈，語氣也越發不耐煩。「要是怕她身子不好，不能長途跋涉，那便送到廟裡，兩者妳選其一。」

季衫怔了一下，大睜著眼睛看著穆辛，心裡有些愣愣的，穆辛還從未這樣和她說話，她一時間有些茫然，這是怎麼了。「這……容妾身考慮考慮。」

夕陽西下，落日的金暉灑落在季衫的臉頰上，映照著她的雙眼越發茫然不知所措。

穆辛搖搖頭，有些欣慰，也有些感嘆，欣慰的是，他的妻子還是如當年一樣善良、純真；感嘆的是，她這樣的性子，遇到這樣的事情卻不能顧全大局。

第二十三章

季憐尋到季衫的時候，季衫還愣愣的坐在那裡。

看到季憐，她趕忙站了起來。「姊姊，妳怎麼來了？」

「雲兒睡了，我便過來看看妳，幾年不見，妹妹過得可是還好，怎麼瘦了許多呢。」季憐摸著季衫的臉頰，彷彿一個十分憐惜妹妹的好姊姊。

季衫大為感動。「姊姊，都是妹妹不好，沒能好好的照顧雲兒。」

「不關妳的事，都是她豬油蒙了心，才弄出這樣的事情，如果當年嫁給錦兒，今日也不會有這樣的事情了，都是命啊，這都是命啊。」季憐說著便用帕子拭著眼角的淚。

「姊姊，莫要這麼說、莫要這麼說。」季衫將想附和的話死死的壓回了肚子裡，有些話，即便她再天真也知道不能說出口，更何況現在的兒媳是個好的，還別提肚子裡又懷著他們家的孫兒。

季憐拭著淚，眼角偷偷的看著季衫，見她並沒有按照自己的想法說下去，不由得有些失望。「妹妹，姊姊失態了，只是想起雲兒，有些難過罷了，若是當年、當年……我們家雲兒也不會落到如此的下場。」

「姊姊，莫哭了、莫哭了，這都是命啊。」季衫想起如今的江雲心也有些戚戚。

季憐暗恨，什麼是命，命又是什麼，她才不信命，她的女兒也不信命。

「姊姊今日是想來求妹妹一件事情，還望妹妹能夠應允。」季憐說著伏下身，滿臉悽苦之色。

「姊姊這可不是折煞妹妹了，有何事但說無妨，千萬不必這樣。」

「有妹妹這話，姊姊也無須顧及了，姊姊日後定會記得妹妹的大恩大德。」

待季衫聽完話後，便感覺頭頂有如一道雷，直直劈下。

「姊姊的意思，要讓錦兒娶雲兒？」季衫懵懵的，感覺不可置信，覺得自己是不是出現幻聽聽錯了。

「雲兒本該嫁給錦兒，他倆是天定的姻緣，只是當年雲兒被瑾王強取豪奪……」

「不不，錦兒現在已經娶了青兒，他倆感情很好，這是萬萬不可的，而且青兒還懷著錦兒的骨肉。」

「妹妹好傻，雲兒是妳的親甥女，與妳也算血脈相連，以後必然與妳同仇敵愾，那張青只不過是個農家女子，身分、地位、樣貌哪一樣配得上錦兒；至於孩子，雲兒她已經不能生了，以後孩子養在雲兒的膝下，雲兒勢必會當親生兒子對待，日後依然是侯府的嫡孫。」季憐步步緊逼。

「不可、不可。」季衫現在腦子裡亂得很，根本無法思考，只能猛搖頭。「姊姊還是讓妹妹考慮考慮，我現在頭疼得厲害。」

季憐嘴角勾起，微微一笑。「那姊姊先告辭了，妹妹好生想一想。」

季憐轉身看著季衫，嘴角十分得意的笑，她從小一起長大的妹妹，她還不知道要怎麼說嗎？雲兒也太天真了，只是想著做什麼妾，她季憐的女兒上趕著要做自家妹妹兒子的妾室，她怎麼可能答應；從前她比不上季衫已經很不高興了，如今又怎會讓自己女兒做她兒子的妾室。

季衫等季憐走後，反倒冷靜下來了，季憐剛才說的話，雖然有那麼一些道理，但是，她兒子既然已經娶妻，青兒那孩子她還是喜歡的，雲兒即便與她血脈相連，可現在已經失了貞潔，並且意欲下毒毒害瑾王的子嗣。本來是憐惜江雲是自己甥女，現在細想來，只是暗自心驚，覺得她這個甥女根本是心思惡毒，那麼小的孩子都能下手去害。

季憐原以為她說的事情已經八九不離十，卻忘了，今日的季衫早已經不是當年的季衫；那時候的季衫心思單純，但是如今的季衫可是做了多年侯府夫人，這件事她根本不用與穆辛提，便知道不可。

季憐回到江雲處，只是滿面的春風得意，江雲雙眸一亮。「娘，可是成了？」

「妳娘出馬哪裡有不成的，而且可不是作妾，娘讓妳風風光光的做世子夫人。」

江雲先是不可置信，睜大雙眼，小嘴微啟，雙手緊握。「娘，莫要騙女兒，您說的可是真的？」

「娘什麼時候騙過妳。放心，我的乖女兒，妳只要養好身子，來日好做那漂亮的新娘子，繼續享受榮華富貴；哪怕沒了那瑾王妃的位置，我的女兒也是未來的侯夫人。」

江雲聽著她娘的話，心撲通撲通直跳。「真的？」

「真的。」季憐斬釘截鐵。

「娘，我還要那個霸占表哥的賤人死。」

「那可不行，如今妳的肚子不能生，那賤人肚子裡可揣著一個，無論如何，要她先將肚子裡的那個生出來，然後抱養到妳跟前，再整治那賤人不遲。不過，妳要先將妳表哥的心攏住才行。」

江雲嬌羞的點點頭，在瑾王府別的沒有學到，但是說到伺候男人的功夫她可是學到不少，再加上她與穆錦還有年少的情分，她對得到穆錦的人和心幾乎是志在必得。

是夜，柔和的月光透過窗子灑在江雲那有些蒼白的臉上，微微泛起些光澤，將她蒼白的臉映襯的柔和許多，她嘴角微微勾起，不知作了什麼樣的美夢。

第二天吃過飯，季憐便急急的去找了季衫。

「妹妹，昨日姊姊說的事情，妳可考慮好了。」季憐一臉笑吟吟的模樣，好似算準了季衫會答應似的。

「姊姊，妹妹想過了，妳說的那事情，恐怕不妥。」

「不妥，為何？」季憐大驚，有些不相信一向單純老實的妹妹，居然不聽她的話。

「先別說這事情，侯爺是肯定不會答應的。」

「妹妹妳傻啊，這內院的事情是妳管，而且妳多吹吹枕頭風，侯爺不也就答應了？」季憐一臉恨鐵不成鋼的模樣。

「可是錦兒，錦兒也不會答應的。」

「錦兒為何不答應，他倆從小一起長大，兩小無猜，青梅竹馬，又是表哥、表妹的，世上哪還有像他們如此相配的人。」

季衫有些遲疑，最主要的原因她並不想說出來，說出來怕傷了和氣，可是看著姊姊步步緊逼的樣子，季衫狠了狠心，還是說道：「姊姊不必再說了，這事情若是放在以前，我是求之不得，可是現在是萬萬不可，先不說錦兒媳婦是個好的，只是雲兒說什麼也不行啊，雲兒是失了貞潔的，而且犯了那樣的罪，那可是謀害皇嗣啊。雖然我不懂朝堂的事，可是我也知道，侯爺為了救雲兒是費了許多的力氣，失了多少的東西，還與瑾王交惡；那瑾王好歹也是個王爺啊，再說休了青兒，娶雲兒進門，不知道的還以為我們長門侯府要謀害皇嗣呢。」

本來季衫沒想這麼多，只是這麼說著說著，便不知怎麼說到此處，說完後，更是一陣心驚，暗自想到，昨兒幸虧沒一個腦熱應了自家姊姊。

季憐聽得目瞪口呆，多年不見，她的妹妹什麼時候有了這樣的心眼。

「可是妹妹，這樣可該如何，難道要眼睜睜的看著雲兒去死嗎？她現在的身體，也生不了孩子，嫁給誰不是送死啊。」季憐說著，眼淚便流了下來，伏在桌子上，哭得好不傷心。

季衫猶疑了下突然想起丈夫的話，便道：「不如將雲兒送進家廟？」

季憐瞪大了淚眼。「妹妹好狠的心啊，我家雲兒年紀還小，妳怎麼捨得將她送進家廟，豈不是毀了她一輩子。」

季衫即便再好的脾氣，此時難免有些生氣。妳家女兒做出這樣的事情，我家不怕得罪權貴將妳家女兒救了出來，妳反倒這也不行，那也不可，還要妳那女兒嫁給我家兒子做正妻，那不是讓我兒子成為滿京城的笑柄。讓別人說，就是他們堂堂長門侯世子，撿了瑾王不要的破鞋。

季衫原本是很憐惜江雲的，可是現在這麼一想便覺得，她做得已經很多了，沒有理由為了這個甥女，弄得全家成為京城的笑柄。

「那姊姊說怎麼辦，莫不是非要嫁到我們家？」

季憐剛想點頭，抬眼一看，只看到自己那善良的妹妹，此時已經是一臉的陰沈，倒是愣得她不能再說下去。

「不是、不是，只是求求妹妹，求妹妹為雲兒想個出路。」

「出路麼倒是有，只怕姊姊不同意。」季衫收起剛才心中壓抑不住的怒氣，想起侯爺說的話，卻又覺得雲兒十分可憐。

「妹妹請說。」季憐一副急切的模樣。

「依侯爺的意思，雲兒還是送家廟。」季衫躊躇的說出這話，總覺得這對女孩子來說太過殘忍。

季憐瞪著雙眼看著季衫，臉上露出一絲惡毒。「妹妹妳在說什麼。」

季衫本能的顫了一顫。「侯爺的意思是先送雲兒去家廟，過兩年等事情淡了下來，再接出來，看該怎麼辦。」

季憐這才舒了一口氣。「那兩年後呢，雲兒的年紀也不小了，還能嫁得出去嗎？」

季衫也是一陣語塞。

季憐眼珠一轉，突然想到一個辦法，湊到季衫耳邊。

張青這幾日也是在府裡待膩了，府裡忙忙碌碌的，都在為江雲跑，加上穆錦姨母的到來，府裡感覺一片亂糟糟的。

「我這幾天想去莊子上待待，清靜清靜。」張青只感覺那所謂的姨母，看著她的表情陰惻惻的，和江雲看她的目光很是相同，讓人不喜。

穆錦想了想，也感覺最近府裡讓人煩得慌，看著張青的大肚子，滿目的溫情。「行吧，我們就去莊子上住幾天，待我和母親說一聲。」

「那好，快去快回。」張青點點頭，臉上微微露出笑意。

季衫的耳邊還回想著季憐的話，皺著眉頭，這辦法雖說好，但是總覺得哪裡有些不對。

「母親，這幾天府裡人多嘴雜，青兒她懷著孕，我還是帶她到莊子上住兩天，好清靜清靜。」

季衫聽到穆錦的話，忙道：「可是有人衝撞了青兒？」

「這倒沒有，只是感覺府裡太嘈雜，不清靜，想去莊子上住兩天。」

季衫想想自家的糟心事，也是一陣的煩悶。「那好，去莊子上住住也好，山清水秀的，也利於青兒養胎。」

季衫笑笑道，而後想起季憐的話，看了看穆錦的臉色，便躊躇地問道：「錦兒，對雲兒你有什麼想法沒有。」

聽到江雲的名字，穆錦本能的皺起了眉頭，想起她做的事情，便難掩嫌惡，語氣說不出的不耐煩。「好好的提她幹麼？」

「我記得你小時候不是挺喜歡雲兒的嗎？」

「您也說了小時候不是，再說小時候的表妹多好啊，現在您看看，成什麼樣子了，毒殺皇嗣，心思如此惡毒。」

聽著自家兒子這樣說自家甥女，季衫雖然有些尷尬，但是心裡卻也有些不樂意。「你怎麼這麼說你表妹呢，再怎麼著也是你表妹，真是的，沒事趕緊準備準備去莊子上吧，看見你就煩。」

穆錦一滯，笑道：「得，您看我還煩起來了，我這就走。」

季衫看著兒子的背影不由得氣結，又回頭想想，兒子說得句句在理，越發的鬱結，心想著明天要怎麼和姊姊說；可是姊姊說得也有那麼些道理，總歸是和自己血脈相連的親甥女，難道真的眼睜睜的看著她大好的年華在廟裡做個姑子不成？

張青選的莊子就在京城不遠的一個山頭上，那片山頭下的農田幾乎全是侯府的，租給附近村子的租戶種著。

穆錦早已派人快馬加鞭通知莊子上的人，在張青他們趕到前將莊子整理乾淨。

張青坐著馬車悠悠的出了侯爺府，一股名為自由輕鬆的氣息就這樣撲面而來，讓人心情都好了許多。

時候還早，馬車晃晃悠悠，為了防止顛到張青，穆錦著人在馬車上足足鋪了三、四層的墊子，張青窩在那墊子上分外的舒服，有種昏昏欲睡的感覺。但是，畢竟好不容易出來了，心裡很是輕鬆，她撐著精神，就透過馬車的簾子，看著外面的大街，車水馬龍，人來人往。

張青掀開簾子，看騎著馬陪在馬車旁的穆錦。

「你說，瑾，哦不，你表妹的下場會是什麼樣？」

穆錦扭頭想了想。「應該會送到莊子裡，或者庵裡吧。」

「我看不一定。」張青眉頭緊鎖思考著。

穆錦想起母親昨兒個的話，不由得一陣心虛。「好了，好不容易出來了，提她幹麼？」語氣中一股濃濃的嫌棄之意。

「不是，你沒有發現，你表妹看著你的感覺和狗看見骨頭一樣嗎？還有你姨母。」張青躊躇地打了個比方。

穆錦鬱悶了。「我怎麼就成骨頭了？」

「這不是打個比方嗎？」張青不滿道：「不然，包子？」

穆錦翻了一個白眼，策馬走了幾步到馬車的前方，不搭理張青了。

張青撇撇嘴，重新縮回馬車裡頭。

她也去看了江雲幾次，每次江雲都是一副愛理不理的模樣，反倒是穆錦往那一站，態度立馬就不一樣了，成了一朵楚楚可憐的小白蓮花。

張青又不傻，想也知道那母女兩人存著什麼樣的心思，無非就是不當瑾王妃了，想弄個侯府夫人當當，想起那女人覬覦著自家的黑炭，張青就一陣膈應。

馬車晃晃悠悠出了城，往南直走十五里，便是侯府的莊子了。

天氣漸暖，此時正是桃花爛漫的時節，張青到的時候農戶都正在地裡，一副熱火朝天的模樣。

這種氣息讓張青想起她剛來這個地方的時候，和那些孩子一樣，小小的身子跟著父母做著農活，雖然不是無憂無慮，但是還是很開心的。

「停車。」

穆錦扭頭，看張青又掀開了簾子。「怎麼了？」

「快到了吧，我們下來走走吧。」

穆錦想了想，估計張青也有些悶壞了，便命小翠扶她下馬車。踏在這帶有泥土香氣的土地上，張青深吸一口氣，一股泥土和草木氣息的香氣撲面而來，帶著它特有的淳樸。

夕陽染紅了半邊天，也染紅了大地，那翠綠的麥苗也被映上了淡淡的紅色。農戶們也準備回家了，那臉上是一種愉悅滿足的笑，三三兩兩一起有說有笑，孩子們跑著鬧著。

莊子裡確實比不上侯府，各處都簡陋許多，但是穆錦、張青兩人都是不注重這些東西的，也沒有什麼不好的感覺，反倒是那管家有些忐忑。

「世子、少夫人，莊子簡陋，委屈你們了。」管家搓著手，形態有著說不出的拘謹。

「無事，乾淨就好。」張青不以為意。

管家看到這兩人還算和藹，頓時放下心來。「如果沒事，小的就先退下了。」

張青點點頭。

管家退下去一會兒，便派了幾個人過來，說是幫忙收拾。

穆錦則扶著張青在田間小路裡慢慢的散著步，看天色慢慢的暗了下來，穆錦便道：「回吧，約莫要吃飯了。」

張青點點頭，回到莊子裡，丫鬟們都收拾得差不多了，張青看了也是十分的滿意。

莊子裡也沒啥大魚大肉，品類也少得可憐，只是好在都是純天然的綠色食品，再加上一個好的廚娘，張青這頓飯倒是吃得比在侯府還更多一些。

穆錦眉開眼笑，看張青的眼神就好似在說，吃吧，吃得越多越好，吃得多了，才能生出來一個大胖的白娃娃。

吃完後，穆錦又陪著張青在院子裡走了幾圈消食。

夜裡的莊子上更靜了一些，莊子剛好在山上最高的地方，站在門口往下瞧，只看到那暖暖的燈光，散落在半山腰上，很好看的樣子。

他們這裡一片安靜祥和，侯府卻炸開了天。

穆辛和季衫正在吃飯，季衫還有些憂心，也不知道張青和穆錦在莊子裡好不好，這一頓飯倒是吃得有些索然無味。

「怎麼了，今兒的飯菜不合胃口？」穆辛挾了些菜放到季衫的碗裡。

季衫莞爾一笑。「也沒什麼，就是有些擔心那兩個孩子，怕他們不習慣，吃不好、睡不好怎麼辦。」

「他們那麼大的人了，有什麼好擔心的。」穆辛有些不以為意。

季衫橫了穆辛一眼，不太滿意。「這還有肚子裡的那個呢。」

「無事，放寬心吧。」穆辛安慰道。

季憐匆匆的到門口便被丫鬟攔住，她滿臉的不耐煩，厲聲叱喝。「讓開。」

「侯爺和夫人正在用膳，有何事？」

「大膽，可知我是誰，我可是夫人的親姊姊，我找夫人有急事，誰敢攔我。」季憐怒氣沖沖。

門口的人有那麼一瞬間失神，季憐就瞅準這麼一剎那，推得那丫鬟倒退兩步，便橫闖了進去。

「妹妹！」剛進門季憐就喊了起來。

季衫拿著筷子的手微不可見的停頓了一下，臉上的表情也瞬間有些僵硬。

穆辛更是變了臉色，雙眸中露出一絲厭惡。

季憐看到穆辛也在，瞬間雙眸發光，連忙撫了撫頭髮，整理下儀容。

「妹夫也在啊。」季憐笑臉相迎。

穆辛只是冷淡的嗯了一聲，然後柔聲對季衫說道：「我吃好了，還有些公務要處理，先去書房了。」

說罷起身，朝外走去。

經過季憐身旁的時候，季憐的雙眸滿懷渴望的看著穆辛，穆辛卻目不斜視，毫不停頓。

「哎……」

季衫也不是瞎子，以前遇到這種事情，她都裝作視而不見，可是心裡難免有些不舒服。

季衫看著季憐的目光一直追隨著穆辛，穆辛都出了門，她也沒收回目光，雙眸中一片癡迷之色。季衫感覺自己的心裡更是堵得厲害，面上的笑容就帶了絲勉強。

「姊姊。」季衫深吸一口氣，喚道。

季憐好似被人驚醒，這才收回追尋穆辛的目光，看到季衫正看著她，有些不好意思，隨後想起什麼，臉色又難看起來。「妹妹，聽下人們說，錦兒去莊子上了，好好的，去莊子上幹什麼。」

「沒什麼，這不是雲兒需要靜養嗎？穆錦和他媳婦兒不是很安生，我怕打擾到雲兒，便送他們去莊子上住兩天，等雲兒好了，再讓他們回來。」季衫笑著答道。

季憐有些不滿意，卻不知道該說些什麼，想起江雲的話，便又提起。「妹妹，姊姊提的妳認為怎麼樣？」

「我和錦兒說過了，錦兒好像不是很樂意。」季衫躊躇地說著。

季憐變了臉色。「妹妹什麼意思，難道要眼睜睜的看著雲兒就這樣蹉跎一輩子嗎？」

季衫一時語塞，那她要怎麼說？她確實也不忍心看江雲如今的樣子，可是想想江雲做的那些事情，她卻又不知道該怎麼說。「我再給錦兒說說吧。」

「妳是他娘，妳開口說的話，錦兒哪有不應的。」

季衫也不答應，只是敷衍。「我會和他提的。」

季憐雖然不滿意，卻也不知道要怎麼說，便只能點點頭。「那姊姊就先退下了，妹妹可別忘了給錦兒提。」

季衫只是點頭。心疼甥女是一回事，可是自家兒子更是心頭寶，季衫想著能拖一天，便是一天。

季憐步履輕鬆的回到院裡。

江雲正在丫鬟的服侍下喝藥，看到季憐回來眼睛一亮。「娘，姨母怎麼說。」

「妳姨母說，她會為妳作主的。」季憐樂呵呵道。

江雲這才高興一些，只要讓她到了表哥身邊，以她的手段，她定然能重新拿回表哥的心。

「妳好好喝藥，快點養好身子，這才是重要的，娘會讓妳風風光光的進門的。」季憐笑得一臉奸詐。

江雲喝了藥，不一會兒便沈沈睡去。

季憐看到江雲睡了，便悄悄的出了房門，朝著穆辛書房的方向走去。

夜色如水，只有一輪彎月，掛在黑幕般的天上，季憐注意著避著人，終於到了穆辛的書房門前。

只是穆辛的書房是府裡重中之重，這裡的守衛比府裡其他地方都要森嚴，除了府裡的小廝還有守衛士兵。

季憐咬了咬嘴唇，有心想靠近卻又過不去，正在糾結的時候，便看到穆辛出了房門，朝著她所在的地方走過來。

季憐趕忙躲在假山後頭，探著頭，然後心中一陣暗喜，只感覺自己的心撲通撲通一陣亂跳，她甚至已經設計好要用怎樣的姿態出現在穆辛面前。

她和季衫長得像，卻又覺得季衫不如自己貌美。當年她第一次見到穆辛便傾慕他，誰知他卻越過她，娶了她的妹妹，這事情一直是她心中的刺，現在她老了，也不求什麼，只希望那人能多看她幾眼，懂得她的心思，若能憐愛一番便是最好。

「出來吧。」穆辛的聲音聽不出喜怒。

「侯爺！」季憐從假山後出來，向穆辛見禮。

「大姊怎麼會在這裡？」

「侯爺位高權重，這一聲姊姊，奴家不敢當。」說著便是一片嬌羞之色。

「無事的話，大姊早些回房吧，夜裡露水重。」說罷也不待季憐反應，便向前走去。

季憐面露喜色，剛才，侯爺是關心她嗎？

她沒有看到，穆辛那嫌惡的眼神。

春日的雨水總是多，張青也是知道的，看著天上飄下來的雨水從開始的毛毛細雨，到下午時的傾盆大雨，張青有些發愁。

路這麼遠，穆錦要是還往莊子上趕，而且第二天還有差事該怎麼辦，好在還不到傍晚的時候，侯府就派人傳話，下雨穆錦就不過來了。

張青吩咐人安排那送話的人住下後，才稍稍放下了心。

夜裡燈火搖曳，小翠坐在圓桌前做著小主子的衣裳，順便也陪著自家夫人。

而穆錦獨自一人躺在侯府床上，卻覺得無比的孤寂。

「世子，夫人有事請您過去。」

「母親？」穆錦略一思索，便穿上衣裳去了上房。只是看到廳堂裡除了自家母親，還有兩個人的時候，穆錦的眉頭不由一皺。

「錦兒見過母親、姨母，表妹好。」

「表哥！」江雲怯生生的喚了穆錦一聲，穆錦也只是點點頭。

「不知母親這麼晚了，叫兒子來有何事？」

季衫有些尷尬，老實說，她其實希望最近這段時間穆錦都不要回來，可是這下大雨的，總不能硬要他去莊子上吧。

穆錦剛回來，姊姊和雲兒就來了，說來說去就是那個問題，非要穆錦納江雲為妾；只是往常還能用錦兒不在家來搪塞，今天卻是萬萬不成了。

「這，是有些事要同你相商。」季衫一臉尷尬的笑容。

穆錦有些疑惑。「何事？」

「就是你表妹的事情。」

「表妹？」穆錦疑惑的看向江雲，江雲則怯怯的低下了頭。

「哎，母親還記得你小時候很喜歡雲兒呢。」季衫躊躇半天才想出這麼一句。

季憐趕忙跟上，滿臉都是笑容的看著穆錦。「可不是，那時候，都說你們兩個天作之合，往那一站，好似觀音座下的金童玉女呢。」

江雲也紅了臉，更是一臉的希冀。

穆錦再傻此時也知道她們什麼意思了，瞬間黑了臉，直接打斷道：「表妹是咎由自取，怨不得他人。」

穆錦這話一出來，眾人臉色齊齊一變，尤其是江雲，更是不可置信，那泫然欲泣的模樣，看得人一陣揪心，穆錦卻仍一臉正氣的看向江雲。「這事情已經過了，還望表妹忘掉一切重新開始。」

「表哥，你……」江雲臉色蒼白。

「表妹放心，只要妳好好悔改，表哥相信，佛祖定然會原諒妳的。」

好吧，季衫一陣無語，對自家兒子也刮目相看起來，這佛祖都被搬了出來。

「還有事嗎？無事的話，兒子就先退下了。」穆錦說罷不待眾人反應，便趕緊溜出了門。

出了門，穆錦深深吸了一口氣，平復了下心情，暗道一聲好險，看這樣子，母親是想把表妹塞給自己啊！這要是真的還得了。

只是越想避開，就越避不開，這雨一下就是三天，春雨貴如油，但是這油多了也不是啥好事對吧。

京城外的路，被雨澆得一片泥濘，穆錦即便有心想去莊子也去不了，可憐的是，他也不能回侯府，他已經連著兩天被江雲堵在門口了。

無奈之下只能去李清府上避到夜裡，回府的時候街道上已經沒有人了，雨還嘩啦啦地繼續下著，伴隨著雨聲，也只有穆錦自己馬車的噠噠聲。

回到府裡時，府裡已經一片寂靜。

穆錦走到房門口剛想推門進去，便聽到怯怯的一聲。「表哥。」

穆錦身子一僵，轉身過去，江雲一身白衣，在這雨夜中一片淒然，她身子還未大好，臉色有些蒼白，身子很是單薄。

「這麼晚了，表妹還沒睡嗎？」

「表哥，雲兒有話要說。」江雲這副模樣，無端讓穆錦想起了身為瑾王妃時候的她。

「有何事明日再說吧，下著雨，又這麼冷，妳身體還沒好，還是先休息著好。」穆錦說完就推開門，卻被身後的江雲一把拉住，然後一雙素白的手就環上了穆錦的腰。

穆錦身子一瞬間僵硬起來。

「表哥，你真的不要雲兒了？」

「表妹自重。」穆錦掙扎開來，江雲踉蹌著向後退了兩步。

「表哥真的不明白雲兒的心嗎？」江雲摀著胸口，淚如雨下。

「表妹說笑了，我現在已經有妻子了。」

「表哥難道忘了嗎？以前我們是很好的，要不是你去了西北，我才是你的妻子，那張青她憑什麼！她現在有的，應該都是我的，為什麼！」江雲有些失控。

穆錦微不可見的皺了眉頭。「青兒是我的娘子，是妳的表嫂，萬不可這樣說她。」

「為什麼？」江雲還想繼續追問。

「沒有為什麼，事實就是，妳當初做了瑾王妃，而青兒才是我的妻子。」穆錦說完直接喚過人。「來人，將表小姐扶回房裡。」

「表哥！」那一聲悽苦的叫喚，聽得穆錦一個哆嗦，等人走了，穆錦才放下些心來。

這晚又是一夜無眠。

好在天上的雨停了下來，這估計就是穆錦這幾天唯一的好消息了。

穆錦正準備下工後就去莊子上看張青，好幾天沒見了，他很想她的。只是還未下工，便有人來找。

「世子，夫人讓您趕緊回府。」

穆錦一瞬間有些無語，但是想著他在外當值，母親輕易不會找他的，現在找他，家裡肯定有什麼事情發生。

想到這裡，穆錦的眉頭就緊皺起來。「家裡可是出事了？」

「您回去就知道。」那傳話的人，期期艾艾，卻不肯說什麼事情。

穆錦有些狐疑，但還是和下邊的人說了一聲，先回了侯府。

回到侯府等到他知道發生什麼事情的時候，更覺得無語。

他的表妹上吊了，而且大夫說這人沒有求生意志。

是下午丫鬟發現的，當時聽到房裡咚的一聲，那丫鬟急忙打開門便看到江雲已經吊在房樑之上，當時嚇了一大跳，便趕緊叫了人來，將人救下來，人已經不省人事了。

江雲面無血色的躺在床上，看起來毫無生氣，季憐伏在江雲身邊痛哭。

季衫心裡有些不好受，卻也有些氣憤，為了救這個甥女出來，自己夫君、兒子費了多少心思她還是知道的，誰知江雲卻如此的不愛惜自己。

穆錦也是一陣心煩，誰能告訴他，他這個表妹是要做什麼呀？

季憐看到穆錦，也不顧江雲，滿臉憤恨的跑到穆錦身前，手高高揚起，想給穆錦一巴掌，穆錦眼神一暗，一手抓住季憐的手。

「你個小畜生，給我放手，還有沒有點長幼尊卑，我可是你姨母。」

穆錦冷笑一聲。「不知姨母想要做什麼？」

季衫看到季憐的動作，臉色更是難看許多，穆錦是她的孩兒，她從小都沒捨得動過，她姊姊憑什麼，竟想打他。

「姊姊，妳這是做什麼。」

「你們侯府仗勢欺人，還問我做什麼，要不是你們，我家雲兒怎麼會躺在這裡，生死不明。」

「姨母究竟什麼意思？」穆錦有些不耐煩。

季憐的眼珠在眼眶裡微不可見的轉了幾圈，抬頭卻紅著眼眶。「你說，昨天晚上你到底對我家雲兒做了什麼，她回來哭哭啼啼，茶不思、飯不想，今兒就出了這件事。」

那憤恨的模樣，好像穆錦對江雲做了什麼十惡不赦的大事。

「那依姨母的意思呢？」

「你必須對我家雲兒負責。」

「負責？好笑，我究竟做了什麼要對表妹負責。」穆錦陡然怒氣上升。

季憐縮了一下，閃過一抹驚慌，但還是壯起膽子道：「你做了什麼，你知道。」

「姨母這是要把表妹硬塞給我了？」穆錦的語氣越發地危險起來。

眼看著這兩人越說越不像話，季衫趕忙讓屋裡的下人們都出去。

「她是你表妹啊，你難道要看著她去死嗎？」

「穆錦不知道姨母在說什麼。」

季憐撲通一下跪倒在穆錦膝下。

穆錦、季衫一愣，一時間倒是忘了反應，季憐又向前了兩步，不復剛才一副狠戾的模樣。「算姨母求求你了，你就納了雲兒吧，要實在不願意見她便把她放到莊子上吧，她現在這個樣子，哪裡有人敢娶啊，不管是跟我回去還是送進家廟，她都只有死路一條了。」

端看此時，季憐就好像天下所有的母親一樣，為著女兒不惜一切代價。

穆錦、季衫先是愣了一會兒，兩人合力將她扶起。
可是對季憐的訴求，穆錦卻有些無措。
季衫看到季憐的模樣，終究是動了惻隱之心。「錦兒，你看……」
「娘，容我想想。」穆錦腦子裡很亂，出門的時候，下意識的看了一眼床上的江雲，面目依舊蒼白毫無生氣。
「錦兒你去哪裡？」季衫焦急道。
「我出去走走。」
「妹妹。」季憐淚眼婆娑看著季衫。
「姊姊放寬心，等錦兒想通便好了。」季衫嘆息一聲，安撫季憐道。
穆錦出了房門，有些迷茫，他真的必須要娶表妹嗎？怎麼可以，可是不娶，江雲毫無生氣的模樣卻一再出現在他的腦子裡。
「少夫人，姑爺來了。」小翠從門外奔進來，張青頓時喜笑顏開。
「還以為你明天才過來，今兒怎麼就過來了，郊外的路不是還泥濘著嗎？」
穆錦見到張青，那一顆不知所措的心好像突然就安定下來，安寧舒服。
「這不是著急見妳嗎？」
「盡說渾話。」張青一聲嬌嗔。

懷孕的張青看起來氣色很好，而且又長胖了些，看起來圓嘟嘟的，雙頰上還有蘋果紅，看起來十分可人。

穆錦將張青摟緊了些，看到張青便好像忘了那些不快。「什麼渾話，為夫句句都屬實。」

小別勝新婚，只是短短的三天，兩人躺在床上，只感覺一股甜蜜。

懷孕的女人總是比較嗜睡的，張青不一會兒就睡著了，看著張青的睡顏，穆錦又想起家裡的事情，一陣煩悶。

整整兩天，穆錦當完值就直接回莊子上，季衫派人找了兩次穆錦也不回府。

直到第三天，季衫親自來堵人。「錦兒你考慮得怎麼樣？」

穆錦不答反問道：「表妹可醒過來了？」

季衫嘆了一口氣。「醒是醒過來了，只是整個人渾渾噩噩的。」

「母親，我不想納表妹，即便是妾，即便是單單只要個名分。」

季衫一滯，只見穆錦滿臉堅決。「可是你讓她怎麼辦啊？」

穆錦沈默了，誰都知道，江雲現在是個燙手山芋。「可以讓她改名換姓，嫁個普通人。」

季衫也知道，其實這樣算是最好的了，只是，她也看得出來，她姊姊肯定是不樂意的，待她還想勸，穆錦便說話了。「母親，我還在當值，您先回去吧。」

看著兒子毫不留情的模樣，季衫有些傷心。
穆錦無奈只能補了一句。「有何事，等我回家再說。」
季衫眼睛便又是一亮。「那好，母親在家等著你。」
穆錦回家的時候，正是吃完飯的時候，穆辛最近這幾天也嫌家裡嘈雜得厲害，乾脆住在軍營，整個府裡就剩季衫和季憐母女。
晚膳時刻，季衫看到穆錦雙眸一亮。「錦兒回來了，母親這就讓人給你準備碗筷。」
穆錦淡淡的點了點頭。「母親、姨母。」
季憐則一副希冀的模樣。
「姊姊，先讓錦兒吃飯吧。」
「對對，有道理，先吃飯。」
以往可口的飯菜，穆錦吃在嘴裡，如同嚼蠟。
吃過飯，季憐便迫不及待的開口。「錦兒，你考慮得怎麼樣？」
穆錦剛想搖頭，季憐又出聲道：「雲兒嫁給別人，終究是不放心，只有你，姨母才會放心；我也知道雲兒這次的事情有些棘手，先讓她假死，然後改名換姓，你納了她，也不必管，將她放到莊子上，或者在侯府後院隨便找個院子，給她住就好了。」
這一段話說下來，穆錦一陣沈默。
而此時的莊子，小翠一臉驚慌的跑進了房裡。

「慌慌張張的，做什麼啊。」張青嗔道。

小翠卻又定了下來，不知道要怎麼說。

「什麼事，說唄。」

「少夫人，府裡傳來消息，消息說……說，世子要納了表小姐。」

「什麼？」張青只是不可置信。「妳確定？」

「不是很確定，只是剛才咱們帶來的人有人聽到是這麼說的。」

「妳先去問清楚。」張青摸著自己飛快跳動的心臟，只覺得不可置信。

她決定還是問個清楚好，說穆錦心裡還有著江雲她是不信的，只是穆錦為什麼要納江雲，中間肯定還有其他的緣由，更重要的一點是，這消息根本不知道是真是假。

張青靜靜的靠在榻上，原來的好心情突然間就這麼消失殆盡。

看著天色越來越暗，張青的心情越發的急躁起來，以往這個時候，穆錦都已經來了，可是現在，他還沒有過來。

「小姐，不早了，您先吃點東西吧。」

張青點點頭，雖然沒有胃口，但是為了肚子裡的孩子，她還是要多吃一些，說什麼也不能餓著自家的孩子啊。

夜裡的東西不是很豐盛，張青也沒有胃口，只是草草的吃了兩口，就讓人將東西撤下去。

下人們端著東西剛剛要出去的時候，卻撞上正進門的穆錦。

穆錦看到那些吃食眉頭緊緊一皺。「才吃了這麼一點，怎麼不吃了，是莊子上的東西不好吃嗎？」

那關心的模樣，在張青看來，根本不像是作假。「也不是，是今天也不知道怎麼著，沒有胃口。」

「可是不舒服？」穆錦緊張起來。

「也不是，不餓，也不想吃東西。」

「我讓廚房熬點粥給妳送過來，吃那麼點肯定是不行的。」

張青無奈只能點點頭，看著穆錦的背影若有所思。

看著張青喝了一碗粥，穆錦才放下心來。

「我有些事情想問你。」

「什麼事情？」穆錦本能的有些緊張，雖然他知道自己沒有做虧心事，但是不知道怎麼就是一股心虛。

「今兒個有人說，你想納了表姑娘。」

「誰人說的，怎麼可能。」穆錦大驚。

「真的沒有嗎？你看著我的眼睛。」

穆錦有一瞬間的尷尬。

「你真的想納了她？」張青不可置信，面容陡然變色。

「不是，妳聽我說。」穆錦趕忙要解釋。

張青深深的吸了一口氣道：「那好，你說。」

穆錦便將來龍去脈對張青說了一遍，張青聽罷後，只在心裡冷笑連連。「改名換姓，納為妾便好？。」

穆錦愣愣的點頭。

「送到莊子上便好？」張青步步緊逼。

穆錦已經感覺有些不對，而且覺得張青那冷靜的面容下透露出一絲森然，於是回答得越發遲疑。「嗯。」

張青被氣笑了。「你覺得她們的提議怎麼樣？」

「還……還好吧。」穆錦遲疑著，小心翼翼道：「妳不願意？」

「你說呢？到底是你傻還是我傻，她們說的話你也信，你好好想想。」張青一聲冷笑。

穆錦其實也知道，姨母她們說的根本不可信，他也挺生氣，可是現在他是騎虎難下，侯府那邊江雲半死不活的，他一個猶豫她可能就死了，但是那是他表妹，總不能真的眼睜睜看著她死吧。「我也知道，可是現在實在沒有辦法。」

「她不是要死嗎？那就讓她死吧。」

穆錦呆滯了一下。「這話雖然是這麼說，可是咱不能真這麼幹對不對，妳說呢媳婦兒？」

「我覺得這樣就挺好的。」張青淡淡的瞥了穆錦一眼，決定不再理他。

「媳婦兒、媳婦兒？」穆錦躺在床上叫了兩聲，看張青沒有反應，越加鬱悶，這可該怎麼辦呢。

張青面著牆壁卻在想，這事情究竟要怎麼解決，他們都到莊子上了，那對母女也不肯消停。

兩人一夜無話，張青是生氣不想理穆錦，穆錦是想說話，可是想起張青的反應，卻不敢說話。這一夜，兩人睡得都不太好，這還是他們大婚後第一次這個樣子，那一股低氣壓壓得兩個人都有些透不過氣。

第二天穆錦一大早便起來了，以往這個時候張青肯定還在熟睡，只是昨夜實在沒睡好，穆錦一動她也就醒來了，只是憋著口氣，不想理他。

她只聽見一陣窸窸窣窣的聲音，然後感覺穆錦離自己越來越近，張青趕忙閉上了雙眼，接著就感覺有個軟軟的、有些涼涼的東西，在自己的臉頰上輕輕一碰。

等聽到穆錦走後，張青才睜開眼睛，臉頰有些紅，看起來羞答答的。「還玩這一手。」

穆錦走了沒多久，張青躺著也睡不著，便想著起身，一整天她都想著要怎麼解決江雲的事情。

如果穆錦真的只是為了救江雲一命，將她納了放在莊子上養，也不是不可以，但是這個時代的男人本就是三妻四妾，更何況江雲居心不良，對穆錦虎視眈眈，穆錦如果真的納了江雲，後果，她真的是連想也不願意想。

第二十四章

「少夫人，姨夫人來了。」小翠敲門進來，回稟道。

張青還在納悶這個姨夫人是個什麼稱呼，剛想起這應該是自己婆婆的姊姊，也就是季憐的時候，就聽到一陣略顯聒噪的聲音。「你們也不睜大眼睛看看我是誰，居然敢攔我。」

張青揉了揉眉頭，她都到莊子上了，也不讓她清靜一些。

張青朝著小翠使了個顏色。小翠點頭，趕忙迎了出去。「哎呀，這不是姨夫人嗎？我們家少夫人懷孕了，比較嗜睡，這不剛起來，多有怠慢，還望姨夫人恕罪。」

季憐有心想刺兩句，但是思及自己來的目的，便生生的給忍了下去，隨著小翠慢慢的走進了房間。

張青看見季衫，連忙站起身來，面帶微笑，這禮儀好得讓人也挑不出什麼錯來。「姨母，您怎麼想起到莊子上來了，這麼遠，雲兒妹妹可是大好了？小翠，還不給姨夫人斟茶。」

季憐被這麼一堵都來不及開口，待反應過來只能訕訕的說道：「茶就不用了，小翠是吧，妳先下去，我有些話想和妳們少夫人說。」

小翠猶自給季憐斟了茶，卻不出去，站到了張青的身後。

「姨母別見怪，我這丫鬟呢，就是忠心，片刻都要和我待在一起，就怕她一不在我出了什麼意外。」張青笑盈盈的說。

季憐一陣氣悶。她什麼意思，意思是自己會對她下毒手嗎？「我是妳姨母，我就和妳說說話，能出什麼事，還是讓妳丫鬟出去吧。」

「姨母見諒，她也只是個丫鬟而已，您有什麼事情就請直說，不妨事的。」張青雖然不知季憐打的什麼主意，但是總歸不是什麼好事情，現在季憐的作為更印證了她的所想，她越要小翠出去，自己越不能讓小翠出去。

誰知道會發生什麼事情？她總覺得這母女兩人都不是簡單的。

「妳究竟有沒有把我當成長輩，找妳說說話，還非要個丫鬟站在旁邊。」季憐怒了。

「姨母可是冤枉青兒？如今這丫鬟可不是聽我的命令，她聽得可是世子的吩咐，除了世子，我哪指使得動啊。」張青的模樣分外委屈。

季憐氣結，猛地站起身來。「算了，我也不拐彎抹角了，我們商量過了，等雲兒身子好了，就讓錦兒納了雲兒，今天來就是告訴妳一聲，讓妳有個心理準備。」

「姨母、姨母，您說什麼？這、這不是真的。」張青好像不可置信，瞬間臉色煞白，然後就看她坐不住，身子搖晃了兩下。

「少夫人！」小翠趕忙接住張青要倒的身子，立馬朝門外喊道：「來人吶，快來人吶，少夫人暈倒了，快來人吶。」

莊子裡瞬間一片驚慌，季憐見狀也傻了，隨即還有些淡淡的心虛，趁著人不注意的時候，悄悄地溜了。

「少夫人，那姨夫人走了。」

張青睜了一隻眼。「走了？」

「嗯，奴婢派人盯著呢。」

張青點點頭。「就這樣，派人去侯府給夫人傳話，說我動了胎氣，該怎麼說妳知道吧！另外再找個大夫來。」

「少夫人放心，奴婢曉得。」

等小翠走後，張青輕撫著肚子嘆聲道：「寶貝啊，娘先用你來頂一頂，你不介意吧。」

等侯府收到消息的時候，季衫簡直不敢相信。「什麼，少夫人暈倒了，還動了胎氣?!」

來人垂著腦袋，低聲應是。

「怎麼好好的會這樣，可請了大夫，大夫說了怎麼回事？」季衫又問道。

那人卻支支吾吾的不肯說話。

季衫有些不耐煩。「叫你說你便說，有什麼便說什麼，支支吾吾的幹什麼呢。」

那人才低著聲音好像有些害怕道：「少夫人是見了姨夫人才會這個樣子的。」

「姨夫人？」季衫有些驚訝。「好好的她去莊子上做什麼？」

「聽少夫人身邊伺候的丫鬟說，好像是姨夫人逼少夫人讓世子納妾。」

聽到是季憐導致張青動了胎氣，再聽到這話，季衫十分驚怒。她姊姊竟這麼等不及嗎？

「還有呢？」

「這個小人便不知道了。」

「去著人通知世子，再派人去請王太醫，我們先去莊子上。」

而穆錦聽到張青暈倒，動了胎氣，也顧不得是不是當值，立馬快馬加鞭的趕去莊子，居然比季衫還早到了。

「少夫人怎麼樣？」穆錦進了莊子便趕忙問道。

「大夫說，少夫人只是一時急火攻心，這會兒喝了安胎藥，睡下了。」

穆錦這才放下心來，然後才開始問事情的來龍去脈，待聽到是季憐來過，穆錦一時間什麼都明白了，心裡陡生一股怒氣。

張青早就聽到穆錦的聲音，連忙躺好，閉上眼睛，沒一會兒就聽見穆錦輕聲走了進來。她閉著眼睛，只感覺穆錦輕聲走過來，坐在她的床邊，等了好半晌他卻沒有動靜，她不知道他在做些什麼，這樣想著想著，她便真的睡著了。

其實穆錦什麼也沒做，只是靜靜的看著張青，越看便越是難受，終於忍不住重重的嘆了一口氣。

季衫來的時候，張青還在睡，穆錦陰沈了一張臉。「母親，孩子不會納表妹的。」

季衫一怔，看了看熟睡著的張青，想了想終於是嘆了一口氣。「哎，先不說這個了，等你媳婦兒生了以後再說。」

穆錦現在不想與母親爭論，他也知道母親的難處。「母親，姨母她……」

「放心，她以後不會來了。」季衫也是滿目的陰沈。

讓太醫瞧了瞧張青好像無事，季衫留下滿車的補品便回侯府去了。

「去把姨夫人請過來。」季衫回府後，第一件事情就是吩咐下人將季憐叫過來。

季憐剛從莊子裡回來沒多久，府裡便傳開了，她逼著少夫人要世子納了表小姐為妾室，少夫人被氣得暈了過去，還動了胎氣。這消息傳遍了整個府裡，人人看她們母女的目光都帶了絲異樣，季憐險些氣歪了臉，不用想她也知道這事情是誰做的，除了她剛剛見過的張青，不做第二人想。

季憐胡思亂想，早早熄了燈歇著，但翻來覆去就是睡不著。

「姨夫人，夫人找您。」門外傳來陣陣敲門聲。

季憐有些不耐煩。「告訴你們夫人，就說我睡了。」她這個妹妹，她還是知道的，並不以為意。

「姨夫人，夫人說了，必須請您過去。」外頭的丫鬟說話間帶了一絲強硬。

季憐翻身起來，滿目的不善。「算了算了，進來吧，讓人服侍我更衣。」

季衫足足等了大半個時辰才等到姍姍來遲的季憐。

「妹妹大半夜的叫姊姊來做什麼呢，姊姊我都睡下了。」季憐說罷，打了個呵欠。

季衫的面色看不出喜怒，也不和她廢話，直接地問了出來。「不知姊姊今天去莊子上做了什麼？」

季憐垂著頭，那臉色露出一抹諷刺的笑容，抬起頭她一臉的疑問。「我只是想看看甥媳婦罷了，我能做什麼？」

「妳去逼迫青兒，讓錦兒納雲兒了對不對？」季衫怒氣陡然上升。

「妹妹這是哪裡的話，姊姊不太明白，我只是去看了看甥媳婦，沒說兩句話，她就突然暈了，怕是身體不好，可不是姊姊的問題。」季憐毫不在意的狡辯，讓季衫氣得直發抖，卻又不知道怎麼說。

「妹妹還有事嗎？天色不早了，姊姊累得很，先回去休息了。」

季衫怒視著季憐，季憐毫不在意，轉身就走。

「以後，妳不准去莊子上。」

「好的。」季憐背對著季衫諷刺一笑。

穆辛雖然身在軍營，但是侯府的事情瞞不過他，聽著屬下的來報，穆辛的手指習慣性的在桌子上叩著。

「侯爺，這該怎麼辦？」說話的是一個年紀大約二十四、五歲的青年，仔細看便發現這是侯府宅子裡侍弄花草的何大田。

「這是內宅的事情，不必管，只好好注意著府裡的動靜，保護好夫人她們便好。」

「可是夫人……」

「唉，是我將她保護得太好，讓她看清楚一些也是好的。」

何大田還想再說，看著穆辛的神色，到底沒有說出來。「那屬下這便回去了。」

「去吧。」

等人走了，穆辛想起自己的老妻，嘆息了一聲。想了想，穆辛最後還是提起筆，修書一封，而對象，便是季憐的夫君。

季憐接到信的時候已經是十日後了，看著信上的內容，臉色鐵青。

江雲有些疑惑。「娘，誰的信，信上說了什麼？」

「是妳爹的信。」

「爹的！」江雲有些高興，她的記憶裡，她爹還是很疼她的。「爹說了什麼，快拿給我看看。」

季憐冷冰冰的將信遞了過去，臉上露出一絲嘲諷。

「爹爹說，讓我們立馬回去。」江雲喃喃自語，目光霎時沒了光彩，手裡的信也飄然落到地上。

「娘，我不想回去，娘。」江雲撲在季憐懷裡痛哭。

「妳想回去，為娘還不願意呢。放心，娘先回去，妳留在這裡，妳姨母為人娘還是瞭解的，她不會虧待妳的。」季憐說完，想了想，俯身湊到江雲耳邊低語了幾句，然後只見江雲滿臉通紅地點頭。

季憐收拾了下，再三囑咐過江雲後，留下江雲，獨自走了。走的那天，季衫依然出來相送，雖然臉色並不大好。

張青得到這消息的時候，季憐已經出了京城。

穆錦這天回來時很高興。「姨母走了，我們也回侯府吧。」

「要回去你自個兒回去吧，我覺得這裡挺好的。」張青聳了聳肩，態度不太熱忱。

「青兒，別鬧了，這莊子小住還可以，可是時間長了，這裡又比不上侯府，妳又有身子，挺著肚子，我真的不太放心。」穆錦苦口婆心。

張青只是翻身不理他，穆錦只能嘆了口氣，滿臉委屈的看著張青。

張青只要想著穆錦居然真的有心想納了江雲，就一口氣上不來。

她在莊子上一住便又是兩個月，那肚子像個氣球般，又大了幾圈。天氣越來越熱，張青也有些害暑，莊子離京城又遠，往年這裡沒人住，也沒備下冰，讓她很是鬱悶，無奈張青只能隨著穆錦回了京城。

穆錦真的是長舒了一口氣，在莊子上偶爾住住還可以，張青這一住幾個月，他的馬都跑瘦了。

回府的那一天，季衫早早的便在那盼著，等看到張青挺著肚子進門的時候，眉眼終於喜不自勝的彎了彎。「莊子雖好，但是哪比得上家裡啊，以後啊，想去可以去住住，別長住，母親這心裡怪想妳的。」

張青只是羞澀地點了點頭，眼尾卻掃到季衫身後的一個人。

那人一身綠色衣衫，亭亭玉立，就好像那翠竹一般，在這炎炎夏日，讓人看著便感覺清爽。帶著淺淺卻好似很高興的笑容，整個人看著柔柔弱弱，走路間身姿搖曳，正是身子大好的江雲。「表嫂，妳回來了。」

張青一怔，對上江雲的目光，也微微的笑了。「瑾王……哦不，表妹啊，看妳這身子應該是大好了吧，哎，怪可憐的。」張青一臉同情的模樣，拉著江雲，好一通地看。

「謝表嫂的掛念，雲兒沒事。」那模樣說不出的嬌羞，心裡卻一片憤恨。

「哎，沒事就好。」張青似十分滿意。

等穆辛回來，一家人齊聚後，便是季衫準備的接風宴，雖說是宴，但總共也就這麼幾個人，只是各個藏起心中的想法，面上均是喜笑顏開，這頓飯也算得上是和睦。

張青心裡還在遺憾地想，如果沒有那個外來生物，這頓飯吃得定然會更加舒暢。

吃過飯，穆錦便扶著張青回房。

張青一天也是累得緊了，躺下沒多久就睡著了，留下穆錦搖頭嘆了口氣，滿目寵溺的替張青除去了衣裳。

在家裡休養了三天，張青便回了胡同的張家。

李雲許久沒見她很是高興，兩個弟弟也早早的在家等著，看著張青的肚子俱是好奇，只是年紀大了，畢竟不像小的時候，可以肆無忌憚的黏著姊姊說話撒嬌。

李雲拉著張青的手，上下左右細細的看了一遍又一遍。「在莊子上可還好，這一去就是幾個月，懷著身子，讓人怪不放心的。」

張青笑著看了一眼她娘。「好了，娘，莊子裡很好，再說我這不是回來了嗎？」

兩母女眉眼處有幾分相像，李雲這些年過得也算養尊處優，與張闊的感情也十分恩愛，兩個人遠一看就像一對姐妹花似的。

張闊叫了穆錦去了書房，不知談些什麼。

吃過午飯，直到天快黑的時候，張青才在穆錦的催促下有些依依不捨的離開了張家。

日子不緊不慢的過著。

張青的肚子越來越大，從上往下看甚至已經看不到自己的腳，入眼處只能看到圓滾滾的肚子；但是她卻一刻也不敢鬆懈，畢竟侯府裡有那麼一條毒蛇，心心念念想著除自己而後快，她也不傻，儘管江雲多次來表示友好，但是張青從來不當一回事。

江雲要的是什麼，天知地知，整個侯府的人都知道，只是穆錦有穆錦的難處，張青並不打算讓江雲影響他們夫妻的感情。但是江雲送來的東西，不管是親手做的吃食，或者親手繡的荷包、帕子，張青通通命人分了或是鎖緊在了庫房。

一晃便到了張青快要臨盆的時候。

這個時代的醫療狀況讓人堪憂，為了保險起見，張青覺得懷孕前還是要多運動運動。

這天張青在院裡散步的時候，丫鬟領了李雲和李孟氏來，張青看到兩人很是驚喜，而且讓她更驚喜的是，表嫂也懷了孕，已經三月有餘。

只是沒想到她娘和舅母這次來，不止為她帶來這麼一個消息，還有一個消息，便是吳文敏中了探花。

穆錦今天當值時聽了，可謂滿身不爽。

說是侯府世子，但是他也知道自己是沒有什麼軍功的，往常他也不覺得什麼，可是現在對比一出來，穆錦就覺得不是滋味，那情敵已經是探花了。

以前他和張青剛認識時就覺得張青對這小子很維護，想想，他媳婦兒差一點就不是他媳婦兒，成了那小子的媳婦兒，穆錦就淡定不下來了。

回到家便期期艾艾的往張青跟前蹭。「那誰中了探花妳知道吧？」

「你說小文子啊。」

「小文子，叫得這麼親切。」穆錦心裡更酸了。

張青橫了穆錦一眼，但是也大致明白，穆錦這是吃醋了，看著穆錦滿臉的不開心，張青的心情卻好起來了。

心情好了，對穆錦的態度便好了。「你說什麼呢，我和小文子一起長大，雖然對他有好感，但也是以前，我以為會嫁給他。嫁給你後才發現，當年其實是把他當弟弟看。」

「真的？」穆錦喜不自勝，卻板著臉懷疑地看著張青。

「那還有假，再說現在我不都嫁給你了，這肚子裡還揣著一個呢。」

穆錦這才高興起來，將張青抱在懷裡，手撫著她的肚子，面上一陣傻笑。

「傻樣！」

「嘿嘿。」

兩人膩歪過後，張青便吩咐小翠，給探花府送上賀禮，本來她想，她和吳文敏畢竟有這麼多年的交情，於情於理都應該送上賀禮，但是考慮到穆錦，現在要送賀禮，最好是當著穆錦的面。

穆錦更加滿意了，覺得媳婦兒對那小白臉肯定沒啥感情了，但是還是在心裡暗暗發誓，要好好的努力上進。

吳文敏站在新的探花府中，臉上雖然帶著笑，但是眼裡的落寞卻怎麼也掩飾不住。他娘站在身後便是嘆息一口氣。「吃飯吧。」

吳文敏點點頭，面上依舊是那溫和的笑容。

「還在想那丫頭？」

吳文敏的身子不可察的僵了一下，而後搖搖頭，只是他的神色又豈能瞞過他娘。

「哎，你們是有緣無分啊，別想了啊，你現在也算功成名就，也該娶媳婦了。」說著吳婿子就落下了兩行淚。她怎麼都想不通，她家的傻兒子，怎麼那麼一根筋啊，張青那丫頭她也是喜歡的，可是看著她兒子這樣，她這當娘的心裡也不好過啊。

吳文敏放下碗筷，只能無奈嘆息。「一切都聽娘的。」

吃完飯，他便回了書房，書房裡也沒伺候的人，只有他一個。

看著桌上的東西，他滿目柔情，那上面赫然是張青送的賀禮。

吳文敏看到這些，心情愉快起來，她終究還是沒忘了他，她還記得他喜歡什麼，送的這些東西，恰都是他需要的、喜歡的。

張青估計這幾天就快要生了，她沒事便在花園裡走走。花園裡的氣候剛剛好，天氣不像前兩個月一樣熱得讓人透不過氣，偶爾會颳來一陣涼風，給人一些涼意。

張青在花園中漫步，累了便坐在石桌前。

「小翠，穩婆都找好了嗎？」

「放心吧，少夫人，夫人一早就準備好了。」

「可是我這心怎麼就有些不安生呢，總是覺得有什麼事情會發生，怪心慌的。」

小翠歪頭想了想。「是不是少夫人您太緊張了。」

張青也沈思了會兒。「估計是吧，是這樣吧，為了保險起見，還應該再請個大夫。」

「請大夫也沒用啊，大夫也不能進產房啊。」如若到時候真的出了事情，那大夫進了產房，少夫人的名節也就毀了。

「可是我這心慌慌的，出個什麼事情，有個大夫在場也是好的。」

突然小翠靈機一動。「對了少夫人，我好像聽說，城東有個大夫是女的，而且在婦科那方面十分精通，但是因為是女大夫，所以找她看病的人並不多。」

張青想了想。「去把她請來吧，妳親自去，順便看看，試探一下，估計我生產就是這兩天了，如果人可靠的話，今天就把人帶回來吧。」

「明白，少夫人。」

小翠走之前吩咐下人，給張青在石桌上放了些點心水果，這才匆匆出府。

張青在桌前好不愜意，嘴裡塞著點心，像隻小倉鼠一般。

穆錦回來看到張青並不在房間裡，徑直朝著花園走來，只是看到張青的時候不由得笑了。以前覺得自己這個媳婦雖是個女子，卻有著同男子一般的爽朗大方堅韌，後來時間長了，他又覺得張青是個溫柔賢慧又聰穎的女子，現在看起來，卻覺得自家媳婦兒怎麼瞅怎麼可愛。

「在吃什麼呢，吃得滿臉都是。」穆錦用手帕幫張青將臉上擦乾淨，笑嘻嘻的看著她，情不自禁的就上手去捏了一捏，覺得手感真好。

穆錦坐在旁邊，在張青吃完糕點的時候為她倒上蜜水，間或摸著張青的肚子。

「乖乖啊，爹馬上就能看到你了，你一定要好好的啊，別讓你娘吃苦，出來後，爹爹帶你玩遍整個京城好不好。」

張青笑著瞥了他一眼。

兩人有一搭沒一搭的閒話家常，丫鬟們在穆錦來的時候都已經悄悄的避了開來。

突然，張青肚子一陣抽痛，這痛明顯比往日要厲害得多，開始她還以為像平常一樣抽一會兒就沒事了，誰知道卻越來越痛，而且腹部有一種下墜濕潤感。

「怎麼了？」穆錦大驚失色，他和張青說著說著，張青便不說話了，然後他就看到她臉色一陣慘白。

「我怕是要生了。」張青感覺下腹間已經有什麼東西流了出來，一片濕熱。

穆錦的心劇烈地跳動著，說著便將張青橫抱起來。

「來人吶，少夫人要生了，快去請穩婆。」說著徑直將張青抱去了提前備好的產房內。府裡一陣手忙腳亂，誰也沒有注意，樹後面那一雙帶著濃濃恨意的眼睛，看著穆錦抱著張青離去的畫面，露出濃濃的嘲諷之意。

產房是一早準備好的，裡面的東西都是齊全的，最初開始還有些慌亂，只是慌亂過後，該幹什麼便去幹什麼，分工也是很明確的。

穩婆過來瞧了瞧便道：「估計還有個把時辰，少夫人不如先喝點參湯。」

張青已經痛得面色發白，聞言也只是點了點頭。她好歹知道一些常識，現在的痛還能忍受便要忍住，不能喊，否則待會兒會沒力氣生。

忍耐著腹痛，張青喝了參湯，便又重新躺回了床上。

穆錦被攔在門外，著急得四處踱步轉著圈圈，看著丫鬟們出去進來的，卻不曾聽到張青的聲音，不免有些焦急地問旁邊的丫鬟。「這怎麼沒動靜呢？」

「回世子爺，穩婆說了還得等一會兒呢，奴婢先給您搬個椅子吧。」

穆錦點點頭，剛坐下就看到江雲扶著季衫過來，便又站了起來。「母親、表妹。」

「大慈大悲的觀世音菩薩，求您保佑我們青兒還有肚子裡的孩兒母子均安。」季衫問過狀況，嘴裡小聲的念叨著，面上一片虔誠之色。

軍營裡的穆辛聽了這消息，手裡的筆也不小心地抖了一下，落在紙上暈出一團墨黑。

屋內的張青感覺越來越痛，她的汗已經慢慢的濕了整個額頭。

「少夫人可以喊了，只是記得別用光了力氣，然後隨著我說的做。吸氣、呼氣，吸氣、呼氣，對就這樣，很好，繼續。」

張青努力地隨著產婆的聲音做動作，只是疼得難免忍不住喊了出來。

那喊聲讓門外的穆錦越發著急，直鬧得要闖進產房，被季衫讓人攔住。

「誰家婦人沒經過這遭，母親當日生你不也如此？」雖然知道時機不對，但是季衫還是難免有些吃醋了。

「可是母親，青兒在叫啊，這叫得也太淒慘了，您就讓我進去看一看，就看一眼。」

季衫心裡也著急，也覺得這叫聲怪淒慘的，其實她也想進去看看，只是她要進去，她這傻兒子勢必就要跟著進去。「現在還有力氣叫，而且叫聲洪亮，應該是沒有問題的，要是不叫了，問題可就大了。」季衫嘆息一口氣。

穆錦默了，只是在張青下一聲淒慘的叫聲中，又焦躁起來。

「糟了，胎位不正。」在裡間的穩婆一句話，惹得眾人大驚。

「夫人，糟了，穩婆說胎位不正，保大還是保小？」

「自然是——」季衫剛要回答，就聽見穆錦在旁邊急道：「自然是保大，還不快去。」

江雲在季衫身後更是憤恨不已，這個時候不應該是保小嗎？難道她做的一切都要白費了嗎？不，她不甘心。

張青的意識痛得已經有些模糊了，卻仍呢喃著。「保小、保小。」

這時候，小翠回來了，剛好帶著那位女大夫，得知情況，便趕忙對季衫道：「夫人，這是少夫人讓我請的婦科聖手，讓她進去看看吧。」

「這是？不管了，妳先進去看看吧。」

這女大夫名叫甯寒，家裡世代都是行醫的，先輩還出過御醫，只可惜到了她這一輩只剩她這麼一個女孩，她便繼承了家學，醫術自是不差，甚至比她爹還要好，只是奈何身為女兒身，常常被人看不起。

可是來到侯府，甯寒卻一陣興奮，她身為醫者當然不希望有人出事，但是如果世子夫人真的會用到她，那麼她想，以後的命運說不定可以因為這一次而改變。

甯寒點頭示意後，匆匆走了進去。

張青滿頭大汗，臉色已經蒼白一片，產房內一陣濃烈的血腥味，熏得人難受。

甯寒剛想走近看個清楚，那穩婆便一把將她推開。「妳是誰？」

甯寒還沒說話，就聽那穩婆道：「來人，把這人給我弄出去，這種關鍵的時候，怎麼能隨便讓人進來。」

「我是夫人請進來的。」甯寒淡淡道。

那穩婆聽了怔了一下，好似呆住了。

張青這時候視線已經開始模糊了，只是咬牙堅持著。「保孩子、保孩子。」

甯寒一聽張青的聲音已經十分虛弱，當機立斷。「去找支百年老參切片讓少夫人含著。」

從聽到穩婆說難產的時候這些丫鬟就一陣慌張，此時有個主事的，丫鬟們又忙不迭地開始按照甯寒說的做。

甯寒也不理那穩婆，拉著一個小丫鬟就問道：「少夫人怎麼了？」

小丫鬟也不知道怎麼說，只是結結巴巴說道：「穩婆說、穩婆說難產，胎位不正。」

「胎位不正？」甯寒低語兩句，看到那穩婆站在那裡，臉色煞白，動也不動，便不耐煩的推開那穩婆走了過去。

甯寒細細的摸了摸張青的肚子，有些驚訝，這胎位並沒有不正啊，緊接著，她聞道一股味道。剛才血腥味太重，她並沒有聞出來，現在離得近了，聞到一股淡淡的紅花還有麝香的味道，甯寒當即變了臉色。「來人，快打熱水來。」

這個時候不能開窗，甯寒也知道，只是趕緊將抹在張青下身的藥粉趕緊擦洗掉。

「這是誰弄的？」

丫鬟們妳看看我，我看看妳，最終都看向那接生的穩婆。

「不是我弄的。」那穩婆哆嗦著。

甯寒也知道此時不是深究的時候，看了一眼那穩婆，將張青下體先擦拭一遍。

「參片來了。」

「快給少夫人含上。」

張青含了參片，慢慢的有些精神。

甯寒有些放心，只是張青的下身已經因為那些東西開始大出血，此時再不取出胎兒，母子都會有危險。

「救救我的孩子啊。」張青哀求的看著甯寒，體力正在飛速的流逝。

甯寒點點頭，大腦卻在飛快的思考。

再不想辦法，這少夫人一定會沒命的，她這次不是只要保大或者保小，她要兩者都保。

甯寒想了想，取出麻沸散給張青抹上，然後又給張青喝了一些。

張青不一會兒又暈乎起來。

甯寒拿出一個小刀，張青突然就知道這人要做什麼。

「少夫人，下面太窄，我得割開一些，您忍一忍，然後待會兒聽我的話用力。」

張青努力地點了點頭，她明白這個，就是現代所說的會陰切開術，只是沒想到這古代也有人懂這些。雖然此時不應該想這些，但是張青仍然有些慶幸，慶幸讓小翠找了這個女人來。

說痛也不是很痛，然後張青就聽見一個聲音在她耳邊大聲響起。「用力。」

張青此時也顧不得其他，用盡所有力氣，大喊一聲，雙手緊緊的抓著被子，就感覺有個東西從她的肚子滑了出去。

「恭喜，是個少爺。」甯寒朝著孩子的屁股拍了一下，嬰兒就開始大哭起來。

張青便在這聲音中徹底失去了意識。

「不好了，少夫人流了好多的血。」

甯寒一聽也顧不得其他，將孩子交給了身邊的丫鬟，拿出針便開始忙活。

外面的穆錦等人聽到孩子的哭聲後，俱都放下了心，但是緊接著便聽到張青大出血，穆錦臉色慘白，當即就要往裡衝，再次被季衫派人攔下。

「母親我要進去。」看著丫鬟們端出來一盆又一盆的血水，穆錦整個人都快要瘋了。

「你進去除了添亂還能幹什麼。」

「可是那是我媳婦兒啊。」

季衫沈默了，讓穆錦進去是萬萬不能，她也不說話，只是派人攔著。

不知過了多久，甯寒才抹著汗出來。「少夫人無事了，只是體力消耗太大，睡著了。」

除了江雲，聽到這個消息的每個人，俱是喜笑顏開，嘴裡輕聲唸著阿彌陀佛，人人都在為這個消息興奮，誰也沒有看到江雲的表情說不出的陰森。

就在大家俱都高興的時候，甯寒又道：「小人還發現一件事，不知該講不該講。」

季衫很是爽快。「講吧。」

甯寒躊躇了一下，在心裡默默的組織了一下語言，便緩緩道：「小人進去的時候發現少夫人並不是胎位不正，也沒有難產，只是被人抹了紅花和麝香粉末，導致大出血，血流得太多，便沒有力氣生孩子。當然如果真的要孩子的話，少夫人可以拚了命生下來，或者直接剖腹救子，只是這麼一來，少夫人肯定也就活不成了。」

季衫、穆錦不可置信，尤其是穆錦，反應過來是一陣後怕，只差一點點，他就見不到他的青兒了，究竟是誰這麼狠的心。

穆錦也不廢話，叫過人將裡面的丫鬟全部先抓了起來。

張青這一覺睡了好長時間，她醒來的時候是晚上，桌上只有一盞搖曳的燈火，她扭頭看去，穆錦正趴在她的手邊，睡得正香。

張青只是迷茫地眨了兩下眼睛，便又睡了過去。

再醒來的時候，穆錦已經不在，換成小翠坐在桌子前。

張青猛然的摸了摸自己的肚子，發現肚子扁了便緊張起來。「小翠。」

「小姐，您醒了。」

「孩子呢、孩子呢？」張青連忙問道。

「孩子在隔壁呢，奴婢這就讓人抱過來。」小翠急忙出去。

張青這才放下一顆心，她活著，她的孩子活著，真好。

片刻孩子便給抱了過來，張青有些疑惑。「不是都說小孩子出生都紅紅的、醜醜的，皺巴巴的嗎，這孩子怎麼不是這樣？」

小翠忍不住笑了起來。「我的好小姐，您這都睡了三天，小少爺當然有變化了。」

「三天了?!」張青有些不可置信。

「可不是，我可憐的小姐，多虧小姐讓我請了甯姑娘過來。」

「怎麼回事？」張青的腦子裡突然回想起當時的那個畫面，一個看起來有些英氣的女子，舉著刀讓自己忍一忍。

小翠便老老實實的將事情對張青說了一遍。

當時季衫為了保險起見，給張青請的是兩個穩婆，誰知有一個恰巧那天拉肚子拉得很厲害，最後便只剩姓崔的穩婆，誰知那姓崔的卻做出那事。

「知道幕後的人了嗎？」

小翠搖搖頭。「雖然她承認是她下了藥，卻沒有說出幕後的人；不過她也說不出來了，就在交代後沒多久，就被人發現吊死在柴房中了，也不知道哪個黑心腸的在背後暗害少夫人。」

張青看著睡在她旁邊，緊閉著眼睛的嬰兒，嘲諷一笑。

侯府的人口簡單，並沒有什麼爾虞我詐，而且她平常根本沒有得罪過什麼人，為什麼有人想去母留子呢，這人並不是不好猜。

「說了這麼多，奴婢都忘了吩咐下人給您弄些吃的。」

張青剛起來，不能大魚大肉，只是喝了些紅棗小米粥。

現在的她滿心滿眼都是那個小小的、閉著眼睛的孩子，張青第一次知道了為人母是什麼樣的感覺。

季衫聽聞張青醒了，便也匆匆來看，婆媳聊了好一陣子，眼看張青精神不濟，季衫才起身離開。

夜裡穆辛回來，聽聞張青醒了過來，便對季衫道：「江雲的身子好得差不多了，這幾天讓人將她送回去吧。」

季衫正在給孩子做衣裳，聞言一愣。「侯爺，可是雲兒哪裡做得不好？」

穆辛嘆了口氣，卻不知道要怎麼說，他知道他即便說了，只要江雲不承認，季衫也只會半信半疑，而且現在證人死了，他手上也沒有證據。那畢竟是妻子的甥女，他願意再放其一條生路，卻不能再讓她在侯府裡肆無忌憚的蹦躂了。

「留著她做什麼，她鬧得還不夠嗎？」

「鬧？」季衫先是有些怔住了，而後不可置信。「侯爺，你是說，不、不會的，雲兒不是那種人。」

「是不是，我也不想說，但她非走不可。」

季衫有些失魂落魄，她不想相信江雲是那樣的人，但是她又很清楚明白穆辛是不會對她撒謊的，她已經不知道要用什麼樣的表情來表達自己此時的心情了，感覺只是滿滿的諷刺；再想到張青經歷的那些，很大一部分都是因為自己，季衫心裡就有一股濃濃的愧疚感。

江雲覺得自己這次手腳還算乾淨，但是卻還是有些惴惴，只怕還留下什麼蹤跡。

在張青昏迷的這幾天，她其實一直有些提心弔膽，但是看著張青醒過來，那穩婆也死無對證的時候，她才放下心，只是心裡還有些暗恨，那賤人也不知道命怎麼就這麼好，都這樣了居然還能被救回來。

只差一點，真的就只差一點，表哥、侯府，還有那個孩子，都會是她的，真的就只差一點。江雲的眼眶迸發出一種強烈的慾望，讓她的面容有些可怖，就是這個時候，門外傳來腳步聲。

「雲兒睡了嗎？」

江雲深吸一口氣，按捺下自己的心情。「沒呢，姨母。」

說著開了門迎季衫進來，因為本來已經要睡了，江雲已經卸下滿頭的珠翠，也卸去了臉上的脂粉，在燈下給人一種出水芙蓉的感覺。

「姨母，怎麼這麼晚了還過來看雲兒。」江雲為季衫斟了一杯水，然後笑問道。

季衫拿起水杯，輕輕地抿了一口，半晌後才道：「雲兒妳收拾收拾，明天就走吧。」

江雲以為自己聽錯了，只是愣愣的看著季衫，好一會兒才知道季衫說的是真的。

江雲紅著眼眶，撲通一聲跪了下來。「姨母，為什麼，可是雲兒做錯了什麼？」

「妳做的那些事情，我都知道了。這次的事情是侯爺不追究，錦兒不知道，也就饒過妳這麼一次，所以，妳還是走吧。」

江雲臉色一白，心撲通撲通的跳著，卻強作鎮定，心裡暗暗給自己打氣，不能承認、不能承認。「姨母，您在說什麼，雲兒不懂啊。雲兒做錯什麼，您要趕雲兒走？」江雲的眼淚順著臉頰成串的流了下來，她挪著膝蓋又朝前跪了兩步，直到季衫的腳下。

心裡卻在暗恨，當日她是瑾王妃的時候，又何曾這樣過。

一邊甥女，一邊丈夫，信哪個季衫還是能分得清的，看著江雲的樣子，雖然有一瞬間的心軟，但是思及她的所作所為，季衫還是狠下心。「不必多說了，我言盡於此，妳好自為之吧。」

季衫不再看江雲一眼，出了房門，留下好像突然沒有生氣的江雲。

江雲最終被送走了。

那一天即便是季衫也沒有出去送，一輛灰色的馬車，在侯府外靜靜的等候著。離去前，江雲看了看侯府那高高的匾額，看了看西邊瑾王府的那個方向。

來的時候滿懷著少女情懷，想嫁給表哥，一生一世一雙人，恩恩愛愛，或許會生上幾個孩子，當時坐在馬車裡的自己是多麼的嬌羞啊。

現在則是多麼的諷刺，是什麼時候，她的道路就變了，怎麼就去了瑾王府；怎麼就絕了育；怎麼就犯了滔天大罪；怎麼就回了侯府？又怎麼被趕了出來？

江雲滿心的戚然，突然覺得自己的人生就是場笑話，那年她青春年少，貌美如花，心思單純，但也只是那年。

如今的她，沒了生孩子的資格，面貌也似明日黃花，真的是個悲劇。

江雲雙眼通紅的笑了，笑著笑著，聲音越來越大，似笑似哭，那聲音充滿著悲戚。她一步步朝著那灰色的馬車走去，不再看向侯府一眼。

張青知道江雲走的時候，正在喝著粥，逗著懷裡的孩子，聞言只是淡淡道：「走了便走了吧。」這世間苦的也只是女人而已，江雲錯在不該害人，可是她走到今天這一步，又能怪得了誰。

孩子的名字當然得穆辛來取，只是穆辛翻遍典故，寫下一個又一個，卻總覺得每一個都不太恰當。

但是孩子總得有個喊法，看著這孩子，胳膊一節一節和雪白的蓮藕似的，索性和穆錦一商量，這孩子就有了個小名，胖蓮藕。

胖蓮藕長得很快，幾乎是三天一個樣，雖然不會說話，但是感覺性子很好的樣子，誰來逗都不會哭，還總是張著嘴咿啞咿啞的叫著，有時候甚至咧開嘴笑著，看起來十分高興的模樣。

雖然胖蓮藕吃的第一口奶不是張青的，而眾人也強烈反對她親自餵養胖蓮藕，但張青受現代的影響，還是覺得自己奶孩子比較好，在無數次反抗後，終於奪得胖蓮藕的餵養權。

穆錦、張青一向不喜歡太多人服侍，所以穆錦一回來，小翠便和小丫鬟還有奶娘全部出去了。穆錦進房的時候，胖蓮藕閉著眼睛，頭拱到自家娘親懷裡使勁地吸。

張青抬頭看了看穆錦，笑著問道：「回來了，今天怎麼樣，忙不忙？」

只是問了半天都沒有聽到回答，張青疑惑地看向穆錦，只見穆錦直愣愣的看著她，順著他的眼光，張青把目光也投向了自己的胸前，臉色一片羞紅。「你在看什麼呢。」

穆錦回過神，不自然的握拳咳了一聲，別開眼神，但是麥黃色的臉上依舊出現一片可疑的紅暈，喉結上下翻滾，狠狠的嚥了一口。

「奶娘奶不夠嗎？妳怎麼自己餵。」

「奶娘是奶娘，我是我，這是我兒子，我當然要餵啊，而且，不餵的話，胸脹得好疼。」張青似在解釋又好似在辯解。

穆錦低著頭，頗有些嫉妒地看了一眼他兒子，然後小聲道：「不是還有我可以幫妳嗎？」

張青沒有聽清楚，有些疑惑地看了一眼穆錦。「什麼？」

「哎，沒有。咱家胖蓮藕還沒有吃完嗎？」

「快了。」

胖蓮藕吸著吸著就睡了過去，穆錦趕忙喚人將胖蓮藕抱了出去，然後雙眼灼灼的看著張青。

那眼神在張青看來，好像狼一樣，灼灼得發了綠光，張青有些愣，呆呆地問道：「你幹麼，怎麼了？」

「媳婦兒，兒子餵飽了，該我了吧。」

「你胡說什麼，羞不羞呀，而且甯大夫說了，三個月不要行那個。」張青先是紅了臉。

「沒事，不行那個可以，為夫真的餓了，想嚐一嚐。」說罷如狼似虎地朝著張青撲了過去，直接解開衣襟，將頭拱了進去。

第二十五章

江雲走了，張青的日子過得更加滋潤，雖然分娩時受了點罪，但是好在如今吃得好、睡得好，孩子有專人照顧，她也不用費多大的心，加上甯寒被她請來住在府中，還能指點廚房做些養生的膳食。

張青本來想坐滿兩個月的月子，後來實在受不了自己身上的那股臭味，發現自己身子好像沒什麼問題，詢問過甯寒後，確定自己只要注意，不太過勞累，身體上基本是沒什麼問題，張青便毅然而然的結束了自己的月子生活。

出月子第一天，便美美的洗了個澡，期間換了三大桶水，才覺得自己身上那股臭味算是徹底沒了。

第二天李二虎便來了侯府。

張青坐月子的時候不方便見外男，李二虎聽說張青出了月子，便拿了帳本過來。

現在的李二虎早已不是當年那個流著鼻涕，怯生生跟在張青身後的人了。李二虎的經商天賦是毋庸置疑的，張青原本只是想開個店，雖有開連鎖店的企圖，但畢竟工程浩大，想不到不到一年，李二虎足足開了五家的分店，現在張青的身家可以用日進斗金來形容。

只是張青也知道，珍寶閣正在發展的時候，她就懷孕了，能做的事情實在太少，大部分都是李二虎在忙，索性將店鋪全部交給李二虎管理，她也不過問，每月只看個帳本，然後坐等分紅。

李二虎面容清秀，穿著青色錦衣，同色錦鞋，腰間只是簡單地掛了一枚玉珮，不知道的人，以為是哪家的公子。他今天匆匆來訪，一是送上這月的帳本，二是有個消息要告訴張青。

張青翻著帳本，暗暗為上面的數字心驚，她沒想到，當初自己一個不經意的決定，居然會給自己帶來這些財富。

「你越來越厲害了，很快的說不定就能將這珍寶閣開得遍地都是。」

「這是您給了我思路。」李二虎輕抿一口茶。

「我有思路沒你也不行啊。」張青笑道。

「說到底還是商隊確實找到了些好東西。」

張青點點頭，也不多說。如今商隊更加壯盛，也走得挺遠，有去了海外，有去了塞外。

「其實今天來，還有事要告訴您一聲。我可能很快要娶妻了。」李二虎臉色有些羞紅。

張青一愣，而後便笑起來。「娶妻是好事啊，本來我還有些擔心你隻身在京城，現在可放心了，是哪家的姑娘？」

「就是咱們以前老帳房的閨女。」

張青瞇著眼想了想。「哦，我知道了，那閨女我還見過，是個爽快的好姑娘，長得也好，就是忘了叫什麼，你小子挺有豔福的。」說得李二虎都有些不好意思。

「叫陳燕兒。」李二虎想著，陳燕兒確實是個好姑娘，以前的自己恐怕是萬萬配不上的。曾經的他，確實愛慕著張青，陳燕兒對他好他也記在心裡，只是不知道什麼時候，張青的影子越來越淡，而陳燕兒的樣子卻清晰起來。

「準備什麼時候娶人家姑娘，我好去給你湊湊喜。」

「就在一個多月後，而且我準備回村子裡請喜酒。」

「回村子，那麼遠。」

「遠些也沒辦法，落葉歸根，而且我娘盼著我回去，想讓我在村裡娶媳婦。」

張青想想，也覺得李二虎說得有道理。「那我可真的是去不了了，到時候也只能送你一份大禮。珍寶閣的東西，隨便你挑，多挑些給你媳婦做聘禮，帳記我這裡便好。」

李二虎心裡有些暖暖的。「那就先謝過少夫人。」

兩人又閒聊了一會兒，張青讓人將胖蓮藕抱過來，李二虎送了個金子打的長命鎖，胖蓮藕十分給面子的笑著，口水流了許多，李二虎也不嫌棄，逗了半晌才走。

很快的便到了胖蓮藕百日宴的時候。

長門侯府現在也算是炙手可熱，來的無不是達官貴人。

侯府前一天把該準備的都已經準備好了，張青這一早起來，說明白點，她今天的任務就是抱著胖蓮藕，在各家夫人面前晃蕩一圈。

胖蓮藕從這個夫人懷裡傳到那個夫人懷裡，十分給面子，誰抱都是樂呵呵的，不哭不鬧，往常中午還需要小睡一會兒，可是今日直到晌午，胖蓮藕都沒有看出要睡覺的意思。

讓奶娘餵了些奶以後，穆辛就找人將胖蓮藕抱走了，回來的時候，胖蓮藕卻已經睡著。

張青讓奶娘抱著胖蓮藕去休息，心裡卻感到好笑，這小子，在眾夫人懷裡神采奕奕的，怎麼才到男賓客那不到半個時辰，就睡得死死的。

穆辛也宣佈了胖蓮藕的新名字，穆槐，希望他能像槐樹那樣，正直善良，堅韌不拔。

張青對這個名字還滿意，其實當時有好幾個名字，只是她和穆錦一眼便挑到了這個。

這一整天張青頂著那兩斤頭飾，身上穿著厚重的錦衣，一天下來，笑得臉都僵了，人也睏得厲害。洗漱過後，看了一眼胖蓮藕睡得正香，便也準備睡覺。

穆錦鬧到後半夜才回來，回來立馬不管不顧的朝著床上躺了過去。

張青正在睡夢間，就感覺身上一沈，被壓得喘不過氣，隨即還有一股濃烈的酒味。「起來，好重。」

穆錦一個翻身，張青仔細一看，不由啼笑皆非。穆錦估計已經喝得暈乎了，全身上下都是濃烈的酒味，臉色通紅，眼睛雖然還張著，卻是一片迷濛之色。

「怎麼喝這麼多。」

穆錦迷濛著眼，也不知道聽沒聽到，嘴裡只是嘟囔著，手裡緊緊握著張青的手，頭還一直往張青剛剛睡的地方蹭。張青仔細一聽，便聽到穆錦嘴裡嘟囔的是「高興、高興」。

他一句句念叨著，張青笑笑，心裡也開心起來，吩咐丫鬟燒了熱水，又倒了些茶給穆錦喝下，然後又給他擦拭了一下。

好在穆錦醉酒也只是比往常稍微黏了些，沒有又吐又鬧，一個夜裡只是哼哼。

第二天穆錦醒來時，只覺得頭痛欲裂，睜著睡眼惺忪的眼，扭頭一看，床邊早已空空如也。穆錦揉了揉悶悶的頭，感覺有些懵懵的。「嘶，真疼，昨晚什麼時候回來的？」本來只是想稍稍喝點，誰知因為太高興，喝著喝著便喝多了。

「怎麼頭疼了吧，活該誰讓你喝那麼多酒。」張青笑盈盈的端著醒酒湯走進來，滿臉的促狹。「快起來把這醒酒湯喝了，頭就不會疼了。」

「哦。」穆錦懵懵的端起張青手裡的湯，一飲而盡。

張青卻覺得穆錦這樣子有些萌萌的感覺。

由於胖蓮藕過百天，穆錦告了三天的假，吃過飯，坐在書房裡，卻總有些抓耳撓腮，怎麼都不得勁的意思。

想著張青進門也有些時候了，兩個人其實每天都有些忙，沒多久又有了身孕，單獨在一起的時間並不多，他便出了書房門，直奔張青房間而去。

張青正在逗胖蓮藕，胖蓮藕笑嘻嘻的吐著泡泡，張青只覺得滿心柔軟，穆錦進門來看到的就是這副幸福模樣。

張青回頭看到穆錦還有些詫異。「不是去書房了嗎？」

「哦，有點事，我想，我們是不是出去走走。」

穆錦這話一說，便看到張青雙眼一亮，突然感覺這成婚後，張青跟他過得是不是有些委屈了，他都沒有領媳婦出去逛過。

「怎麼突然想起要出去了。」張青不免有些疑問。

「沒什麼，就想出去走走。」

「那好，等我收拾一下。」

穆錦看著張青吩咐丫鬟收拾，梳妝打扮，他則坐在床邊，逗著吐著泡泡的胖蓮藕。

張青思及穆錦說的話，便吩咐丫鬟給自己梳化了個淡妝，穿了件桃紅色的錦緞夾衣。

穆錦看著張青，有片刻呆愣，說實話，張青總是一副素淡的模樣，這樣總是讓穆錦眼前一亮。只是等張青過來，讓奶娘抱起胖蓮藕的時候，穆錦有一瞬間黑了臉。

「胖蓮藕就不用去了。」穆錦一臉嫌棄的模樣。

張青片刻無語，剛剛不還一臉慈愛嗎？這馬上變得十分嫌棄是怎麼回事。「怎麼了？」

「母親這會兒挺想胖蓮藕的，把胖蓮藕抱過去讓母親看一天好了，而且咱們今天去街上，帶著他不方便。」

張青想了想，街上人多也亂，便答應了，只是臨走時看著胖蓮藕總是有些捨不得，雖然才離開一會兒，總是不放心。

穆錦總感覺自從有了胖蓮藕，他在媳婦兒眼裡的地位是越來越沒有了。

此時正是街上最熱鬧的時候，穆錦並沒有讓馬伕跟著，他親自趕著車，車裡坐著他媳婦。張青撩起車簾，往外瞅著，看著穆錦一身錦衣華服，在前面那一臉悠閒地為自己趕車，心裡美滋滋的。

穆錦趕車直接來到一間店鋪前，扶著張青下了車。

張青抬頭一看，是一家首飾店。「怎麼來這裡了？」

「進去看看吧。」

張青點點頭。其實她的首飾不少，陪嫁的、府裡的、宮裡賞賜下來的，已經不少了，但是女人的衣櫃裡總是少了一件衣裳，首飾盒裡總是少了那麼一件可以搭配衣服的首飾。

而且說實話，戴不戴是一回事，買不買又是另外一回事了。

穆錦拉著張青進了首飾鋪子，裡面已經有幾個婦人正在挑選著。

穆錦也算是京城眾人比較熟悉的人，畢竟這兩年，一直擔任的是京城的護衛工作。掌櫃的見了連忙走過來。「今兒是哪門子風吹來了，穆世子怎麼來到咱這家首飾鋪子。」然後又看向穆錦身後的張青。「這是世子夫人吧，歡迎歡迎，夫人來得正好，今兒個新到了一批首飾，兩位請到樓上來。」

今兒個張青終於體會了一把土豪的感覺，只要她的眼睛稍稍的在哪個首飾上多逗留一會兒，穆錦就十分豪氣的衝著掌櫃說一句。「包起來。」

往常這偶像劇裡的情節，張青定是會吐槽，看著穆錦這樣，張青卻雙眼冒愛心。見穆錦還要再買，回過神的張青趕緊制止了，扭頭一看，櫃檯上已經堆起很高的盒子。

「夠了夠了，就這些吧。」張青連忙道。

「既然喜歡就買下來，往常也不見妳買這些東西。」穆錦輕聲細語道，長這麼大，他第一次體會到為心上人一擲千金的感覺是多麼的美好了。

「這些夠了，家裡還多著呢。」

「那我們去綢緞鋪子裡看看。」穆錦提議道。張青也點點頭，出來一次多轉轉也好。

未到綢緞鋪子前，就看到鋪子旁邊圍了一群人，張青有些好奇，穆錦便扶著她下了馬車。看到這兩人的穿戴皆是不凡，圍在一起的人倒是怕碰到他倆，反倒讓出來些位置。

張青兩人走上前一看，張青不由有些樂了，原來是個賣身葬父的情節，賣身葬父的這個姑娘確實也長得十分的美貌，有一股楚楚可憐的味道。張青不知怎麼就想起了看過的電視連續劇，心裡暗暗吐槽，難道馬上會出來一個惡霸？

正想著，就聽身後傳來一道略顯囂張的聲音。「讓開，都給本少爺我讓開。」

張青嘴角不由得開始抽搐，這是個什麼情況，難道後續發展都是如電視上演的那樣，也太狗血了。

來人也是錦衣華服，一臉驕橫的模樣，穆錦小心翼翼的將張青護在懷裡，怕她被人擠到。只見那華服公子走上前去，扔了一錠銀子給那女子，便道：「這是五十兩銀子，給妳葬父足夠了，和本公子回府吧。」

張青悄悄的湊到那穆錦耳旁。「夫君，我說這女子定不會答應，你信不信？」

穆錦有些疑惑地看著張青，張青只促狹一笑，指指那兩人，示意穆錦繼續看。

女子果然不出張青所料，抬起頭，那張白淨的小臉上，明亮的眸子掛著淚珠。「妾身只是賣身做丫鬟，不做、不做府裡的……」那一臉倔強的模樣，讓周圍的人都有一些感動。

只是穆錦有些不可置信的看著張青。

張青朝他投了一個，你看，果然如此的眼神吧，然後又湊到穆錦耳邊。「接下來是那公子強取豪奪了，夫君，你看著吧。」說罷朝著穆錦擠了擠眼睛。

這個不畏強權、不要榮華富貴的少女，得到了絕大數人的贊同，只有那華服公子黑了臉。「本公子看上妳，是妳的福分，別唧唧呱呱的，還不趕緊隨本公子走。」那公子說著示意旁邊的家丁上前拉人。

穆錦此時已經不知道怎麼形容他的心情了，只是滿心陷在「他媳婦好聰明、他媳婦會未卜先知、他媳婦怎麼這麼聰明」的無限迴圈當中。

眾人看那公子竟二話不說就要上來搶人，便都在旁邊議論紛紛。

穆錦也不太當回事，這世道弱者太多，他幫不了那麼多，要想不被人欺負，就應該強起來，看慣了他媳婦，總覺得旁的女子太矯情了。

「接下來是什麼？」穆錦湊到張青耳邊，那溫熱的、帶著男性的氣息噴在張青的耳邊，張青一瞬間就紅了臉，吶吶的小聲地說著。「應該就要英雄救美了吧。」

張青的樣子，極大的愉悅了穆錦，穆錦的心裡活動又從「我媳婦好聰明、我媳婦會未卜先知」，變成了「我媳婦好可愛怎麼辦？好想啃一口」。

旁邊圍的人雖然多，但是敢和權貴打擂臺或英雄救美的卻沒有幾個。

那姑娘環顧著四周，也希望出來個俠義貴公子救她，突然，她眼睛一亮。

張青有種不好的預感。

那姑娘果然一眼就看中了人群中的穆錦，居然大力掙脫開那群人，朝著穆錦撲了過來。

穆錦此時滿心還是他媳婦，突然就看見那女人怎麼朝他衝過來，他被嚇了一跳，第一反應便是跳開。

那姑娘一個不慎撲倒在地，臉色一瞬間有些難看，只是她很快調整好面部表情，起身跪在穆錦膝下。「求公子發發善心，救救小女子吧，小女子定然做牛做馬報答公子。」

穆錦、張青俱是一愣。

張青了然，得了，這是她家相公被逼迫做英雄的情節啊。

穆錦看了一眼張青，只看張青面無表情，也不知道她此時心裡想什麼。雖然覺得這女子可憐，往常可能一個善心就買下，或扔上一錠銀子，可是現在，他卻做不出來。

「哼，我還以為妳這小娘子高風亮節呢，原來是看上了旁人，果然是個婊子。」那華服公子差點氣歪了臉。

那姑娘也不說話，只是跪在地上，滿臉倔強，雙眸卻飽含哀求的看著穆錦。

周圍的人便開始竊竊私語起來，更有人認出了穆錦。

「那不是長門侯世子嗎？」

張青卻一直悄悄的盯著那姑娘，果然那姑娘聽到穆錦的身分，雙眸更加亮了些，甚至有些欣喜。

這種才子佳人的把戲，總被世人傳唱，卻沒有人想過，才子的媳婦該有多麼的憋屈。

「公子，救救奴婢吧，求求你，發發善心吧。」

那女子猛的磕起了頭，一下下的，看得張青感覺自己的腦門都疼了。

張青實在忍不了，從袖中掏出一張銀票，朝那女子面前一放。「這也是五十兩，既然不收那公子的，便收了我的吧。」

那女子愣了一下，沒想到竟然是個婦人給了錢，一時接也不是、不接也不是。

張青不等她反應便道：「不願收那公子的錢，是怕被搶回去做了小妾，而我家確實不需要小妾，也不用妳來做丫鬟，只是看妳怪可憐的，拿了這錢就快點走吧。」

周圍的人愣了，看著地上那五十兩的銀票，再看看那跪在地上的女子，紛紛感嘆那女子的命好，張青是個善人。

「妳是哪裡的，好大的膽子，竟然敢跟本公子搶人。」

穆錦剛剛不說話，是覺得張青可能不太希望他說話，但是此時那胖子說的是他媳婦，而且口氣不太好，穆錦便有些不高興了。「哪裡的，長門侯府的，膽子夠大嗎？」

穆錦這涼涼的話一出，那胖子大吃一驚，緊接著便有些訕訕的。「小的有眼不識泰山，對不住了，既然這樣，我們就先走了。」

等那華服公子走了，那女子鬆了一口氣卻沒有起來，只是看著穆錦。「公子的救命之恩，小女子沒齒難忘，這輩子定然為公子做牛做馬。」

那滿臉的堅定，看得張青一陣抽搐。「姑娘，妳認錯人了吧，剛剛給妳錢的人是我。」

張青這話一出來，在場的眾人噗哧笑開了聲。

那姑娘有一瞬間的尷尬，只是馬上便抬起頭，睜著霧濛濛的雙眼，可憐兮兮地道：「我以為你們是一起的，是公子讓妳……」

張青打斷了她的話。「是一起的不錯，但是出錢救妳的人是我。還有，姑娘，我們府裡真的不需要妳做牛做馬。妳也聽到了，長門侯府不是想進就能進的，妳拿了錢，埋了妳父親就好好過日子吧，也別說什麼要給我家做牛做馬的事情了，我們府裡不缺下人。」

那女子被張青說得脹紅了臉，剛想再說便被張青打斷。「姑娘，好心提醒妳一句，現在天還熱著，妳爹再不埋，估計要臭了。」說罷便拉著穆錦轉身就走，留下喧鬧的眾人。

穆錦再遲鈍也能感覺出那姑娘可能不是個好的了，心中暗暗有些鄙夷，只是看著媳婦拉著自己的手還是十分的高興。

「再去綢緞鋪子逛逛。」

張青也不想因為這麼一件瑣事破壞兩個人難得的放鬆時間，便也將這事拋在腦後。

兩人繞了一段路，到了街上另一家比較有名的綢緞店，張青選了幾疋顏色比較亮麗的，兩人才心滿意足的出了綢緞鋪子。

穆錦又帶著張青去了他常去的酒樓。

張青很少來酒樓，早期是捨不得花錢，後來是嫁人了，不能常常出門。對於酒樓她還是感覺有些新鮮，和在府中是截然不同的兩種滋味。

吃過飯，穆錦又邀張青去遊了河。

說實話，張青覺得這和現代約會也沒有什麼不同，可是明明是身邊這人孩子的娘了，現在卻和一個初戀的小女孩一樣，滿心的喜悅傾慕。

兩人直到夜幕降臨，吃了小吃，賞了夜景才姍姍回府。

張青第一時間當然是去看小胖墩胖蓮藕，小胖墩整整一天沒看見他娘，張青還有些擔心小胖墩不習慣，只是她的擔心好像有些多餘，胖蓮藕此時睡得正香。

張青小心翼翼的抱起胖蓮藕，胖蓮藕迷濛的睜開了眼，朝著張青甜甜一笑，又沈沈睡去，張青一瞬間心就軟到骨子裡。

拜別了季衫，夫妻兩人抱著胖蓮藕，一家三口甜蜜溫馨的回到了自己的小院。

日子就這麼波瀾不驚的過著。

只是有件事讓張青十分心煩，就是那天那個賣身葬父的女子，這幾天日日穿著白衣，淚眼矇矓，可憐兮兮的看著長門侯府大門。

都說「女要俏，一身孝」，這女子一身白衣，還真有些翩翩然的意味，看樣子也是美人，又是每天必來，京城早就是一片風言風語，人云亦云間，就傳出來說是穆侯爺或者世子惹的風流債，眾人都是一種看好戲的心態。

「少夫人，那女人今天又來了，口口聲聲說要見您和姑爺呢。」小翠有些忿忿不平。

「這第幾天了？」張青問道。

「大概有十來天了。」

「世子沒碰見過嗎？」

「姑爺每次都是騎著馬就走，根本不給她說話的機會，您說這女的臉皮怎麼這麼厚呢。」

張青笑了笑。「這女的第一次見，就知道是個不安分的，走，我們出去看看。」

如煙在此等了已經有十幾天了，她就不相信她見不到她想要見的人。

從小她就是村子裡最漂亮的，即便是家中貧窮，爹娘也捨不得她幹一丁點的活，村子裡都說自己長得跟個觀音座下的瓷娃娃一樣，會有大造化的。

十四歲的時候，她娘得了重病，沒多久就撒手人寰，留下她和她爹，她家的日子過得更加艱難，她爹隻身帶著她，沒過兩年便積勞成疾，也隨娘親去了。

她不願意隨便找個人嫁了，更不願意嫁給那些腦滿腸肥的做個小妾，但又沒有錢，走投無路，便想起說書的橋段，冒險一試。

果真道路是曲折的，結果是美好的。

她相信，那就是她等待許久的良人，村裡的那些鄉紳富戶，哪裡比得上侯府世子呢？

在她胡思亂想的時候，就見侯府大門緩緩打開，她再次希冀的看向那裡。

其實這十幾天，她沒少看見穆錦，只是每次穆錦都像沒看見她一樣，根本不曾留意過，她又不知道到哪裡還能見到他，便只能日日在這裡等。

至於張青，她也想見。

她已經打聽過了，這個世子夫人家裡也是貧農出身，聽說是父親救了侯爺才能嫁給這世子，如煙很是羨慕，那忐忑的心情聽到張青的出身也稍稍的安定了一些。那天她也看清楚了，她的相貌未必比不過世子夫人，她一定能獲得世子的寵愛。

張青笑了笑，朝著如煙走過去，那一舉一動滿身的貴氣，看得如煙一陣羨慕。

女要俏，一身孝雖然不假，只是在張青華服的對比下，什麼俏不俏的便被比成了渣渣。

張青緩慢的走到如煙跟前，如煙看到張青，滿臉驚喜的上前。「如煙見過恩人。」

「嗯，是叫如煙吶？」張青上下打量著如煙。

如煙突然就感覺有些忐忑。「恩人？」

「別這樣叫了，聽說妳在這有些日子了，有什麼事嗎？」

「如煙埋了父親，頓覺無依無靠，恩人是個好心人，就請收留如煙吧，恩人已經買下如煙了不是嗎？」

「做丫鬟比做個良民好嗎？拿著那些錢做些營生不是很好嗎？」張青小聲道，像是說給如煙聽，又好像只是自言自語道。

「恩人說什麼？」

「沒什麼。」張青淡笑著搖搖頭。「別叫我恩人了，叫我少夫人便好；還有，我說過侯府不是什麼人想進就能進的，姑娘執意這樣，就讓人懷疑妳的用心了。」

張青這一番話下來，如煙白了臉。「如煙只是、只是想報答少夫人，少夫人怎麼會這麼想。」說著便是一副小兔子十分驚慌的模樣。

張青卻沒了和她周旋的耐心。「我言盡於此，妳自己看著辦吧。」說罷轉身就走。

如煙一看，慌了神，撲通一聲跪倒在地。「少夫人、少夫人不答應，我就跪到少夫人答應為止。」

張青有些無奈，這是被威脅嗎？好煩。張青沒轉身，冷冷道：「喜歡跪就跪著吧。」說罷繼續往前走，只是還沒走兩步，就聽到身後有人一聲驚呼，小翠立刻報告。「小姐，那女人暈倒了。」

張青的臉色露出一抹冷笑，連跪都這麼沒誠意。她低聲對小翠道：「去，找兩個人送這姑娘去醫館，記得，要不經意的透露出一個訊息。」

「什麼訊息？」小翠睜著眼睛，一臉躍躍欲試的模樣。

張青有些好笑道：「就說事實罷了，這姑娘賣身葬父，我救了她，給了五十兩銀子，不需要她報恩，這姑娘卻非要進侯府，說說，她是真的想報恩呢還是想怎麼著，有這麼逼著恩人收她為奴婢的嗎？」

小翠點頭明白，一臉的壞笑。這女的一看就不是安分的，那惺惺作態給誰看呢。說罷叫了兩個家丁，將伏在地上的如煙扛起，走過喧鬧的大街。

如煙本就不是真的暈，只是想著，她暈倒在長門侯府門口，張青定然會讓人將她扶進府裡，讓大夫來看；只是沒想到，張青竟然直接讓人將她扛起來，連個轎子都沒有，就這麼走過大街去醫館。

她被顛得難受，又不能直接醒過來，而且這麼多的人在看，如煙心裡有些惴惴。

那兩個家丁將如煙放在醫館就走了，只留下小翠一臉壞笑的看著如煙。

那大夫把了脈，說她可能有些疲憊所以才暈過去，只要扎上兩針就好了，就在大夫要扎針的時候，如煙趕忙作態慢慢睜開眼睛。「我這是怎麼了？」

小翠笑盈盈道：「姑娘醒了呢，大夫，那這姑娘她不用扎針了嗎？」

大夫看了看。「不用了，這位姑娘已經沒有大礙。」

「省了一筆銀子呢。」小翠很高興的模樣，接著問：「妳能走吧？」

如煙羞澀地點點頭。「給姑娘添麻煩了，不好意思，我已經好多了。」

小翠滿意的點了點頭。「姑娘好了便好，我家少夫人說了，妳拿著上次的錢就好好的過日子，別想報答了，也莫讓我家少夫人難做。不是她不想讓妳進府，實在是有心無力，侯府不是誰想進就能進的。我家少夫人說了，若妳真的想報恩，過得好就是我家少夫人心中最大的安慰了。」說罷，小翠施施然出了醫館門。

如煙依舊可憐兮兮的模樣，只是閃過一抹不甘心。就在她要跟著小翠走的時候，被那醫館的學徒給叫住了，付了三兩銀子的診治費。

如煙整個心都抽了起來，五十兩銀子看起來不少，只是埋了她爹，她又給自己買了幾套衣裳還有些首飾，這幾天又日日住客棧，就想著只要進了長門侯府，她就什麼都不愁了。

可是這十幾天過去了，她壓根兒沒和穆錦說過話。

「少夫人，您說的話都放出去了。」小翠十分崇拜的看著張青。

張青點點頭。「派人注意看著那姑娘。」

俗話沒有拆不散的鴛鴦，只有不夠努力的小三，張青覺得她還是注意一些比較好。

不過後來這段時間那如煙倒是沒有再出現在長門侯府，張青剛有些放心，卻又得知這姑娘直接去了穆錦執勤的地方，每天製造各種各樣的偶遇。

「那世子呢？」張青又問。

說起世子的表現，小翠便笑了起來。「姑爺啊，姑爺基本上沒看見。」

「怎麼會沒看見？」

「不知道，反正那姑娘總是製造各種機會，什麼摔倒、暈倒，也不知道怎麼回事，姑爺卻總是都能避開來，目不斜視，連瞅都沒瞅過。」

張青想像了一下那場景，也感覺有些好笑。「好了，派人盯著點。」

就這樣又是鬧騰了十幾天，那如煙好像終於消停下來，聽下人稟報，好像好幾天都沒出現，似乎是回了家鄉。

張青這才長舒了一口氣，真的夠煩人的。張青甚至想，這姑娘再這麼折騰下來，她就讓人真的進府當丫鬟，寫了賣身契，然後將其賣得遠遠的。

只是這平靜的日子才過了半月，京城突然傳來一個消息，說是西北邊境有敵軍來犯，雖然不知道這消息是真是假，京城眾人依舊被這消息弄得人心惶惶。

但是張青卻從穆錦處知道，這消息必然是真的。

胖蓮藕已經快五個月了，會仰臥也會隨手拿起自己喜歡的東西，自得其樂的玩著，叫他的時候也有了反應，小孩子一天一個樣，張青和穆錦都是十分的欣喜。

只是張青知道，西北一天不太平，長門侯府安寧的日子就到頭了。

果然不出十天，聖旨就下到了長門侯府。

這是意料之中的事情，府裡眾人雖然明白，但是心裡卻總是有些不安。

穆辛去，穆錦當然也會去。

大婚兩年這是第一次要分開，張青有些不捨，只是好在聖上給了他們三天可以整軍的時間。張青讓針線房加緊時間，做些粗布棉衣和吸汗的裡衣，還有比較結實的鞋子，又讓人打了兩面護心鏡，送給穆辛、穆錦各一個。

雖然有隨軍的軍醫，但是張青總是不放心。

這兩天對穆錦也是極盡的溫柔，穆錦被伺候得舒舒服服，甚至開始覺得，即便沒有建功立業，就這麼守著媳婦、孩子熱炕頭的日子也挺不錯的。

只是美好的日子是短暫的，不管怎樣，該分別的時候還是要分別的。

夜裡穆錦整整折騰了一夜，才放過張青沈沈睡去。

張青心心念念還想著第二天要去送軍，只是等她醒來的時候便也知道，大軍早已走了多時，心裡不由有股失落。

小翠伺候好張青穿衣，才將早上穆錦走時候留的信遞了過去。

「少夫人，這是姑爺臨走的時候寫的信。」

張青連忙接過，十分急切的拆開。信並不長，大體就是他走了，勿念，要保重身體，照顧好母親、兒子和這個家。

張青將信一個字、一個字翻來覆去的讀了兩、三遍，才讓小翠收了起來，然後去季衫處。

季衫已經習慣穆辛常年在西北打仗，只是即便是習慣，心裡也有些惴惴的，畢竟是生死間的大事。不過她心裡再怎麼擔憂，看到張青過來的時候，依舊朝她笑了笑，勸慰她不要擔心。

張青心裡有些感動，這偌大的侯府往後就剩她們兩個婦人相依為命，未免感到有些戚戚。

穆錦、穆辛走了沒多久，季衫就去了後院的小佛堂，吃齋唸佛，尋常也不太見張青，張青也不打擾她，只是常常讓人抱了胖蓮藕過去。

胖蓮藕是個討人喜歡的孩子，全府上下幾乎沒有不喜歡他的，張青也很欣慰，誰不喜歡自家兒子是個貼心的呢。

每日除了將府裡打理好，看顧胖蓮藕，張青將多餘的時間用來經營珍寶閣，珍寶閣如今在京城已經出了名，畢竟這裡有著京城沒有的東西。

偶爾她也會去娘家、舅舅家看看。

雙胞胎一個喜文、一個喜武，張青為兩個人也找好了老師，兩個小傢伙也十分的乖。表哥家的小姪女更是長得喜人，軟軟糯糯的模樣，讓張青的心都快化了。

張青將自己的時間安排得滿滿當當，每日累得倒頭就睡，好似這樣便能不太想遠在西北的穆錦。

天氣慢慢的涼了，張青已經吩咐採買的嬤嬤買了上好的銀絲炭在府裡備用著。

因為打仗，物價不穩，但張青現在有錢，所以不是很在乎，便令人多買了許多吃食、物資，並派人屯好放在地窖中，又讓下人給自己娘家還有舅舅家送了一些。

果然隨著天氣越來越冷，戰事越來越緊，京城的物價也正在飛速飆升，尤其是糧價，幾乎幾天就會翻一倍，好在張青存了不少，府裡一時還很富足。

穆錦每個月都會往家裡送信。

信上說的也就是在西北時候的日常，然後問問府中的人過得好不好，只是對於戰事的凶險卻隻字不提。

張青的回信也是同樣，府中的事情事無鉅細，通通都告訴穆錦——胖蓮藕今日會翻身了、今天鬧脾氣了、母親今天吃得還好，最近心情也好。

張青將穆錦寫來的信全都放在一個黑色的檀木匣子裡，每封信都會標上日期，閒暇的時候就拿出來一封封的看，有的時候還會抱著胖蓮藕讀給他聽。

府裡的日子波瀾不驚的過著。

很快的便到了過年的時候，胖蓮藕此時已經學會爬了，張青讓人留出好大一片空地，在地上鋪上柔軟的墊子，就讓他在那爬著。

臘月三十，本是大團圓的時候，只是長門侯府卻冷冷清清，張青原本想叫個戲班子，好讓府裡也熱鬧熱鬧，只是季衫並不同意。

西北那裡還戰亂著，府裡太熱鬧總歸是不好。

張青也明白這個道理，便只吩咐人掛了大紅的燈籠，貼了對聯，又準備了些好酒、好菜，整個府裡不分主僕一起吃了個年夜飯。

季衫和胖蓮藕都扛不住，早早的睡了過去，只有張青強打著精神守歲。

大年初一張青早早的醒來，抱著胖蓮藕去和季衫請了安，婆媳兩個坐在一起做了些針線活，聊著天，逗了逗胖蓮藕，也算是其樂融融。

初二的時候，張青帶著胖蓮藕回了娘家。

張闊和李攀也去了西北，一家子孤兒寡母的聚在一起，雖然有說有笑的，只是到底有些落寞。

張青考察了兩個弟弟的功課，然後又去看了小姪女。

吃過午飯的時候，李雲將張青叫到房間。

張青原以為娘只是想和自己說說貼己的話，只是到了房中，卻發現她娘一臉凝重的表情。張青的語氣便有些小心翼翼。「娘？怎麼了？」

「妳最近收到錦兒的信了嗎？」

張青搖了搖頭，一般這個時候差不多會收到穆錦寄來的信，有的時候也會晚幾天，她也並不是很在意，只是看到她娘的表情，張青便有些不好的感覺，而且心也開始劇烈的跳動。

「還沒收到，不過平常也不是那麼準，也會晚幾天。」張青小心翼翼道。

李雲嘆了一口氣，然後從抽屜裡拿出一封信，遞給張青。

張青看到信，那不安越來越強烈，她有些猶疑地打開那封信，越看越是心驚，看到最後張青已經面色慘白。「娘，信上說的都是真的？」

李雲憐愛的看著張青，只是面色不忍的點了點頭。「都是真的。」

「那現在怎麼樣，他好了沒有，有沒有落下病根？」張青急切地問道。

李雲安撫的拍了拍張青。「妳爹的信就寫了這麼多，其餘的我也不知道，不過看樣子應該沒有什麼大礙，既然被人救了就不會有事情的。」

張青也只能先作罷，只是心神有些不寧，回府的時候張青還是有些恍惚，腦子裡還回想著信上的話。

她爹說，穆錦上戰場的時候中了兩箭，一箭射在胸口上，一箭從背後射了進去，幸虧最致命的那處被護心鏡擋了去，只是後背那支卻沒有擋住，好在被救回來，只是目前昏迷中。

張青十分擔心，這個月她還沒有收到穆錦寫來的信，也不知道穆錦現在是個什麼狀態，醒了還是沒醒，傷口疼嗎？

回府張青先去見了季衫，季衫看見張青的臉色也嚇了一跳，連忙走過來。「妳這是怎麼了，臉色蒼白，可是身子不舒服？」

穆錦現在也不知道怎麼樣，張青便不想將穆錦的消息說出來，平白惹得母親和她一起擔心。張青本能的隱瞞了下來，只是擠出一抹微笑，搖了搖頭。「沒事，可能是昨夜沒睡好，現在頭有些疼。」

季衫放下心。「沒事就好，累了就快去休息吧。」

回到自己房間，張青越想越覺得心驚，滿滿的擔心，竟是立馬想要收拾行李奔去西北。

只是現在她並不是當年的女孩，可以任性地一走了之，現在偌大的侯府，還有嗷嗷待哺的胖蓮藕都需要她，人越長越大，所受的牽絆便也越來越多。

張青狠狠的嘆了一口氣，看著床上憨狀可掬的胖蓮藕，臉上露出一抹苦笑。「還是你最舒服，無憂無慮的，多好啊。」張青感嘆著親了親胖蓮藕的小臉蛋。

安頓好胖蓮藕，張青讓小翠和奶娘在旁邊照料著，便坐在書桌旁，想了想還是提筆寫了一封信。

夜裡張青翻來覆去，好不容易睡著，卻又是連連作夢。

夢裡的穆錦面色蒼白、渾身是血。

張青就這樣被嚇了起來，渾身上下全是冷汗。

張青擦擦臉上的汗，拍了拍胸口喃喃道：「夢，這只是夢、噩夢，夢與現實都是相反的，穆錦會沒事的、會沒事的。」

「少夫人怎麼了？」小翠在外面守夜，聽到張青的聲音，趕忙一路小跑進來。

「沒事，作了個噩夢，趕緊睡去吧，天氣冷，我沒叫妳就不要起來了。」

「真的沒事嗎？」小翠摸了摸桌上的茶壺，還有些溫熱，便倒了一杯水給張青。

「真沒事，被魘著了，一會兒就沒事，去睡吧。」

小翠應了是，才打著呵欠又去了外間。

張青慈愛的看了一眼身邊的胖蓮藕，靠在床頭，緊鎖著眉頭，只是這一夜終究再也睡不著了。

「最近妳父親和錦兒怎麼也沒有信帶回來？」

季衫一身素衣，手上掛著一串佛珠，尋了過來，進了張青的院子見著她便趕忙問。

張青身子一僵，面色有些難看，只是瞬間便調整好表情，笑著迎了上去。「母親怎麼過來了。」

「這都好久了，上次來信還是年前，這麼久了也沒個信報個平安，我這心裡總是不安寧，晚上總是作夢，血淋淋的，就怕他們父子有個好歹，睡也睡不安寧。」季衫的面色有些愁悶，眼下也是烏黑一片，看得出是沒有休息好的緣故。

張青心裡也十分擔心，只是面色不顯。這個時候，整個京城本就人心惶惶，府裡也是，既然穆錦可能沒有生命危險，所以也不必讓婆婆跟著擔驚受怕。

張青想了想便拉著季衫的手道：「母親，放心，父親和相公洪福齊天，定然是不會有事情的，這個時候戰事正吃緊，我家裡也沒收到爹和舅舅的家書，娘放寬心，說不定過兩天報平安的家書也就到了。」

聽了張青的話，季衫才慢慢的放下了心，看著胖蓮藕，臉上又露出笑顏。

第二十六章

西北邊境外族這次來勢洶洶，情勢比起往年嚴峻了不少，即便是京城，人們也嗅到了那絲不尋常的氣味。

李雲將張青叫了過去，戰事越來越緊，雖然不願意想，但是總怕有個萬一，那蠻子就突破了西北，想了想還是將老家的人接過來好了。

「娘，放心吧，那蠻子這麼多年也沒破西北防線，那裡有爹他們，定不會有事的。」

「可我這心總不安寧，還是將人接過來的好，這樣妳爹在戰場上也能放點心。」

張青想了想，思及奇葩的奶奶和大伯娘，有些頭疼，但是不可否認的是，娘說的話也是有道理的，這個時候，那些小小的恩怨顯得那麼微不足道，一家人在一起比什麼都重要。

「娘也知道妳在擔心什麼，我準備在咱家不遠處給他們買個宅子，等到戰事結束了，想回去或是想留在這都隨他們。」

張青點點頭。「娘，這就交給女兒來辦吧，我尋個鏢局將他們護送來京好了。」

李雲點點頭，很是欣慰。「這就交給妳了，娘也不懂這些。」

張青回到家就囑人去尋個信用好的鏢局，想了想又從府裡找個嬤嬤，先過去告訴一下他們在京城的規矩。在這十個人裡有六、七個都是有官職的地方，不小心些可是不行，想想她那大伯娘的性子，張青覺得這個嬤嬤是必須跟著去的，哪怕嚇嚇她那大伯娘都是好的。尋好鏢局，張青又細細囑咐了下嬤嬤，才讓他們上路。

而另一邊的西北大營，穆錦的傷已經慢慢的好了起來，已經能扶著人慢慢的在帳子裡走著，只是當時失血過多，難免還有些虛弱。

張闊撩開簾子，就看見穆錦有些吃力的扶著板凳，慢慢的走著，臉色蒼白，冷汗淋漓。

「怎麼又起來了，軍醫不是讓你多休息休息嗎？」

「沒事的，岳父，我這不是好了嗎？」穆錦不在意的笑了笑。

張闊滿臉的擔心，扶著穆錦慢慢的坐下來。「傷口還疼嗎？有沒有哪裡不舒服的。」

穆錦中箭的時候，張闊就在不遠處，那一剎那，張闊只恨自己跑得不夠快，也只恨敵人太多，他沒有及時的跑過去推開穆錦或者擋上去；看著穆錦倒地，張闊的腦子裡霎時一片空白，多虧了他大舅哥，否則，說不定他也就這麼沒了。

穆錦笑了笑。「岳父，沒事的，放心，我這身體我知道，好得快著呢。」

「再好也要聽軍醫的話，你有個三長兩短的，讓我怎麼和青兒交代啊？」張闊嘆了一口氣道。

「岳父我知道了，這次是我魯莽了。這幾天的戰事如何？」

「放心吧，有侯爺在，這些蠻子想要破西北沒個影兒。對了，只是青兒給你的家書，最近怕你分神也沒拿給你。」張闊從懷裡拿出幾封家書遞給穆錦。

穆錦捏著那厚厚的一疊信，臉上情不自禁的笑了起來，急忙拆開來看。

「你慢慢看，我先出去了。」張闊拍拍穆錦的肩膀。

穆錦點點頭，目送張闊出去，才坐在桌前仔細看著家書。

張青信裡面的內容都是很平常的，開頭說了她已經知道穆錦受傷的事情，她很擔心，但是並沒有告訴母親；然後又說了些家裡的事情，讓他放心好好養傷，又說了些胖蓮藕的趣事，最後讓他凡事小心，不要讓家裡人擔心，好好養傷，照顧好自己，也好好的照顧公公等等，最後便是一家都好，勿念。

這些家長裡短足足寫了有五大張，穆錦越看臉上的笑容越深，雖然都是些小事，但是穆錦還是很開心，他甚至可以從字裡行間感受出張青的心情和家裡的狀況，那一幕幕透過那薄薄的紙，好像就這麼呈現在自己眼前。

穆錦連忙喚人過來，拿了紙筆，開始給張青寫家書。他洋洋灑灑的寫了幾大張，翻過來一看，總覺得欠缺些什麼，扔掉重寫，又是幾大張，不滿意，扔掉重寫，翻來覆去，地上廢紙越來越多。

半個月後，張青正在餵胖蓮藕吃飯，就看見小翠滿臉欣喜的跑了過來。

「少夫人，姑爺來信了。」

「真的？」張青騰地站了起來，因為動作太急，甚至打翻了胖蓮藕的荷葉粥，惹得胖蓮藕嚎啕大哭。

張青抱起胖蓮藕連忙哄著。「不哭、不哭，乖啊。」轉頭又問小翠。「妳剛說世子來信了？」

「是的，來人就在廳裡等著呢。」

張青甚至來不及換衣裳，便急忙朝著前廳去了。來人已經在那等著一會兒，將信遞給張青便告辭。

季衫也匆忙從佛堂趕來。「快看看，錦兒說了什麼？」

張青捏著薄薄的信封還有些納悶，聞言點點頭，打開信，裡頭一張紙，上書「我們都好，勿念」六個大字。

「沒了？」季衫有些愣愣的看著張青。

張青也半晌反應不來，又看了看信封裡，才很確定的告訴季衫。「母親，沒了。」

「哎，奇怪了，這確定是錦兒寫的，不是他爹寫的？」

張青又仔細看了看，字跡是穆錦的沒錯。「母親，這字跡是相公的。」

「算了，沒事就好。」季衫很是納悶，只是看到家書，也就放心了。

張青又不死心的翻了翻信封，總覺得是不是有人扣了她的信啊，往常穆錦送回來的信，哪一封不是洋洋灑灑幾大張，這次怎麼只有六個字，不太符合穆錦平常寫家書的習慣。張青越想越鬱悶，難道是穆錦的傷還沒好，不能動筆?!

張青眼前甚至出現穆錦受著重傷，依舊十分堅強的手寫下這幾個字，向她報平安。

越想張青心裡越是忐忑，想了想又回房去，洋洋灑灑又是幾大張的家書。

穆錦受傷，張青很是擔心，現在國富民強，軍隊裡自然不會短了衣食，只是張青還是想做些什麼。思索過後，她覺得還是捐些草藥比較好，軍隊裡，每打一場仗，就有無數的人死亡受傷，比起並不短缺的糧食，他們現在更需要的是藥物才對。

於是張青便令人購買大量草藥送往西北邊境。

張青是以長門侯府的名義送去的，當然長門侯府又受到了朝廷的嘉獎，聖上更是賜了不少的財物，其實算下來，張青甚至還賺了一些。

張家一家也在五、六天前到了京城。

張青去看了一次，有些感嘆，大伯娘已經正常多了，也不知道是大伯的管束有了作用還是被嬤嬤提醒過了，小高氏見了她雖然有些諂媚，但是總體來說還是可以的。

奶奶和爺爺年紀已經大了，腰身慢慢的也挺不直了，頭上更多了些白髮。

張青還是有些感慨的，時間過得那麼快，她甚至還能記得剛來到這裡的那天早上，那麼的嘈雜，覺得這些人那麼可恨，可是現在想來，卻也覺得沒有什麼大不了的，可能是心境的變化吧。

「青兒還好吧。」老張頭抽了一口旱煙，對張青道。

「謝謝爺爺關心，青兒很好。」

「這是妳家兒子吧，抱過來讓爺爺看看。」老張頭看向張青懷裡的胖蓮藕。

張青淡笑著將胖蓮藕抱了過去，胖蓮藕的膽子比較大，看到陌生的人也不哭鬧，只對著老張頭嘿嘿笑著。

「這孩子長得好啊，敦實。」老張頭有些高興，說話間顫抖手著從懷裡掏出個小布包，裡面竟然是個金鎖。

「這個是我給孩子打的平安鎖，知道妳現在嫁入富貴人家了，這東西可能也看不上，只是也算是我這個當太姥爺的一點心意。」

張青愣了半晌，心裡突然很是感動。這個爺爺可能有些重男輕女，但是不可否認，他也從未苛待過她。張青四處看了一圈，奶奶大高氏的臉色一瞬間有些僵硬，而大伯娘小高氏則是垂著頭，看不清表情。

「爺爺說什麼呢，您能記得這孩子是他的福氣，只是讓您破費了。」

老張頭聞言有些欣慰的笑了。

接下來老張頭又見過了雙胞胎兄弟，老張頭、大高氏細細的問了兩兄弟的生活起居，滿臉的慈愛，一家子其樂融融。

不一會兒，因為年紀大了的原因，老張頭和大高氏俱是有些疲了，便回李雲一早準備好的房間休息。

「這次來京城叨擾弟妹了。」張升過來先是道了謝。

「大伯客氣了。」李雲笑笑不以為意。

而後張升和小高氏也進了房間，看人都散了，李雲便急忙吩咐下人去準備飯菜。

張青吃了晚飯才回了府裡，胖蓮藕早已經在張青懷裡沈沈睡去。

張青收拾片刻也早早睡去。

又過了四、五天，李雲便將大伯一家的宅子弄好，張青又幫忙買了幾個丫鬟，順便將那老嬤嬤也送了過去。

張青很清楚，老張頭雖然有些偏心，但是是個拎得清的；大高氏雖然有些拎不清，但是有老張頭在，張青還是很放心的；主要就是她那個大伯娘，那是一不注意就能給妳弄出點事的人，有這個嬤嬤在，張青也能放點心。

西北這一仗一打就是一年。

這一年，穆辛帶著西北軍營的士兵們，硬是阻擋了蠻人的進攻。

胖蓮藕已經有一歲半左右，不用人扶著已經可以自己走路了，而且也可以吐字清晰的叫娘、奶奶、爹、爺爺等簡單的詞語。

胖蓮藕的鼻眼像極了穆錦，只有臉型和嘴能看到張青的影子，張青總是有些不忿，這小子每天對著的都是自己，怎麼能越長越像他爹呢。

戰事依舊緊張，只是張青也慢慢的習慣了。

由於西北的戰事，張青有些貨物不能運回來，珍寶閣的生意難免受影響，只是損失也並不太大。張青已經將珍寶閣交給二虎負責，她則每天都全心全意看著胖蓮藕。

季衫無事的時候一般都是在佛堂，為著穆辛、穆錦父子祈福。

兩人守著偌大的侯府，過著平平靜靜的日子。日子雖說平靜，但是也算樂在其中。

穆錦依舊是每月一封家書，只是像上次那種只有六個字的情況卻再也沒有過。公公的家書一向都十分簡潔，穆錦的家書卻連大小事情，軍營發生了哪些趣事，總是會寫給張青知道。

雖然距離很遠，張青卻覺得兩顆心越貼越近。

來年三月，終於傳來了西北大軍大勝的消息，整個京城都是沸騰不已。

張青、季衫尤為高興，叫來了李雲還有李孟氏，在侯府中辦了個小型的宴會。

五月西北大軍班師回朝，季衫婆媳兩人更是喜不自勝，終於等到了這一天。

張青一早就訂好了悅來酒樓的二樓包廂。大軍進了京城，勢必要經過悅來酒樓這條路，張青希望自己可以第一眼看到穆錦。

大軍進京的那日，張青一早便起來開始梳妝打扮。

「少夫人，這件可好？」小翠拿出一件淡紫色的錦衣。

張青看了看，皺了皺眉。「這有些太鮮豔了，不太適合吧，今兒個還是莊重一些。」

「那這件呢？」小翠又拿起一套繡著牡丹的粉色短襦。

「不好、不好。」

「那這件呢？」

「太老氣了。」

不一會兒，床上就被扔了一大堆的衣裳。「少夫人，您選一身吧，再翻下去沒了。」

「沒了，只有這麼些嗎？」張青有些納悶，平常她覺得自己衣裳不少啊，怎麼今天也找不著一件合適的。

「已經不少了，只是少夫人今天要見姑爺，是個重要日子，這些衣服沒有少夫人滿意的而已。」小翠打趣道。

「妳這死丫頭，敢打趣我，明兒少夫人我就隨便尋個人把妳嫁出去得了。」

「奴婢不敢了。」小翠吐吐舌頭連忙求饒。

張青最終選了一身粉色繡花上襦，淺藍百褶裙，換上後有些猶疑地問道：「這樣可以嗎？」

「可以，少夫人真的漂亮極了。」

「真的？」

「當然。」

胖蓮藕已經快兩歲，不用人抱了。張青牽著胖蓮藕，與季衫吃了早飯，便一同趕往悅來酒樓。

「母親今天的氣色真好。」張青笑道。

「嗯，人逢喜事精神爽，看到他們能平安回來，我這心啊，一下子就落到實處了。」季衫懷裡抱著胖蓮藕感嘆道。

今兒大街上人潮湧動，都是為了看一眼大勝的西北大軍，這些人裡，有很大一部分都是那些士兵的父母妻兒。

等了大概一個時辰，街上發出一陣歡呼聲，大軍緩緩的進城了。

領頭騎著高頭大馬的自然是穆辛，順著穆辛，張青一眼便看到了穆錦。在穆辛的身後，穆錦騎著高頭大馬，穿著鎧甲，一手拉著馬的韁繩，一手握著手中的佩劍。

「母親，我看到了，我看到父親和相公了。」

「嗯、嗯，我也看見了。」

一時間婆媳倆俱是紅了眼眶，張青只是癡癡的看著穆錦。

這一別就是十八個月，穆錦走的時候胖蓮藕才幾個月大，現在胖蓮藕已經兩歲了。

「胖蓮藕，快看，那是爹和爺爺，騎著馬的。」張青抱著胖蓮藕，連忙指給他看。

換來的只是胖蓮藕有些迷茫的眼神。「馬……馬。」

「嗯，馬上是爺爺、爹爹、姥爺、舅姥爺。」張青一個個的對著胖蓮藕說著，淚眼婆娑，喜不自勝。

胖蓮藕很迷茫，只是跟著他娘重複唸著。

張青凝視著龐大的隊伍，眼神看過穆辛、看過她爹、看過她的舅舅，最後將視線落在穆錦身上。

「相公他黑了，也瘦了，只是看起來很有精神的模樣。」那癡癡的眼神，彷彿一刻也不願意離開穆錦。

穆錦也是滿懷激動，闊別京城一年半之久，他終於回來了。

張青在他的記憶裡一直都是那個溫婉大氣、冷靜的模樣，兒子在他的記憶裡還是那個糰子的模樣。

面對著道路兩旁擁擠的人群，穆錦有些歸心似箭。

突然好像有感應一般，他抬頭一看，那是一張熟悉的又帶了絲陌生的臉。

穆錦一愣，有些反應不過來，只是就這麼一瞬間，馬就拉著他慢慢的走過了酒樓。穆錦趕忙扭頭去看，只能看見一片粉色。

「是媳婦兒！」穆錦激動起來，腦子裡還回想著剛才的那一幕，他細細品味著。

媳婦好像瘦了，有些憔悴了，一個人掌管偌大的侯府會不會很累，剛才那是哭了嗎？眼眶還有些紅，還有她抱了個啥，只看見一片翠綠，沒能看清。

穆錦有些窘，想了想又高興起來，難道抱的是他家的小胖墩！

軍隊走過，人群也慢慢的散去。

穆辛一眾人回來第一件事情當然不是回家，而是去皇宮，等待皇宮的宴會以及封賞。

張青和季衫便先行回家，吩咐下人準備些醒酒湯，還有好消化的吃食，婆媳兩人便靜待著那父子兩人的歸來。

而在另一邊，穆辛等人已經坐在了皇宮的宴會之上。
皇上龍顏大悅，又是一通賞賜，穆錦也成了名副其實的少將軍。
穆錦很是高興，他終於有了一番作為，即便有一天不在父親的羽翼之下，也可以為妻兒撐起一片藍天。
長門侯府已經是一等公爵，晉無可晉，襲爵從原本的三代變成了五代，這也說明，只要不是犯了什麼抄家滅族的大罪，穆氏一族定能長久繁榮。
張青的父親還有舅舅都成了老兵，回來俱已封了官，被安排在兵部。
宴會完畢已經是三更左右。
穆辛還好，他臉一繃也沒敢有人怎麼敬酒，只是苦了穆錦，少年將軍，剛剛打了勝仗，正是威風的時候，而且他也比較面善，沒有穆辛那種冷冰冰、拒人於千里之外的氣勢，自然而然他便成了眾人敬酒的對象。
「夫人、少夫人，侯爺和世子回來了。」即便是三更左右，兩人的歸來還是給府裡造成了轟動。
「回來了，終於回來了。」已經有些打瞌睡，只是強打著精神的婆媳兩人立馬來了精神。
穆錦是被人攙扶著進來的，他已經喝醉了，反之穆辛則依舊神清氣爽的模樣。
「怎麼喝成這樣了，趕緊去拿醒酒湯來。」季衫滿臉的心疼，一看穆辛卻有些生氣。

「兒子醉成這樣的，你怎麼好好的？」看到穆錦的樣子，季衫對丈夫頗有些怨念。
「他道行太淺。」穆辛給自己斟了一杯茶，大馬金刀的坐下，語氣淡淡道。
季衫一噎，沒了丈夫回來的欣喜，十分不忿的橫了穆辛一眼。
被餵了醒酒湯的穆錦稍稍有了絲神智，朦朧中看到一個粉衣的婦人站在自己面前，那張面容與自己魂牽夢縈的面容重疊，便有些踉蹌的朝著張青撲了過去。「媳婦兒、媳婦兒，我好想妳啊，妳想我不？」
張青有些害羞，心裡卻很歡喜，有心想躲開來，卻又怕穆錦撲不到摔倒怎麼辦，最後只能讓穆錦抱了個滿懷。
「時候不早了，青兒妳和錦兒趕緊回房吧。」季衫十分善解人意道。
張青點了點頭，便扶著穆錦回房。
一路上穆錦將全部的重量都壓在張青身上，張青卻捨不得讓人幫忙，聞著身旁的人身上散發出來濃濃的酒氣與熱氣，張青的心裡是前所未有的安定。
回了房間，將穆錦攙扶到床邊，準備給他再弄些醒酒湯來喝，誰知卻被穆錦拽著動彈不得，他閉著眼睛拉著張青哼道：「媳婦兒、媳婦兒，妳去哪兒啊。」
「我去給你弄點醒酒湯，要不明天起來頭疼了。」張青趴在穆錦耳邊小聲道。
「不走，不准走，媳婦兒要和我一起，那裡都不能去。」穆錦就是拉著張青不放手。
張青好笑之餘，心裡又有些暖暖的，哄道：「好，不走、不走，我去喝口水，馬上就來。」聽到媳婦兒要喝水，穆錦才慢慢的鬆開了手。

張青吩咐下人準備了熱水，又準備了醒酒湯，先是餵穆錦又喝了些醒酒湯，擦洗過後，才扶著穆錦慢慢躺下。

朦朧中，穆錦以為還是在作夢，想也不想的一把拉過張青。「媳婦兒、媳婦兒又來看我了，讓我好好看看，好好摸摸。」

他一把抱住張青，然後翻身將她壓下，粗糙的大手慢慢的撫上張青細嫩的臉龐。同時穆錦的心中還有些訝異，這次的觸感為什麼會這麼的真實。

張青有些惱羞，掙扎了幾下，反倒被穆錦抱得更緊，而後便放棄了掙扎。

穆錦以為自己還在作夢，所以動作並不算溫柔，有好幾次都弄痛了張青，張青也不在意，只是默默的配合著穆錦，結束的時候，她已經累癱了過去。

這時穆錦卻好像突然想起來，自己已經回京了，清醒了許多。他看著張青身上的痕跡，心裡有些自責，只是，魂牽夢縈的人兒就躺在自己身邊，慾火實在難平，於是緊接著又來了第二次。

這次他的動作明顯的輕柔了許多，對待張青就好像對待手中的珍寶一般，小心翼翼，極致呵護，只是張青已經累得昏昏欲睡，只能被動的配合穆錦。

這一夜穆錦痛快淋漓，本來還想再來一次，只是看張青實在累得狠了，他又心疼張青，便收起了自己的心思，留下滿室恩愛的氣息。

過後穆錦嫌棄自己身上酒味太重，想了想，便喚人打來了水，先是給張青擦洗過後才給自己擦洗，最後才抱著媳婦兒心滿意足的睡去。

等張青第二天醒來的時候，旁邊早已經是冰冷一片。

張青嚇了一跳，猛的坐起來，身上卻又痠痛不已，只是她顧不得身上的痠痛，便趕忙問進門來的小翠。「世子呢？」

小翠笑道：「我估摸著少夫人也該醒了，便進來看一看，果真是醒了，姑爺已經起來好一會兒了，正在陪小少爺玩耍呢。」

張青這才放下了心，收拾好，便趕忙去找穆錦。

穆錦正在花園和胖蓮藕玩耍，花園裡有個秋千，是穆錦走之前弄的，閒暇時張青也會坐在上面，晃一晃。

而穆錦此時讓胖蓮藕一個人坐在上面，他在後面推著。

看得出來胖蓮藕很高興，哈哈大笑。

穆錦眼尖看到了張青，慢慢的放下了胖蓮藕，胖蓮藕有些不滿意的叫喚著。「要、還要。」而後順著穆錦的目光看到張青，便又高興的喊著。「娘。」

張青快步走過去，抱起胖蓮藕，掏出帕子給胖蓮藕擦了擦額頭，看向穆錦。

「你怎麼把他一個人放上面，也不怕摔下來。」張青雖是嗔怪的語氣，只是表情卻十分的柔和。

「沒事，男孩子嘛難免摔摔打打的，再說有我護著呢。妳怎麼就起來了，身上還疼不？」

張青有些不好意思地橫了穆錦一眼，那臉蛋卻紅了起來。「別說了，大白天的，還有孩子呢。」

穆錦嘿嘿的不好意思笑了起來。

張青看向胖蓮藕。「叫過爹了沒有？」

胖蓮藕只是將頭埋在張青懷裡，讓張青搖頭嘆息，穆錦也是有些失落。

「我這剛回來，這小子還不太熟呢。」

張青點點頭。「我們去前廳吧，父親、母親估計已經起了，正等我們一起吃飯吧。」

兩人相攜著一起去向前廳，果真季衫和穆辛都已經起來，坐在桌前，細細看過去，季衫的面龐與平日裡大不相同，透著一絲喜氣。

「父親、母親。」

「來了啊，趕緊坐，來，胖蓮藕，來奶奶這裡。」

胖蓮藕聽到奶奶叫他，便從張青身上下來，雀躍的走到季衫那裡。

季衫一下子將其抱起，指著穆辛道：「來，叫爺爺。」

胖蓮藕看看穆辛，又看看穆錦，只是猶疑著不肯出聲。

「叫爺爺，不是教過你的嗎？這就是胖蓮藕的爺爺，那是爹爹，胖蓮藕聽話，聽話有肉肉吃。」季衫誘惑道。

看在肉的分上，胖蓮藕終於開了金口，脆生生道：「爺爺、爹爹。」

頓時一桌子的人喜笑顏開。

「看來咱家這個還是個飯桶。」四個人最高興的明顯是穆辛。「來讓爺爺抱抱。」

胖蓮藕睜著葡萄般的大眼，想了想，很識時務的湊了過去。

穆辛一把摟起胖蓮藕，掂量了兩下，笑道：「這小子果然夠沈。」

胖蓮藕笑嘻嘻的湊近穆辛，往臉上吧唧了一口，糊了穆辛一臉的口水。穆辛先是一愣，而後哈哈大笑。「這小子這是和我親吶！」

穆辛滿面笑容，春風得意的模樣，反觀穆錦這一邊，則是烏雲密布，一眼怨念的看著那爺孫兩個。

還記得早上一早起來，他就直奔胖蓮藕的住處，胖蓮藕醒來看了看，也不哭不鬧，只是靜靜的看了半晌，穆錦當時還特別的興奮，心想著，這孩子居然還記得他，結果現實很快的潑了他一盆涼水。

只見胖蓮藕看了他半晌，直接扭頭，從床上翻身下床，自顧自的邁著小短腿，撒歡的去找下人給他梳洗，那歡快的背影，讓受到漠視的穆錦無限的悲涼。

穆錦當然不會這麼容易放棄，只是誰知道，一早上下來，這胖小子是玩也玩了、樂也樂了，就是從他嘴裡撬不出一句爹。

此時看著對面的祖孫倆，真的是分外的刺眼。

吃過早飯，穆辛自顧自的抱走了胖蓮藕，美名其曰——「要好好的和孫子處一處，順便考校功課。」

眾人一片黑線，一個不到兩歲的孩子，知道什麼功課啊。

就這樣，在穆錦滿懷怨念的眼神中，穆辛抱走了胖蓮藕，只留下穆錦有些控訴的看著張青。張青感到十分的好笑，也不理穆錦。吃過飯後告過婆婆，又去公公那領了胖蓮藕，便帶著禮物，準備回娘家一趟，看看爹和舅舅。

穆辛對於胖蓮藕的離開是分外的不捨，同時，心裡也有些納悶，為什麼穆錦那臭小子小的時候他也沒怎麼覺得可愛，現在看胖蓮藕怎麼看怎麼可愛、怎麼順心。

一路上，穆錦可樂壞了，沒有他爹的插足，他終於可以和自己兒子好好親近親近了。

到了張家張青才發現，不僅是他們一家，就連大伯、爺爺、奶奶都在。

張青見了張闊很是激動，這個看著自己一臉慈愛笑容的漢子，在她小的時候，是盡了一切努力來呵護她的。

「爹，您回來了！」張青眼眶微微有些泛紅。

都說男兒有淚不輕彈，張闊卻也紅了眼。「嗯，爹回來了，青兒還好吧。」

「爹放心，女兒很好，只是爹爹看起來瘦了些。」

「不妨事，在西北那邊吃得還是很好的，只是路上奔波了些，不信妳問妳相公。」說完又看向被張青抱著的胖蓮藕。「這是胖蓮藕吧，快來讓姥爺看看。」

說罷他抱過胖蓮藕，滿眼滿臉的慈愛。「這孩子長得好，敦實。」

張青看著胖蓮藕那一節一節的胳膊，圓嘟嘟的臉蛋，再回想每個人見過胖蓮藕的說辭，心想，要不讓胖蓮藕少吃點，照這樣長成個胖子可怎麼辦。

在這裡，穆錦的身分地位最高，張家是處慣了的，也沒覺得怎麼樣，只是苦了張家大伯一行人，看到穆錦俱是不敢說話，總覺得那人一身貴氣，長得也人高馬大，身上有股不怒自威的氣勢。

還是穆錦感覺到了眾人的拘束先開了口，拿過身邊的禮物分發給眾人。

老張頭撫了一把已經花白的山羊鬍，臉色複雜的看了一眼張青，當初家裡最讓人忽視的丫頭片子，如今卻成了世子夫人，未來就是侯爺夫人。

要知道，在此之前，他見過最大的官也就是里正了。

他不是不知道，每年送回老家的一百兩銀子都是這丫頭的。現在他們老張家蓋的青磚大瓦房，這在村裡可是獨一份，他也去城裡看過了，連城裡好些房子都比不上他家的。

現在在潭水村那，誰不高看他們老張頭一家一眼，村裡大小事情，里正都是要問過他的，誰能想到他們老張頭一家也會成為眾人巴結的對象啊。

不得不說，這孫女是有本事的。

從張家吃過飯出來，張青和穆錦又去了舅舅家，待了好一會兒一行三人才打道回府。

回府的時候，剛好家裡正在吃晚飯，穆辛、季衫已經在前廳等著他們。

看到胖蓮藕，穆辛眼中一亮。「來，乖孫，讓爺爺抱抱。」

胖蓮藕思考了下，蹬蹬的朝著穆辛跑了過去，這可讓穆辛樂壞了，同時讓穆錦更加不忿。平常一臉高冷嚴肅的穆辛，在胖蓮藕面前，就是個普通的爺爺，會逗著孫子笑，抱著孫子一臉的慈愛。

穆錦湊到季衫跟前，有些納悶。「母親，父親小時候也這樣對我嗎？我怎麼都不記得呢？」

季衫聞言瞥了一眼穆錦。「你想得美，小時候，你追著讓你父親抱，你父親基本是不瞅你的。」

穆錦聞言更加怨念了，這都叫什麼事啊，難道他就是被嫌棄的那一個?!

吃過飯後，胖蓮藕又被穆辛抱走，說睡覺之前會送回來，張青和穆錦便回了房間。

雖然沒有胖蓮藕，但是能和張青獨處一室，沒有旁人，穆錦還是很高興的。

兩人洗漱過後，躺在床上，穆錦開始給張青講在軍營的事情，一個人絮絮叨叨的說著，另一個人很安靜的聽著。

而後，張青抱住了穆錦，將頭靠在他的胸膛處。「身上的那些傷呢，可以和我講講嗎？」

穆錦沈默了一會兒，便徐徐道來。

其實那些小傷，他也記不得是怎麼來的，什麼時候有的，每次出戰都難免會受傷，於是便撿了幾處要緊的講給張青聽。

張青聽得很是出神，眼眶紅著，語氣中帶了絲期許以及哽咽。「以後不去了好嗎？」

穆錦有些沈默，握住張青的手，那笑容有些苦澀，半晌後道：「我也不知道。」

張青心裡一陣失落，她說這話的時候，不可否認，是帶了絲期許的。

這個男人，她不求他大富大貴，她也不求他能時時刻刻在她身邊，她只求，他能平安，可是，這卻是最難實現的。

世事無常，不知道什麼時候，以為那個會永遠陪著自己的人就會消失不見。過去，她總是把那種可能性降到最低；只是穆錦卻不能，現在的他還年輕，少年將軍，每當有敵來犯的時候，他和公公定然是第一個站出去的人。

她只是小家，而那個是大國。她爭不過，也不能爭。

「我知道了。」張青淡淡道，語氣裡充滿了惆悵。

「不過我答應妳，我定然會好好的，努力的活著。」

京城的日子又恢復了安寧。

張青最近總是感覺有些困倦，明明剛起床，活動一小會兒，就乏得不行，到後來，更是一天有大半的時間都在睡著。

小翠看著張青欲言又止。「少夫人，您這是不是又有了？」

張青正打了個呵欠，聞言愣了一會兒，看著小翠道：「不會吧?!」

「怎麼不會，咱還是讓大夫看一看吧。」

張青想想，最近例假這個月也推遲了好幾天了。「好吧，妳去請甯大夫來。」

「我這就去。」

甯寒年初的時候已經嫁了，倒是嫁了個好去處，嫁給當朝最年輕的太醫。

說起來，兩人也有些意思，甯寒在給張青接生過後沒多久，就聲名大噪起來，婦人家有些毛病也不太好意思找男大夫，剛好有了甯寒。

而且甯寒的醫術確實不錯，名聲隱隱有了和太醫院大夫齊名的趨勢。裡面剛好有個年輕的大夫，雖然說最年輕，醫術卻很不錯，否則也進不了太醫院，而且人更是長得風度翩翩。

他聽聞甯寒的醫術不錯，便有心想看看，這麼一來二去的，兩人就看對了眼。

今年年初，兩人大婚時張青也去了，那兩人婚後的生活也算十分美滿。

小翠匆匆去請甯寒過來，不一會兒，甯寒便來了，只見她也是小腹微凸。

張青看見來人，訝異了下。「妳這是婚後生活太過美滿，長胖了，還是有了啊？」

甯寒笑道：「當然是有了啊，快四個月了。」

「呀，是嗎?怎麼也不差人告訴我一聲啊。」

「我這不是親自來告訴妳了嗎？」甯寒笑著，臉上已經不像初次見面那種冷冰冰的樣子，現在透著身為妻子的嬌羞，還有身為母親的慈愛。

「好好，放心，妳生的時候，保管送上一份大禮。」

「那妾身就先謝過世子夫人了。」

兩人說笑了一會兒，甯寒才為張青把了脈。

「我這是怎麼了？」張青有些緊張。

「月事這個月沒有來嗎？」

「沒有，不過，我一般也不是很準，偶爾會推遲些時候。」

「那估計是有了，不過月分可能還小，也不是很確定，過半個月我再來看看。」

送走了甯寒，張青摸著小腹若有所思。

晚上穆錦回來，剛想和自己的媳婦兒親熱親熱，就被張青給一把推開了。

「怎麼了這是？」穆錦有些納悶。

「你小心點。」張青一臉的幸福甜蜜。「我好像又有了！」

「有什麼？」穆錦還是有些愣神兒。

「這個呀。」張青指了指肚子。

「有孩子啊！」穆錦愣愣的說道：「真的？」

「真的。」

穆錦陡然激動起來，馬上有一種手腳都不知道往哪放的感覺。「告訴父親、母親了嗎？」

「沒有呢，還不是很確定。今天甯寒來看過了，說好像是有了，半個月後再來看。」

「那妳還行嗎？身體有沒有覺得不太舒服，吃飯呢？」張青懷胖蓮藕那時的情景還歷歷在目，穆錦趕忙問道。

「還好，除了特別愛睡覺，沒別的反應，吃的也和平常一樣。」

聽張青這麼說，穆錦才稍稍放下了心，只是對張青的動作更加小心。

半個月後，甯寒又來了一次，確定張青確實是懷孕了，一家人都十分的高興。

「胖蓮藕，你是想要弟弟，還是妹妹啊？」季衫逗著胖蓮藕。

「妹妹！」胖蓮藕的回答不假思索。「妹妹漂亮。」聲音清楚洪亮。

「這小孩子，小小的就知道什麼是漂亮了。」眾人笑道。

這下季衫又收回了家務，張青又開始了她的養胎生活。

不管是侯府還是她自己都不缺錢，好東西不停的往侯府送，加上這次懷孕比懷胖蓮藕時好上許多，能吃能睡，不到兩個月，她就胖了足足一大圈。

而穆錦已經從張青最初懷孕的幸福勁裡緩過了神。

他回來三個月，肉也沒吃飽呢，媳婦怎麼就懷孕了。他這個食肉動物先是餓了一年多，好不容易吃上肉了，還沒怎麼大快朵頤呢，怎麼就又要挨餓了。

「都說懷女兒，越懷越漂亮，少夫人這胎說不定還真的是小姐呢。」

張青也點點頭，有了胖蓮藕，她這一胎是男是女，大家都不是很在意，或者說是男是女，家裡的人都會很高興的。

年後沒多久，甯寒生了一個健康漂亮的閨女。張青去看過了，那小嬰孩皮膚白白、眼睛大大，可是十分的招人疼，抱在懷裡就好像小奶貓，就連哭也只是哼哼兩聲，張青一下子就喜歡上了，還笑談著要抱回家給胖蓮藕做小媳婦。

「妳要喜歡自己生個去，我家的閨女寶貝著呢。」甯寒笑道。

張青想了想，覺得生個閨女確實不錯。男生外向，還是有個閨女好，不都說，閨女是娘的貼身小棉襖嗎？

六月中旬，張青的肚子已經很大了，她自己算的日子，估摸著生也就是這幾天。

果然某天晚上，她躺在床上，穆錦正給她捏腿的時候，小腹突然就一陣墜痛。

這幾天常常有墜痛的感覺，只是每次都是一陣子，張青也不太在意，但是今天晚上的情形好像又有一些不一樣。

「相公，我可能要生了。」張青的頭上已經密密麻麻出了一層細汗。

「什麼？」穆錦大驚失色，有些慌亂。

張青卻鎮定下來，因為有過一次的經驗，反倒不太慌亂。

「讓小翠去請甯大夫，然後吩咐下人和穩婆，說我要生了。」張青深吸一口氣，囑咐道。

「好。」穆錦披上外衣，甚至連鞋都沒穿，就急忙的跑了出去，實在是張青上次生產把他嚇著了，現在想想，他還是有些慌張。

甯寒來得很快。

張青也剛陣痛不久，有了上一次的經驗，這次張青早早的讓人熬了參湯、備了參片，肚子再疼儘量忍住，不要費力氣喊，就怕待會兒要生的時候沒力氣生。

上次聽到張青的慘叫，穆錦抓耳撓腮，這次聽不見聲音，更是著急。

胖蓮藕也被抱了過來，小小年紀也感覺到了氣氛的凝重，雖然眼中有些驚懼，但是卻沒有哭鬧，只是在季衫的懷裡安安靜靜的等著。

「生了、生了。」穩婆十分的高興。「是個兒子！恭喜少夫人生了個兒子。」

張青費力的抬起頭，一陣失落，欲哭無淚，怎麼又是個兒子。

「這！還有，還有一個呢！少夫人努力。」

「出來了、出來了！恭喜少夫人，龍鳳呈祥，是個姑娘。」

「是個姑娘。」張青這次終於開心了，放心地睡了過去。

張青醒來就看見穆錦趴在自己的床頭，穆錦一見她睜眼，急忙問道：「餓嗎？渴嗎？要喝水嗎？」

張青點點頭，穆錦趕緊倒了溫水給張青。

又吃了點東西，她才問穆錦。「孩子呢？」

「孩子在隔間呢，待會兒就讓奶娘抱過來給妳。」

過了一會兒奶娘將兩個孩子抱了過來，孩子們被包得嚴嚴實實，兩張有些相似的皺巴巴小臉就這樣出現在張青面前。

張青看了看笑道：「這幾個孩子長得還挺像。」

「讓我看看。」穆錦也湊了過去，說實話，他還沒有好好看看這對龍鳳胎呢。這麼一看，又回想了下胖蓮藕生出來的情況，點頭道：「是很像，不過小孩子是不是都長這個樣子？」

張青點了點頭。「是啊。」

穆錦陪著張青小聲說著話，孩子就放在旁邊，這時胖蓮藕由奶娘牽著，邁著小短腿進來了。「我要看看弟弟、妹妹。」胖蓮藕說著就要往床上爬。

「小心一點，別碰到你娘親，而且弟弟、妹妹在睡覺呢，不能把他們弄醒知道不。」穆錦脫掉胖蓮藕的鞋子，將他抱上床。

胖蓮藕趴在嬰兒旁邊，好奇的打量著兩張小臉，而後道：「好醜。」那一臉的嫌棄糾結，讓穆錦不由得想發笑。

「怎麼能說弟弟、妹妹醜呢？」張青假裝不高興。

胖蓮藕一臉糾結，而後像下定了某種決心。「好醜，但是哥哥會保護弟弟、妹妹，不會嫌棄的。」

穆錦再也忍不住笑了起來。

張青也笑道：「我們胖蓮藕是好哥哥，他們不是醜，你那時候生出來也是這個樣子的，以後他們就會和胖蓮藕一樣好看了。」

胖蓮藕一聽，這才微微放了心。

「胖蓮藕給弟弟、妹妹起個名字好不好？」

「好啊。」胖蓮藕答得很是爽快，思索了半天，道：「娘，弟弟，叫胖竹筍好不好？」

「為什麼要叫胖竹筍？」

「這樣別人一聽就知道是我胖蓮藕的弟弟，就沒人敢欺負弟弟了。」

張青好笑道：「好，就叫胖竹筍。」

「那妹妹呢？」

胖蓮藕想起了最近喜歡吃的糯米糕，立馬決定，妹妹的名字叫「胖糯米」。

兩個嬰兒依舊十分淡定的熟睡，還不知道，自己就這樣有了新的名字。

胖蓮藕是張青自己餵的，所以張青決定這兩個孩子也要自己餵，更何況母乳餵養好處多多，口糧不夠的話再由乳母來餵吧。

三天過去，兩個嬰兒也慢慢褪去了那通紅的模樣，變得白白嫩嫩。

胖蓮藕現在有了新的工作，便是照看弟弟、妹妹，每天從穆辛那裡回來，就來到胖竹筍、胖糯米搖籃前，看著他們。

百日宴當天，穆辛提筆給胖竹筍起名為穆松，希望他能有松樹的正直、樸素、堅強，不論在怎樣惡劣的條件下，也希望他能正直的生長；而胖糯米便起名為穆和樂，希望她一輩子開開心心，平安和樂。

雖是高門大戶，侯府的日子卻簡單又快樂。

三個孩子，胖蓮藕已經快要四歲了，由著穆辛啟蒙，每日帶在身邊的時間太少。胖竹筍性子很安靜，沒有需求的情況下從來都是不怎麼理人的，而胖糯米就比較深得大家的心了，總是軟軟糯糯的咿咿啞啞，每當有人逗的時候，就露出個大大的笑臉，讓看她的人心都融化了。

張青有時候在想，現在的日子應該算是很美好的了吧，父母安康，夫君疼愛，孩子活潑可愛。等孩子慢慢地長大，他們會有屬於自己的故事，而她那時候也老了；如果身體還硬朗的話，便和穆錦走遍大江南北，等有了孫子後，便回來看看孫子。

這樣想著，張青便將目光投向正在教胖蓮藕拉弓的穆錦，穆錦剛好回頭，兩人目光相撞，一片溫情。

——全書完

文創風 397

甜姑娘發家記 下

國家圖書館出版品預行編目資料

甜姑娘發家記 / 安然著. --
初版. -- 臺北市 : 狗屋, 2016.04
冊 ; 公分. --（文創風）
ISBN 978-986-328-574-8（下冊：平裝）. --

857.7　　105002294

著作者	安然
編輯	黃暄尹
校對	沈毓萍　許雯婷
發行所	狗屋出版社有限公司
地址	台北市104中山區龍江路71巷15號1樓
電話	02-2776-5889～0
發行字號	局版台業字845號
法律顧問	蕭雄淋律師
總經銷	知遠文化事業有限公司
電話	02-2664-8800
初版	2016年4月
國際書碼	ISBN-13　978-986-328-574-8
原著書名	**《穿越之贫家女嫁到》**，由北京晉江原創網絡科技有限公司授權出版

定價250元

狗屋劃撥帳號：19001626

網址：love.doghouse.com.tw　E-mail：love@doghouse.com.tw